# Signé lady Sterling

DE LA MÊME AUTRICE AUX ÉDITIONS J'AI LU

**Les espions qui aimaient**

1 – *Mystères en Écosse*
2 – *La mission du major Stanhope*

SUSANNA

# CRAIG

LES ESPIONS QUI AIMAIENT – 3

# Signé lady Sterling

*Traduit de l'anglais (États-Unis)*
*par Joséphine Adler*

J'AI LU

POUR elle

Si vous souhaitez être informée en avant-première
de nos parutions et tout savoir sur vos autrices préférées,
retrouvez-nous ici :

**www.jailu.com**

Abonnez-vous à notre newsletter
et rejoignez-nous sur Facebook !

*Titre original*
BETTER OFF WED

*Éditeur original*
Lyrical Press Books, published by
Kensington Publishing Corp.

*Pour Anne, à la fois amie et fan.*

# Prologue

Lady Sterling était née de l'obscurité.

Pas de l'obscurité de la nuit, bien qu'une bonne partie de son travail se déroule entre le crépuscule et l'aube. Non, son nom, elle l'avait puisé au fond des âmes noires des hommes – des hommes dont l'irrépressible désir de pouvoir s'étendait au-delà des empires et des couronnes, au-delà des terres et des titres, au-delà du commerce et de la politique. Ce pouvoir s'imposait aussi dans les mansardes sans confort et les caves de leurs domestiques – souvent de simples jeunes filles dont les plaintes butaient contre des oreilles sourdes et dont les refus étaient brutalement balayés.

C'est pour défendre ces innocentes victimes que lady Sterling avait accepté d'être considérée comme une vulgaire voleuse.

Ce soir, son terrain de chasse était Vauxhall Gardens. Des lanternes de papier dansaient avec langueur dans la brise, sous lesquelles déambulaient des couples souriants, des jeunes hommes avides, et même des familles. L'air chaud apportait la conscience aiguë que les plaisirs de l'été étaient sur le point de s'achever. Au loin, elle entendait de la musique et des discussions autour d'un dîner de jambon coupé en tranches fines comme du papier.

Mais ses yeux étaient attirés par les allées mal éclairées, où on satisfaisait d'autres appétits.

Lord Penhurst se tenait à côté d'un groupe de gentlemen. Il était à point, prêt à être éliminé du troupeau. Elle accrocha un sourire enjôleur à ses lèvres, tira sur son corsage pour le faire descendre et passa devant lui, comme en promenade.

Il avait été une proie difficile à traquer, privilégiant habituellement les sacro-saintes salles de bal de la haute société où il rôdait à la recherche d'une riche épouse, et dont lady Sterling était exclue. Elle regrettait presque de l'avoir enfin déniché ici ce soir. Elle avait apprécié le défi. La chasse.

Mais il lui fallait penser à Betty qui, bientôt, ne pourrait plus cacher son ventre, qui avait perdu sa place et son logement à cause de la dépravation de ce Penhurst. Ce sont ceux qui dansent qui paient l'orchestre, disait le vieux proverbe.

Et ce soir, elle avait bien l'intention de présenter la facture au baron.

Elle sut exactement à quel moment il la vit – ou plutôt à quel moment il remarqua son décolleté. Elle ralentit et fit rouler ses hanches un peu plus. Il répondrait à sa silencieuse convocation. De cela, elle était sûre.

La seule question était de savoir s'il viendrait seul.

— À mon avis, fit l'un des hommes du groupe, cette colombe est toute prête à se faire plumer.

Un frisson la parcourut, mais elle le cacha en détournant la tête, découvrant sa nuque gracile, faisant chatoyer la soie écarlate de sa robe. D'un regard en arrière, elle accrocha celui de Penhurst et battit des paupières.

— C'est vrai, répondit le baron. Ce n'est pas souvent qu'on voit une poitrine aussi fournie aller avec une si jolie croupe.

Les hommes étaient ivres. Si elle ne l'avait pas déjà déduit de la démarche vacillante de Penhurst, il lui suffisait d'écouter les commentaires de ses amis – des blagues salaces parlant de la rôtir à la broche et de l'asperger de sauce à la crème, qui semblaient sonner très spirituelles à leurs oreilles.

L'alcool faisait de certains hommes des pigeons faciles. Il en rendait d'autres mauvais. À partir de ce que Betty lui avait raconté, lady Sterling pouvait facilement supposer l'effet qu'il avait sur Penhurst. Un nouveau frisson lui parcourut l'échine.

— On joue à des sports plus intéressants au Pandémonium, mon vieux, dit l'un des amis de Penhurst à voix basse.

Celui-ci ricana, puis balaya la réflexion d'un revers de main.

Un sentiment de grande satisfaction chassa alors la peur de lady Sterling. Le Pandémonium était un cercle malfamé où on jouait gros. Un homme comme Penhurst, réputé pour ne pas honorer ses dettes de jeu, ne pouvait en aucun cas espérer jouer là-bas à crédit. S'il avait réussi à se procurer de l'argent en prévision de ce soir, il devait l'avoir quelque part sur lui.

Bien entendu, une bourse bien remplie ne pourrait jamais compenser ce que Betty avait enduré et les souffrances qui restaient à venir. Mais un peu d'argent pourrait au moins satisfaire les besoins immédiats de la jeune femme, plus sûrement que la montre à gousset que lady Sterling avait déjà remarquée.

Ravie à la perspective de ruiner Penhurst, elle ne recula pas lorsque le baron passa le bras autour de sa taille et la pressa sur le chemin sombre. Son haleine empestant le brandy l'enveloppa.

— J'ai une soirée chargée devant moi, dit-il. Mais je te donne six pence si tu me fais un astiquage rapide, ma colombe.

Elle eut un haut-le-cœur, qu'elle ravala immédiatement. Elle n'avait jamais eu à honorer la promesse engendrée par son allure de courtisane. Et ce soir ne ferait pas exception.

Contrairement à lord Penhurst, elle était intelligente, parfaitement sobre... et armée.

Elle se retourna et passa une main sur le gilet du baron – s'emparant subtilement de sa montre au passage. Tout en faisant mine de porter son attention sur lui, ses yeux se focalisèrent sur la bosse prometteuse un peu plus bas – la bourse qu'il aurait été bien avisé de confier à ses amis. Les doigts de la jeune femme dérivèrent jusqu'à sa taille.

— Oh, mon grand, j'ai l'eau qui me vient à la bouche...

Pourquoi les gentlemen préféraient-ils s'asperger d'eau de Cologne plutôt que de se laver au savon et à l'eau ? Retenant sa respiration, elle se pencha plus près, se colla à lui et glissa les doigts sur sa poitrine, suivant le tracé des coutures décoratives du gilet.

Comme elle s'y attendait, la bourse était accrochée à ses vêtements, sans doute avec un fil enroulé autour d'un bouton, afin qu'on ne puisse la dérober aisément. Ils avaient à peine quitté le chemin de gravier – pratiquement encore à la vue des passants – qu'il posa les mains sur ses épaules, l'incitant à se baisser. Le corps de lady Sterling glissa contre celui de l'homme, complaisant et sensuel. Lorsqu'elle se retrouva face à ses culottes de satin, la bourse était déjà libérée du bouton, parfaitement visible sous l'ourlet de son manteau.

Il attrapa sa nuque au moment où elle s'agenouillait devant lui.

— C'est bien. J'adore la vision d'une fille à genoux.

Betty l'avait prévenue.

Combattant l'envie de lui procurer des dommages autres que financiers, elle passa une main sur sa cuisse et enfonça le bout de ses doigts dans sa chair. Il émit un petit râle et rejeta la tête en arrière, anticipant le plaisir à venir. À présent qu'il ne la regardait plus, elle pouvait effectuer sa manœuvre la plus importante : lui laisser sa carte à l'endroit où elle l'avait délesté de sa montre.

*Un risque nécessaire*. Les hommes – tous les hommes, d'après son expérience, mais surtout ceux du genre de Penhurst – étaient présomptueux, avares. Prisonniers de leurs désirs, ils étaient cependant certains de leur supériorité sur le soi-disant sexe faible.

Elle voulait qu'ils connaissent l'identité de la femme qui avait pris le dessus sur eux. Elle voulait qu'ils comprennent qui tenait leurs secrets et leur avenir dans la paume de sa main.

Grâce à la réputation qu'elle s'était forgée, un simple rectangle de papier cartonné portant l'inscription *Lady Sterling* suffisait à s'assurer qu'un homme réfléchirait à deux fois avant de continuer à compter ses victimes.

De ses doigts lestes, elle glissa la carte dans sa poche de gilet, tandis que de l'autre main elle feignait de fouiller les boutons de sa braguette en délogeant la bourse de sa cachette. Lorsque la pochette de cuir toucha le sol humide couvert de feuilles à côté d'elle, le cliquettement des pièces lui fut une douce musique. Betty et son enfant ne seraient pas condamnés à mourir de faim.

Penhurst se figea, serrant un peu plus la nuque de la jeune femme. Pendant un court instant, elle crut que lui aussi avait entendu sa bourse tinter.

Mais non, c'était tout autre chose qui avait attiré son attention : des bruits de pas.

Quelqu'un marchait le long du chemin, venant de la direction opposée. La diversion parfaite. Ce soir, la chance était clairement de son côté. Elle n'aurait pas besoin d'avoir recours à son arme pour se sortir de là. Subrepticement, elle passa sa main libre sur le sol jusqu'à trouver le petit sac de cuir, puis recula la tête avec l'intention de se relever.

Mais Penhurst ne l'entendait pas de cette oreille.

— Continue, ordonna-t-il, tirant ses cheveux d'un coup sec et resserrant son emprise pour qu'elle ne puisse pas se tourner vers le bruit. Ils passeront leur chemin, s'ils savent ce qui est bon pour eux. Sauf s'ils sont du genre à aimer regarder, poursuivit-il avec un rire égrillard.

*Ils*. Un groupe d'hommes, peut-être ? Des hommes qui pourraient conclure, au vu de sa posture présente, qu'elle était parfaitement consentante...

Pendant quelques instants, elle eut peur d'avoir trop compté sur sa chance.

Puis elle entendit une voix d'homme.

— Faisons demi-tour, Julia. Nous n'aurions pas dû venir par ici.

Elle ressentit soudain un profond soulagement. Ce n'était qu'un couple qui s'était égaré.

— Mais nous sommes presque au bout du chemin, dit la femme qui semblait jeune. Regardez, les lumières là-bas sont... Oh ! Oh, mon...

Dans sa voix, le choc semblait le disputer à la curiosité. Lady Sterling l'imagina se tordant le cou pour mieux voir.

— Mais que font ces gens dans les fourrés ? demanda-t-elle.

Lady Sterling n'attendit pas la réponse de l'homme. Elle saisit sa chance et se mit à crier. Surpris, Penhurst la lâcha. Elle se leva d'un bond en serrant ses jupes de ses poings – la meilleure façon de dissimuler son butin.

— Comment osez-vous, monsieur ? s'exclama-t-elle.

Elle se précipita sur le chemin à demi éclairé, indifférente à la morsure du gravier à travers les fines semelles de ses escarpins.

— Il était en train d'essayer de me... de me f... forcer, bégaya-t-elle à l'adresse du couple, prête à disparaître dans la nuit.

Et elle y serait parvenue si l'inconnu ne l'avait prise par le bras.

— Êtes-vous blessée, madame ?

Elle le voyait à peine dans la quasi-obscurité, mais elle maudit sa sollicitude. Si les hommes se souciaient vraiment du sort des femmes, ils empêcheraient leurs semblables de faire à des jeunes femmes innocentes ce que Penhurst avait fait à sa domestique.

— Lâchez-moi, monsieur, dit-elle.

Le tremblement dans sa voix n'avait rien de feint. Elle n'avait que quelques instants pour s'enfuir. Même un imbécile notoire tel que Penhurst n'allait pas mettre longtemps à découvrir que...

— Espèce de petite... ! s'exclama soudain le baron, faisant bruisser les fourrés en bataillant avec les boutons de braguette qu'elle avait défaits. Notre affaire n'est pas terminée !

Elle s'attendait à ce que les doigts de l'inconnu se resserrent sur son bras en réponse aux paroles de Penhurst. Aussi, elle ne s'aperçut pas qu'il l'avait lâchée. Comme elle ne bougeait pas, il lui murmura :

— Courez.

Pendant un bref instant, elle resta figée, incrédule. Son regard passa sur l'homme, distinguant seulement le profil sombre d'un nez grec et des yeux brillants.

Puis elle s'enfuit dans la pénombre.

# 1

Avant même de pénétrer dans le bureau du général Zebadiah Scott, le capitaine Jeremy Addison avait une vague idée du pétrin dans lequel il se trouvait.

Être appelé dans le bureau de son officier supérieur n'était généralement pas très bon signe. Si on ajoutait à cela le fait que le général mettait un point d'honneur à séparer strictement sa vie privée des affaires militaires, l'ordre donné à Addison de se présenter à Audley Street, c'est-à-dire au domicile du général, était encore plus inquiétant. Recevoir cet ordre plusieurs heures avant midi était encore pire.

Mais Jeremy avait passé la majeure partie de ces dernières semaines au Souterrain, un réseau de bureaux qui abritait les activités des meilleurs officiers du renseignement britannique. Le message de Scott lui avait donné une bonne excuse pour aller se dégourdir les jambes et s'éclaircir les idées. Il n'avait cependant pas abandonné l'idée de décoder le message chiffré contenu dans un prétendu livre de cuisine française.

Pourtant, à l'instant même où les bottes de Jeremy cessèrent de fouler le marbre du vestibule pour arriver sur l'épais tapis du bureau privé de son supérieur – c'est-à-dire au moment où il se trouva face au regard perçant du général Scott –, il sut qu'un homme plus avisé que lui aurait trouvé une excuse pour ne pas venir.

Scott inclina la tête en signe de bienvenue.

— Merci d'être là, capitaine Addison. Je me demandais si vous aviez eu le temps de lire le journal de ce matin.

Il désigna l'édition du *Times* qui se trouvait sur son bureau, totalement vide à part cela.

En douze ans de service, Jeremy n'avait pénétré que deux fois dans le bureau du général Scott dans la caserne des Horse-Guards. Les deux fois, il avait frémi à la vue des fragiles montagnes de livres, de lettres et de cartes prêtes à s'effondrer.

Mais d'une certaine façon, cette large étendue d'acajou avec rien dessus, pas même un sous-main ou un encrier, juste une feuille de journal sur le bois brillant, était pire.

Depuis longtemps, les officiers au service de Scott supposaient que le général était un comédien de premier plan. Son air d'aimable grand-père. Le petit brouillard provoqué par la fumée de sa pipe. Ses vêtements fripés. Sa prétendue étourderie. Jusqu'à ses lunettes perpétuellement perchées sur le haut de son crâne, trop sales pour qu'elles puissent lui être d'une quelconque utilité. Tout cela, disait-on, n'était qu'une comédie scrupuleusement mise en scène.

Jeremy avait, pour sa part, toujours eu un doute. Pourquoi un homme du statut de Scott aurait-il besoin de cette théâtralité ?

À présent, cependant, la probabilité qu'il y ait une part de comédie se confirmait.

Sous le regard acéré de Scott, Jeremy trébucha comme une doublure qu'on pousse sur scène depuis les coulisses. Comme il se penchait sur le journal, il mit ses mains derrière son dos et inspira profondément pour se calmer. Pas la moindre odeur de tabac dans l'air.

Un rapide examen de la page lui révéla l'entrefilet qui avait dû attirer l'attention du général.

*Pandémonium ! La sournoise lady Sterling a frappé de nouveau, cette fois contrariant la visite à Vauxhall Gardens du pauvre lord P. – un pigeon dodu, plumé avant même de pouvoir jouer.*

Scott l'avait donc tiré de son travail et lui avait fait traverser toute la ville pour lui faire lire un vague entrefilet à propos d'un gentleman qui avait été victime d'une pickpocket ?

Bien qu'il ait reçu une bonne éducation, la vie militaire avait considérablement élargi le vocabulaire de Jeremy. Il fut tenté de laisser échapper une belle série d'épithètes.

Mais il se contenta d'un regard insistant en direction du général.

Un sourire caractéristique commençait à plisser la bouche de celui-ci.

— Ah, j'ai l'impression que vous avez déjà entendu parler de lady Sterling ?

Qui n'avait pas entendu parler d'elle ? Sa scandaleuse carrière de voleuse, séduisant des hommes de haut rang pour leur dérober leur fortune, alimentait toutes les rumeurs depuis des mois, dans la bonne société comme au sein du petit peuple.

— Oui, ma sœur Julia trouve les exploits de cette femme très amusants et se fait un devoir de me les raconter.

Il se demandait comment Julia réagirait en apprenant que lady Sterling avait fait une petite visite à Vauxhall le soir même où ils y étaient tous les deux. Sa sœur avait déjà radoté pendant des heures au sujet de la malheureuse jeune femme qu'ils avaient brièvement croisée alors qu'elle cherchait à se défaire d'un malotru. Que penserait-elle si on lui disait qu'en plus lady Sterling était dans les parages ? Elle se convaincrait sans doute que leurs chemins s'étaient croisés, malgré la foule présente et la taille du parc.

Le pli de la bouche de Scott s'épanouit encore un peu plus.

— C'est intéressant, comme choix de pseudonyme pour une voleuse, non ? Sterling. Cela suggère l'excellence, le sérieux. La pureté des motivations, peut-être, si ce n'est de la méthode.

Le regard de Jeremy se fit plus intense.

— Sans doute, monsieur.

Avec un soupir qui ressemblait curieusement à un rire, Scott s'assit derrière son bureau et désigna à Jeremy la chaise qui se trouvait face à lui.

— Tout comme votre sœur, j'ai suivi avec beaucoup d'intérêt la carrière de lady Sterling. Elle prend pour cibles des hommes que je dirais… vulnérables, d'une certaine façon. Des hommes qui ont des secrets qu'ils préféreraient garder sous clé. Et s'il est possible que l'argent soit l'une de ses motivations, je soupçonne que ce n'est pas la seule.

Un éclair d'intérêt traversa le regard d'Addison.

— Vous voulez dire qu'elle collecte des informations ?

— Oui, des informations qui pourraient servir à du chantage. Et elle est peut-être déjà en possession de secrets susceptibles de causer de vrais dégâts à l'effort de guerre, au roi, et même à la nation tout entière. Je veux savoir de quel côté elle est.

Il croisa les doigts et posa les mains devant lui, sur le bureau. Le papier crissa légèrement.

— Donc, c'est *vous* que j'envoie la trouver.

Addison, qui jusque-là avait poliment hoché la tête, se leva d'un bond.

— Moi ? Mais je… je ne…

Son travail, c'était des livres et du papier ; jamais il n'avait affaire à des gens. Il déglutit bruyamment.

— Mais que dois-je faire, si je la retrouve ?

— *Quand*, le corrigea Scott en lui tendant le journal comme s'il s'agissait d'un ordre de mission. Il me semble qu'une réponse s'impose, *lord Sterling*.

Jeremy réprima un frisson de surprise en entendant son titre. Personne dans l'armée ne l'appelait ainsi. Parfois, il se demandait si les hommes avec qui il travaillait avaient oublié qu'il était également vicomte. Il l'espérait au fond de lui.

Si seulement il pouvait revenir à l'époque où il n'en savait rien lui-même...

Jusqu'à l'âge de dix-sept ans, il avait ignoré que son père faisait partie de la branche cadette d'une grande famille. Richard Addison, un pasteur ayant un penchant pour les antiquités, aurait été ravi de cette découverte, heureux de retracer comment cette petite branche de sa famille se raccordait au tronc principal. Mais il était mort avant de pouvoir le faire, laissant Jeremy comme seul successeur.

Pendant un temps, Jeremy espéra qu'on s'apercevrait d'une erreur et qu'on retrouverait un héritier plus direct.

Puis il découvrit qu'il n'avait pas seulement hérité de terres ou de domaines, mais également d'une pile de livres de comptes recouverts de feutrine dans lesquels le nombre au bas de la colonne *PERTES* excédait de très loin celui qui figurait au bas de la colonne *GAINS*. Jeremy, plus doué que la moyenne en arithmétique, comprit immédiatement ce que ces chiffres signifiaient : la propriété était hypothéquée ; lord Sterling – c'est-à-dire *lui* – était lourdement endetté.

Son espoir d'utiliser ce satané héritage pour en faire bénéficier sa mère et sa sœur s'envola. Après quatre jours de rage froide, Jeremy dut abandonner son projet d'aller à Oxford au semestre suivant. En vendant ce qui n'était pas hypothéqué et en louant ce qu'il pouvait, il grappilla juste assez d'argent pour acheter une charge d'officier, se résignant à remplacer ses études par le bruit du canon.

Mais ses talents finirent par attirer l'attention du général Zebadiah Scott, la tête pensante des opérations du renseignement britannique. Depuis dix ans maintenant, il utilisait son don pour les mathématiques et sa capacité à manipuler les mots et les lettres. Il était devenu un décrypteur accompli qui combattait des ennemis d'encre et de papier, livrant des batailles où seul l'esprit comptait.

Jusqu'à aujourd'hui, il ne l'avait jamais regretté.

Mais il sursauta lorsque le journal atterrit dans la paume de sa main avec un claquement et que Scott lui annonça :

— Je veux que vous l'épousiez.

Le silence retomba dans la pièce. Les deux hommes se faisaient face, impassibles, bien que le cœur de Jeremy batte trop fort. Au bout d'un long moment, il lança la tête en arrière et parvint à faire sortir un rire de sa poitrine.

— L'épouser ? Elle est bien bonne, monsieur. Vous avez failli m'avoir.

Le sourire de Scott s'élargit et ses yeux brillèrent d'une lueur qui n'était pas tout à fait – ou pas seulement – de l'amusement.

— Vraiment ? gloussa-t-il. Évidemment, mon autorité ne s'étend pas si loin, capitaine Addison. Bien que, je le confesse, c'est votre titre qui m'a incité à vous confier cette mission – le fait que vous ayez le même nom. Voyez-vous, j'ai besoin que quelqu'un l'approche, ajouta-t-il après une pause. Quelqu'un susceptible de la pousser aux confidences. Qui découvre ce qu'elle sait… et si elle serait d'accord pour exercer son incroyable talent au service de la Couronne.

Alors que la nature de la mission s'éclaircissait peu à peu, les doigts de Jeremy serrèrent plus fort le journal. Tout cela parce que Scott voulait faire une espionne de lady Sterling ?

— Et vous pensez que je suis l'homme de la situation ? Un agent de terrain ne serait-il pas plus qualifié pour cette tâche ?

Scott savait très bien que les talents de Jeremy se situaient ailleurs – au milieu des livres.

En ce moment même, il bataillait pour déchiffrer un livre de codes que d'autres agents avaient récupéré en risquant leur vie. C'était la mission la plus importante qu'on lui ait jamais confiée.

Peut-être Scott n'avait-il plus foi en ses qualités de décrypteur ?

— Cela vous fera le plus grand bien de sortir au grand air, capitaine Addison, dit le général. Vous êtes trop pâle. De plus, je n'ai pas un seul agent de terrain disponible. Ils sont attirés par les vertes prairies du mariage à un rythme effrayant, ces derniers temps, ajouta-t-il en grimaçant.

Luttant contre un inhabituel besoin de bouger, Jeremy lissa puis plia la feuille de papier journal jusqu'à en faire un carré bien net, pas plus grand qu'une lettre, qu'il glissa dans sa poche de poitrine.

— Ne vous inquiétez pas pour moi à ce sujet, monsieur, dit-il en inclinant la tête avec raideur.

Il n'y aurait pas – il ne pourrait y avoir – de vraie lady Sterling.

Pas tant qu'il serait vivant.

Et quant à celle qui se faisait appeler ainsi, c'était juste une voleuse avec un goût pour l'ironie. La mission de Scott lui offrait une chance de démasquer cette femme, de mettre fin aux conjectures, aux commérages, et aux taquineries de sa sœur.

— J'imagine qu'il me faut commencer par chercher sa dernière victime. Qui est ce lord P. que mentionne le journal ?

— Roderick Penhurst. Il réside à Brook Street, près de Hanover Square. D'après ce qu'on dit, l'homme est sans le sou – et apparemment désespéré au point d'avoir voulu jouer ce qui lui restait.

Jeremy ne connaissait pas lord Penhurst. En revanche, il savait ce qu'était le Pandémonium. Les rues autour du Souterrain étaient pleines de cercles de jeu, dont la plupart avaient mauvaise réputation. Peu de temps auparavant, il avait été tenté d'aller en visiter un ou deux, eu égard à son don pour les chiffres. Seule la peur d'une perte encore plus importante – le respect et la confiance de sa mère et de sa sœur – l'avait ramené à la raison.

Scott entrouvrit les lèvres, comme s'il mesurait ses prochaines paroles.

— Sachez également que Penhurst a une réputation de vaurien. D'après ce que j'ai compris, lady Sterling chasse les prédateurs, probablement avec l'intention de faire payer ces hommes pour leurs crimes passés.

— Vous voulez dire un peu comme un ange vengeur ? dit Jeremy, sans fournir le moindre effort pour cacher son scepticisme.

Scott hocha la tête.

— Exactement. Mais il ne s'agit que de conjectures – et je suis sûr que Penhurst niera tout mauvais comportement. Si vous lui parlez, soyez délicat dans la façon de manœuvrer. Subtil. Comme on dit chez nous : les imbéciles se précipitent quand les anges hésitent.

Jeremy se hérissa.

— Je ne suis pas un imbécile, monsieur.

— Si c'était le cas, vous ne seriez pas ici, assura Scott en se levant.

Bien qu'il ne soit guère plus avancé que lorsqu'il était entré dans cette pièce, Jeremy comprit que leur conversation était en train de s'achever.

— Le colonel Millrose dit que vous quittez la ville, monsieur.

— Oui. J'ai, depuis bien longtemps, promis des vacances à Brighton à mon épouse.

Jeremy tenta un instant de se figurer le général se promenant sur le bord de mer en arborant un canotier. Mais l'imagination lui manqua. Alors, il regarda autour de lui la pièce spacieuse : bois sombre, murs vert profond, fauteuils en cuir, bibliothèque bien ordonnée. Rien à voir avec l'autre bureau du général. Et pourtant, l'endroit devait bien d'une façon ou d'une autre refléter la personnalité de l'homme qui y vivait.

Était-ce un reflet plus exact ? Jeremy ne se serait pas hasardé à parier là-dessus.

Lorsqu'il avait quitté le Souterrain, le soleil matinal était si brillant qu'il lui avait fait mal aux yeux. Mais à travers les fenêtres bordées de rideau en velours, il apercevait maintenant des nuages noirs se masser à l'horizon, comme un signe avant-coureur de l'automne. Il espéra que cela ne gâcherait pas les vacances du général.

— Je vous souhaite bon voyage, à vous et à Mme Scott, dit Jeremy en s'inclinant profondément, prenant congé.

— Merci, Addison – ou devrais-je dire Sterling ?

L'ébauche de sourire qui planait sur la bouche du général était indéchiffrable, même pour un décrypteur de grand talent.

— Et je vous souhaite bonne chance, bien que je n'imagine pas que vous puissiez en avoir besoin, ajouta Scott.

— Merci, monsieur. Je tâcherai d'être à la hauteur de la confiance que vous me faites.

Malgré lui, sa voix était montée d'un cran, comme si elle exprimait un doute. Ce qu'il ressentait à cet instant n'était absolument pas de la gratitude.

Lorsqu'il quitta la pièce et passa dans le vestibule, il crut entendre Scott ricaner derrière lui.

C'est sur le valet de pied le plus dégingandé de tout le quartier de Mayfair que s'ouvrit la porte de la maison de Penhurst. L'homme bégaya en disant qu'il fallait qu'il vérifie si Milord était à la maison. Après quelques minutes, il revint, lui annonça que son maître allait le recevoir et le conduisit dans un bureau on ne peut plus différent de celui du général Scott.

Au-dessus de la cheminée, en lieu et place de l'habituel tableau représentant un paysage, était accrochée une énorme et miteuse tête de cerf empaillée. De l'un des bois de guingois pendait un ensemble de dentelles et de rubans – une jarretière, comprit Jeremy qui détourna le regard aussitôt. Une atroce odeur de mauvais cigare, de whisky et de transpiration mélangés frappa ses narines. Les rideaux étaient fermés, et l'odeur suggérait que personne dans la maisonnée n'avait osé ouvrir une fenêtre depuis longtemps.

Au centre de la pièce mal éclairée, affalé sur un fauteuil en velours qui avait connu de meilleurs jours, lord Penhurst regarda Jeremy jauger la pièce.

— Qui êtes-vous ? demanda-t-il, autoritaire, sans se lever.

Un verre en cristal ébréché pendait dans une de ses mains.

— Capitaine Jeremy Addison, monsieur.

L'homme fixa l'uniforme de Jeremy d'un œil vaseux.

— Bon sang ! Je suis bon, n'est-ce pas ?

— Désolé, je ne comprends pas, monsieur, répondit Jeremy. Je suis ici pour vous interroger sur les événements qui se sont déroulés hier soir à Vauxhall.

— Vauxhall ! cracha Penhurst.

Comme pour laver l'amertume laissée sur sa langue par ce nom, il porta son verre à ses lèvres.

Découvrant qu'il était vide, il lâcha avec dégoût le cylindre de cristal que Jeremy vit rebondir sur le tapis couvert de taches puis rouler sous une table.

— Que puis-je vous dire que les journaux n'ont déjà raconté ? Cette putain m'a volé ma bourse, s'est faufilée dans la nuit, et je n'ai pas eu droit à l'astiquage promis.

La gêne fit rougir les joues de Jeremy. Heureusement, la pièce était mal éclairée.

— Pourriez-vous me donner une quelconque information qui nous permettrait d'identifier cette, euh... lady Sterling ?

— L'armée du roi est après elle, à présent ? Je leur souhaite bien de la chance. Dommage que vous ne vous soyez pas mis au boulot plus tôt, grommela-t-il. Je n'ai pas vu grand-chose. Elle m'a abordé dans une allée sombre.

Ces chemins sans éclairage bordés de fourrés n'avaient sans doute pas été, au départ, pensés pour accueillir des rendez-vous galants, mais c'est bien à cela qu'ils servaient. Jeremy avait tout fait pour détourner sa sœur Julia de cet endroit au cours de leur visite dans le parc, la nuit précédente. Mais, obstinée comme elle l'était, et surtout plus curieuse que sage, elle en avait décidé autrement.

Peut-être était-ce la même allée sombre que celle où Jeremy et sa sœur avaient rencontré cette pauvre jeune femme, qui visiblement fuyait un rendez-vous secret qui avait mal tourné...

La même ?

*Non, sans doute pas...*

Néanmoins, le rythme habituellement régulier du cœur de Jeremy s'accéléra d'un coup, comme un cheval qui se met au galop. Il respira profondément pour se calmer.

— Elle était habillée comme un beau petit lot, c'est sûr, continua Penhurst. Et puis, elle avait cette voix un peu rauque, vous voyez le genre. Elle m'a tellement fait bander que j'aurais pu planter des clous avec ma queue rien qu'en l'entendant parler. Elle était à genoux devant moi en un rien de temps, vous imaginez ? Mais avant même que j'aie pu déboutonner ma braguette, il y a eu du remue-ménage un peu plus loin et elle a décampé. Elle est rentrée dans un type. J'ai essayé de le héler, mais il l'a laissée s'enfuir et il est lui-même parti avant que je puisse le corriger pour avoir ruiné ma soirée.

Les tempes de Jeremy commençaient à battre aussi fort que son cœur ; il recevait chaque nouvelle parole de Penhurst comme un coup.

La femme dans les fourrés, la femme qu'il avait tenue entre ses mains pendant un très bref instant était lady Sterling ? *La* lady Sterling ? Et il l'avait laissée partir ?

*Non, non, non.*

— Après, j'ai vu qu'elle avait laissé ça à la place de mes… valeurs.

Penhurst sortit une petite carte rectangulaire de la poche de son gilet et la tendit à Jeremy.

Celui-ci se pencha pour la récupérer. Dans la pénombre, il dut plisser les yeux pour pouvoir lire ce qui était écrit.

*Lady Sterling*
*Chasseuse de bandits*

L'appellation *Chasseuse de bandits* avait de quoi attirer l'œil : cette ancienne fonction de justicier engagé par les victimes était dépassée depuis que les coureurs de Bow Street, ces forces de police professionnelles, patrouillaient dans Londres. Cependant, dans une ville qui ne cessait de grandir, les malfaiteurs échappaient souvent à la prison, et il y avait sans doute des personnes qui préféraient les méthodes de justice traditionnelles.

Il fit tourner la carte dans sa main, pensif. Au verso, quelqu'un avait noté deux simples mots, dans une écriture délicate : *Pour Betty*.

Ce message manuscrit confirmait-il l'intuition de Scott, selon laquelle la mission de lady Sterling était quelque chose de plus important que ce qu'on trouvait dans les journaux à scandale ? *Chasseuse de bandits*, disait la carte, pas *bandit* tout court. Et l'inscription *Pour Betty* suggérait qu'elle avait dérobé la bourse de Penhurst pour le compte d'une autre femme.

Était-elle un genre de Robin des Bois au féminin ?

Il ne rendit pas la carte à Penhurst.

— Qui est Betty, monsieur ?

— Aucune idée, dit Penhurst en haussant les épaules et en détournant le regard, donnant à Jeremy la nette impression qu'il mentait. En tout cas, j'espère qu'elle sera pendue pour ce qu'elle a fait.

— Avant cela, il faut la retrouver, lui rappela Addison.

Pour la première fois depuis qu'il avait quitté le bureau de Scott, il ressentit comme un petit enthousiasme mauvais à cette idée.

— Je vous remercie pour votre aide, lord Penhurst.

Il s'inclina, carte de visite à la main, et quitta l'infecte pièce où on l'avait reçu pour regagner le hall d'entrée qui, en comparaison, semblait confortable.

Le même valet de pied qu'à son arrivée attendait là. Il était suffisamment près du bureau pour avoir entendu une bonne partie de la conversation. À son visage, on devinait qu'il n'avait pas du tout aimé ce qu'il avait entendu.

Jeremy fit un signe de tête en direction de la porte d'entrée, indiquant au valet de bien vouloir l'ouvrir. Il espérait que les bruits de la rue couvriraient leurs paroles.

— Avez-vous, par hasard, entendu votre maître parler d'une connaissance répondant au nom de Betty ? lui demanda-t-il à voix basse.

— Elle était domestique ici, monsieur, dit le garçon avec un curieux tic à la bouche. Elle a eu le malheur d'attirer l'œil de lord Penhurst, et quand elle est tombée enceinte, il l'a renvoyée. Je ne suis pas surpris qu'il ait nié la connaître. Il s'en fiche si elle meurt de faim - et son bébé avec elle.

— Savez-vous ce qu'elle est devenue ?

Le jeune homme lança un regard alentour et baissa encore la voix :

— Toutes les domestiques de Londres savent qu'il faut faire appel à lady Sterling quand les choses tournent mal. Les gens de bonne famille la traitent de pickpocket, mais si elle leur fait les poches, c'est juste pour les punir de ce qu'ils ont infligé à des filles comme Betty.

Il marqua une pause et suivit du regard une calèche qui passait dans la rue.

— Mais certaines choses ne peuvent pas être réparées.

Jeremy pensa à la pauvre Betty, victime de la dépravation de son maître - peut-être une parmi beaucoup d'autres. Il songea à la réflexion de Penhurst, disant qu'il fallait que lady Sterling soit pendue.

Il repensa également à sa vulgarité quand il évoquait celle-ci, comment il l'avait fait mettre à genoux. Il se rappela la peur dans la voix de la jeune femme, ses membres tremblant quand Jeremy l'avait retenue. Et il imagina ce qui serait arrivé, ce que Penhurst aurait fait s'il avait retenu son bras plus longtemps.

Il ne regrettait plus de l'avoir laissée s'enfuir.

Il serra la carte de visite, jusqu'à faire blanchir ses phalanges. Lorsqu'elle volait quelque chose à ces hommes, que se faisait-elle voler en retour ?

— Savez-vous où se trouve Betty, à présent ? insista-t-il.

Il respira un bon coup, non pour se calmer mais pour retrouver sa concentration, jugeant que le bien-être de lady Sterling n'était pas son problème.

— Oui. Lady Sterling lui a trouvé un lieu où vivre, au moins jusqu'à la naissance du bébé. Chez une certaine Mme Mildred Hayes, à Clapham.

— Et qu'en est-il des autres domestiques ? Sont-elles en sécurité, prémunies contre...

Il jeta un œil derrière son épaule.

— Elles le seront bientôt.

Le scepticisme de Jeremy dut se lire sur son visage, poussant le valet à continuer rapidement :

— Lady Penhurst, sa mère, l'envoie vivre à la campagne, dans sa maison de veuvage en Cornouailles, avec un valet pour tout domestique.

— À cause de Betty ? demanda Jeremy, bien qu'il craigne de connaître la réponse.

C'était probablement la domestique et non le maître qui avait subi le plus gros de la colère de lady Penhurst, si celle-ci les avait surpris dans une position compromettante.

— Non, juste parce que lady Sterling a volé la montre et la chaîne de lord Penhurst, répondit le valet tristement, une montre ayant visiblement plus de valeur que la vie d'une servante. Un héritage de famille, disent-ils. Un lourd objet en or, avec la lettre L gravée dessus et plein de fioritures.

*Étrange.* Penhurst n'avait pas dit un mot de la montre, alors qu'elle paraissait être de grande valeur. Et facilement reconnaissable. Un objet facile à retrouver si on se mettait à sa recherche.

— Lady Penhurst était furieuse quand il lui a dit que la montre avait disparu, ajouta le valet. Elle a crié du haut en bas de la maison. Elle lui a dit qu'elle aurait sa tête s'il mettait un pied hors de son bureau, autrement que pour monter dans la diligence.

Le valet de pied et Jeremy échangèrent un sourire amer. Ils savaient tous deux qu'il s'agissait là, au mieux, d'un répit pour les servantes de la maison des Penhurst.

Ce qu'avait volé lady Sterling importait peu : le châtiment ne serait jamais assez fort pour dissuader un homme comme Penhurst de continuer ses agissements.

À moins que...

*Même si l'argent est une de ses motivations, je soupçonne que ce n'est pas la seule chose qu'elle vole à ces hommes.*

Le général Scott avait parlé de secrets, de vulnérabilité. Penhurst avait-il une bonne raison de passer le vol de la montre sous silence ?

Jeremy regarda de nouveau la carte et ces deux fichus mots : *Pour Betty*. La pickpocket s'était donné beaucoup de mal pour faire savoir à Penhurst qu'elle connaissait la vérité à son sujet.

À présent, c'était au tour d'Addison de découvrir la vérité au sujet de lady Sterling.

Remerciant le valet d'un signe de tête, il glissa la carte dans sa poche de poitrine et commença à descendre les marches.

— Monsieur ?

Jeremy regarda par-dessus son épaule.

— Quand vous trouverez Betty, monsieur, vous voudrez bien lui dire que Walter lui envoie tout son...

Il fit une pause, comme s'il avait peur d'en dire trop. Le rouge empourpra ses joues couvertes de taches de rousseur.

— Son meilleur souvenir ? Dites-lui… dites-lui que j'aimerais toujours faire cette promenade dans le parc avec elle, si elle est d'accord.

Jeremy regarda la rue qui s'animait à mesure que la matinée avançait. La jeune femme accepterait-elle de parler à un inconnu ?

— Pourquoi ne viendriez-vous pas avec moi ? Vous pourrez le lui dire vous-même.

Walter le regarda fixement un court moment, bouche bée. Puis il jeta un œil vers le hall d'entrée vide derrière lui, mesura ses options un instant, avant de hausser les épaules.

— Oui, monsieur, c'est une magnifique idée, dit-il en retirant sa perruque poudrée pour la glisser dans la poche de sa livrée.

Les deux hommes prirent alors la direction de Westminster Bridge.

# 2

Debout devant sa fenêtre, quoique légèrement tournée vers la pièce, Laura Hopkins sortit la montre de son réticule pour le simple plaisir de passer son pouce sur le L qui ornait le clapet.

— Ma chère enfant, cela doit faire dix fois que vous regardez cette montre. Venez vous asseoir.

Les yeux de tante Mildred étaient toujours aussi perçants, même sans la lorgnette qu'elle arborait parfois. Avec un demi-sourire amusé, Laura enroula les doigts autour de la montre et rejoignit la table.

— J'avais l'impression que votre voiture était en retard.

— Mais pas du tout ! Il est 13 h 15. Votre nouvelle montre n'est-elle pas à l'heure ?

— C'est une très belle pièce, ma tante, assura Laura, exposant le cercle d'or dans la paume de sa main.

— Plutôt masculine, rétorqua la tante en l'examinant.

— Peut-être, convint Laura, passant de nouveau son pouce sur le monogramme décoré d'un motif de feuilles et de torsades. Mais quand je l'ai vue, j'ai eu le sentiment qu'elle était faite pour moi.

Elle avait autant droit à cette montre que lord Penhurst. Et la réputation de lady Sterling était telle que le simple fait de trouver sa carte de visite dans sa poche avait dû être un avertissement suffisant pour lord Penhurst – et pour sa mère. Ils comprendraient qu'elle connaissait le secret qu'ils tentaient de dissimuler.

D'ordinaire, les secrets que recueillait Laura étaient moins évidents. Elle devait alors chercher la confirmation de ses victoires par d'autres moyens : les potins des journaux relatant les exploits de lady Sterling, ou la gratitude des jeunes femmes qui venaient à elle en quête d'assistance...

Si la bourse de Penhurst avait été moins garnie, Laura aurait probablement mis la montre au clou et donné l'argent à Betty, même si se débarrasser d'un objet aussi reconnaissable comportait des risques. Mais ce gentleman s'était montré étonnamment... *généreux*, surtout pour un homme réputé sans le sou. À présent que Betty et son enfant à venir étaient à l'abri du besoin, Laura trouvait justifié de garder la montre pour elle.

Tante Mildred prit sa main, pressant le métal tiède dans les doigts de sa nièce. Le tic-tac régulier de la montre battait dans sa paume.

— J'aimerais bien que vous changiez d'avis et que vous veniez avec moi, ma chère. Vous avez l'air d'avoir de nouveau la migraine.

— Un tout petit peu, ma tante.

Laura pressa ses tempes de ses doigts.

Elle avait en effet mal à la tête – ou plutôt au cuir chevelu. La nuit précédente, lord Penhurst avait attrapé sa chevelure, tirant sur les épingles qui la retenaient. Laura était rarement effrayée, mais l'espace de quelques secondes, elle s'était demandé si elle parviendrait à échapper à Penhurst sans qu'il lui arrache les cheveux.

Elle frissonna à ce souvenir.

— Vous voyez bien, la tança sa tante, prenant le frisson qui venait de traverser sa nièce pour un début de maladie. Je suis sûre que les eaux vous feraient le plus grand bien.

Laura sourit. Elle n'avait aucune intention d'accompagner sa tante à Bath.

— Je ne suis jamais malade, ma tante.

— Alors peut-être devrais-je prendre avec moi cette nouvelle fille – quel est son nom, déjà ? Ah oui, Betty. La pauvre petite. Un peu d'air frais lui ferait du bien.

À ce moment précis, Betty entra dans le salon et fit une révérence.

— Votre voiture est arrivée, madame Hayes.

Les yeux de Betty, il est vrai, étaient cernés de noir et injectés de sang. Trop de nuits sans sommeil. Même les larmes de joie et de soulagement avaient laissé des traces. Mais ses joues étaient déjà plus rebondies et brillantes, quinze jours seulement après avoir quitté la maison des Penhurst.

— Betty est sujette au mal des transports, expliqua Laura à sa tante. Cela gâcherait votre voyage à l'une et à l'autre. De plus, je n'ai aucune envie de rester ici toute seule, ajouta-t-elle en gratifiant Betty d'un clin d'œil complice.

En fait, on avait besoin des services de lady Sterling en province.

— Bon, d'accord, convint tante Mildred en se tournant vers le miroir pour ajuster son bonnet. Cela étant, je ne pourrai m'empêcher de m'inquiéter pour vous.

Un sentiment de culpabilité traversa Laura, mais elle le chassa aussitôt, comme s'il n'avait pas plus d'importance qu'un faux pli sur sa robe. Elle se leva et planta un baiser sur la joue parcheminée de sa tante.

*Duper, c'est se protéger.* C'était ce qu'elle se disait chaque fois qu'elle revêtait l'habit de lady Sterling. Une maxime qu'elle appliquait également aux petits mensonges occasionnels qu'elle devait distiller à sa tante pour la ménager.

— Ce n'est pas la peine d'évoquer des dangers qui n'existent pas, ma tante. Vous savez très bien que je suis parfaitement en sécurité, et mon mal de tête disparaîtra aussitôt que je saurai que vous suivez les recommandations du docteur.

Tante Mildred acquiesça, même si son visage montrait encore quelque inquiétude.

— Très bien. J'imagine que je ferais mieux de partir, à présent.

Elle passa la porte, suivie de Betty qui portait ses boîtes à chapeau. Laura fermait la marche.

— J'espère que nous irons plus vite que la tempête, murmura la tante dans l'escalier. J'ai déjà l'impression de sentir la pluie dans mes os.

Depuis la fenêtre du rez-de-chaussée, Laura observa les nuages noirs qui se profilaient à l'horizon, venant de l'ouest. Elle les avait vus s'amasser depuis une heure. Elle attendit patiemment que la voiture de tante Mildred soit chargée puis, quand la calèche partit enfin, elle lui dit au revoir en agitant la main.

Une fois la voiture hors de vue, elle ouvrit le clapet de la montre de Penhurst une nouvelle fois.

— Il faut que nous nous pressions maintenant, Betty, dit-elle en allant chercher sa pelisse.

— Toutes vos affaires sont prêtes, mademoiselle, répondit Betty en attrapant une mallette dissimulée derrière une chaise.

— Merci. Maintenant, expliqua Laura en attachant les rubans de son bonnet, comme je ne sais pas combien de temps je serai partie, j'ai laissé des lettres dans le tiroir de ma table de chevet, pour que vous les envoyiez à ma tante à intervalles réguliers. Je ne veux pas qu'elle s'inquiète de ne pas avoir de mes nouvelles. Vous en trouverez de plusieurs sortes. Lisez ses lettres d'abord, et choisissez en fonction.

— Bien, mademoiselle.

Un instant plus tard, elle avait quitté le salon et se trouvait sur le trottoir.

Laura, qui était venue vivre avec sa tante à l'âge de douze ans, ne se lasserait jamais de Clapham, le seul quartier de Londres où chacun était animé par une grande cause. Quel que soit le jour, les rues et les églises étaient remplies des voix de ceux que la bonne société appelait des *radicaux* – des hommes et des femmes opposés au commerce des esclaves, qui pensaient que les enfants ne devaient pas mourir dans les mines, ou qui plaidaient pour que les femmes et les pauvres aient droit à l'éducation.

Tante Mildred assistait à des conférences, faisait de généreux dons à des causes diverses, et même, comme c'était le cas en ce moment, prenait chez elle des servantes qui avaient été injustement renvoyées de leur place.

Elle était loin d'être immunisée contre la soif de justice qui imprégnait l'air de Clapham.

Mais elle aurait sans aucun doute désapprouvé la manière dont Laura agissait : à savoir, collecter les sales petits secrets d'hommes fortunés, et menacer de les révéler au grand jour s'ils ne laissaient pas leurs domestiques en paix.

Dans son combat pour la justice, le charme de Laura était son arme principale. Il lui permettait de convaincre de riches femmes de faire don de plus d'argent qu'elles ne l'avaient prévu au départ, ou d'engager des domestiques dont elles n'avaient pas besoin. Sous les traits de lady Sterling, elle séduisait les hommes afin de les punir pour les traitements infâmes qu'ils avaient fait subir à des jeunes femmes sans défense. Elle aurait pu, elle en était sûre, trouver un bon parti si elle avait voulu un mari. Mais elle ne croyait pas rencontrer un jour un homme qui lui conviendrait.

En revanche, elle savait que sa tante s'insurgerait si elle apprenait dans quelles dangereuses situations Laura se mettait régulièrement.

Comme ce voyage en diligence dans le Kent pour aider une malheureuse gouvernante à repousser les avances du père de son élève, par exemple.

Le bruit du souffle court de Betty se pressant derrière elle, mallette à la main, fit ralentir Laura. Mais lorsque la jeune femme la rattrapa et lui glissa « Vous êtes si courageuse, mademoiselle », Laura aurait préféré ne pas l'avoir attendue.

Elle n'avait pas le sentiment d'être courageuse. Pas jusqu'ici, en tout cas. L'immensité de Londres lui avait offert une sorte de sécurité. Peu importait la difficulté dans laquelle se trouvait lady Sterling, il y avait toujours un lieu où se cacher. À la campagne, le moindre de ses mouvements serait scruté avec suspicion. Si elle se trouvait en danger, elle n'aurait personne à appeler à l'aide.

Betty parut lire dans ses pensées.

— Ce n'est pas à moi de dire ça, mademoiselle, mais je n'aime pas vous voir partir seule, pas plus que votre tante. Êtes-vous sûre que tout ira bien ?

— Mais oui, bien entendu.

Lady Sterling travaillait toujours seule.

Elle hâta le pas vers le relais de poste : les passagers commençaient déjà à prendre place dans la voiture et le cocher n'attendrait personne, pas même s'il apprenait qu'il était sur le point de transporter la femme la plus tristement célèbre de Londres.

Elle prit la dernière place dans la voiture, pendant qu'un homme prenait la mallette des mains de Betty pour la caler entre deux malles accrochées à l'arrière par des cordes. Comme le véhicule démarrait, Laura leva sa main gantée en réponse à l'adieu de Betty, étouffant cette fichue petite voix intérieure qui ne cessait de lui dire qu'elle aurait dû emmener la jeune servante avec elle.

Il n'y avait aucune nécessité de mettre qui que ce soit d'autre en danger.

Au fur et à mesure que la diligence prenait de la vitesse, les maisons et les boutiques familières devinrent de plus en plus floues. Au cours du premier quart d'heure, Laura s'amusa à étudier subrepticement ses compagnons de voyage. En face d'elle, contre le sens de la marche, se trouvaient trois jeunes hommes. Les deux plus jeunes avaient les cheveux roux – des frères, probablement. Le troisième, aux cheveux noirs et légèrement plus âgé, se trouvait entre les deux premiers. « Sans doute un tuteur et ses deux élèves partant en voyage », songea-t-elle. Ou peut-être rentraient-ils d'un séjour à la capitale. À la gauche de Laura, un monsieur replet d'une quarantaine d'années, engoncé dans une veste de tweed, commença bientôt à ronfler doucement. À sa droite, une femme, veuve d'après son apparence, regardait nerveusement par la fenêtre. Une sacoche reposait sur ses genoux, qu'elle serrait suffisamment fort de ses mains gantées pour signaler que ce qu'elle contenait avait de la valeur – un comportement que Laura avait depuis longtemps appris à reconnaître, et éventuellement à exploiter.

Soudain, elle se surprit à suivre la forme de la montre à travers la soie de son petit sac, avec l'impression qu'elle pouvait sentir les bords de la lettre L qui ornait l'objet. Mais entre ses doigts et la montre se trouvait une autre barrière : un morceau de parchemin plié et replié qui devait, sans aucun doute, crisser lorsqu'elle passait dessus, même si le bruit des roues de la voiture couvrait tous les autres.

Elle avait lu la lettre de Mlle Godfrey tellement de fois qu'elle la connaissait par cœur. Elle n'avait nul besoin de la sortir de son réticule pour se la rappeler, surtout avec cinq paires d'yeux étrangers autour d'elle. Cela étant, personne ne semblait lui prêter attention. Les deux frères aux cheveux roux regardaient chacun à sa fenêtre respective, pendant qu'au milieu leur tuteur était absorbé par un petit livre de poésie relié de cuir. Le monsieur replet reniflait de temps à autre, mais ne donnait pas de signe de réveil. Et le regard glacé de la veuve était fixé au sol.

Aussi, avec le moins de mouvements possible afin de ne pas surprendre les autres passagers ou attirer leur attention, elle sortit la lettre et la déplia.

*À l'estimée lady S.*

*Seriez-vous surprise d'apprendre que votre réputation de combattante pour les femmes maltraitées est arrivée jusqu'à la campagne ? La nouvelle se répand vite et donne du courage à toutes les jeunes servantes qui ont souffert sous la main de leur maître.*

Chaque fois qu'elle lisait ces mots, les lèvres de Laura se retroussaient, lui donnant une expression qui se situait quelque part entre le sourire et la moue. Elle se méfiait des flatteries, quand bien même celles-ci étaient mues par de purs sentiments.

Elle préférait de loin la récompense plus tangible qu'elle avait reçue ce matin : le cri de surprise ravi de Betty, et son air de gratitude émerveillée lorsque Laura lui avait tendu la bourse de lord Penhurst et, avec elle, les moyens d'éviter l'orphelinat pour son enfant à venir, l'hospice des pauvres ou pire encore.

La lettre de l'inconnue, pour sa part, provoquait en elle une piqûre d'appréhension à chaque nouvelle lecture.

*Au printemps dernier, j'ai été engagée par lady Thornton au poste de gouvernante de ses trois plus jeunes enfants. Ce ne sont pas des élèves difficiles, et le temps passé à Thornton Hall a été agréable.*

*Vous serez donc surprise en voyant à quel point ma plume tremble de peur.*

Plus rien ne surprenait Laura. Et si elle n'avait pas déjà eu connaissance du contenu de la lettre, elle aurait très bien pu le deviner.

*Bien que je n'aie entendu aucune rumeur avant d'accepter ce poste, il semblerait que lord Thornton n'ait pas bon caractère avec ses domestiques. La gentille intendante m'a prévenue que lorsqu'il arrivera à la campagne cette semaine, je devrai rester sur mes gardes, particulièrement quand il a bu. Elle n'a rien voulu me dire de ce qu'est devenue la dernière gouvernante, mais trois bonnes, selon elle, ont été renvoyées l'année dernière, quoiqu'elles n'aient commis aucune faute. J'espère que je suis claire.*

*Je ne suis plus en paix depuis que j'ai entendu ces paroles. Je n'ai pas les moyens de fuir la maison, mes gages ne m'ayant toujours pas été payés. Et sans une lettre de recommandation de lady Thornton, comment pourrais-je espérer trouver un autre poste ? Vous êtes parvenue à faire payer des hommes comme lui pour leurs crimes. Mais parviendrez-vous à empêcher les ravages de lord Thornton ?*

*S'il vous plaît, lady Sterling, aidez-moi – non, pas seulement moi, mais toutes les domestiques qui se trouvent ici. Aidez-nous.*

*Emily Godfrey*
*Thornton Hall, Kent*

Malgré toute son empathie devant la situation de cette femme, Laura aurait normalement refusé l'affaire de Mlle Godfrey. Elle avait fini par accepter, mais avec réticence. Elle n'était pas en mesure d'aider toutes les pauvres femmes qui en avaient besoin. Le Kent était bien trop loin, le subterfuge nécessaire bien trop compliqué pour que lady Sterling en prenne le risque. Être découverte l'empêcherait définitivement d'aider qui que ce soit.

Mais le nom de lord Thornton lui avait sauté aux yeux.

La femme de chambre de lady Thornton avait été l'une des premières clientes de Laura qui, encore inexpérimentée, avait attendu trop longtemps pour pouvoir coincer le comte. Puis, au printemps dernier, elle avait été approchée par la cuisinière de lord Thornton, qui espérait qu'elle trouverait quelque chose pour faire changer le comportement d'un homme pour qui un coup de poêle en fonte dans les côtes n'avait pas été un moyen de dissuasion suffisant. Laura avait récupéré un objet de valeur mais aucun secret, aucune information lui permettant de le menacer, rien qui empêcherait cet homme de continuer à abuser de ses domestiques.

À présent, la simple perspective du retour de lord Thornton dans son domaine du Kent suffisait à inspirer la peur dans le cœur de la gouvernante de ses enfants – et de toutes les domestiques. Si Laura ne parvenait pas à l'arrêter à sa troisième tentative, comment pourrait-elle continuer à s'appeler *lady Sterling* ?

Elle leva les yeux vers la vitre. Le ciel devenait de plus en plus menaçant.

Les doigts de Laura voulaient trembler, mais ceux de lady Sterling restèrent fermes tandis qu'elle repliait la lettre et la rangeait à côté de la montre de lord Penhurst. D'une manière ou d'une autre, elle était décidée à clore cette affaire.

Après cela, personne ne tremblerait plus jamais à l'évocation de lord Thornton.

La pluie qui menaçait et le vent qui se levait renvoyèrent chez eux la plupart des résidents du quartier de Clapham. À de nombreuses fenêtres, on pouvait déjà apercevoir des chandelles et des lampes briller, bien qu'il soit encore tôt dans la journée. Walter prit le bras de Jeremy et désigna de la tête une jeune domestique qui était sur le point de tourner le coin de la rue.

— Eh bien, que je sois... C'est elle. Betty !

La jeune femme ralentit, mais ne s'arrêta pas.

— Betty ! cria encore une fois le valet.

Elle se retourna, méfiante, puis elle eut un regard d'heureuse surprise en voyant le jeune homme, avant de reprendre son air méfiant devant l'uniforme de Jeremy. Elle avait la mine usée et blafarde d'une fille qui en a trop vu pour son âge. Jeremy lui donnait seize ans, tout au plus.

— Qu'est-ce qui t'amène, Wally ? Qu'est-ce que tu me veux ?

— En fait, dit le jeune homme enamouré, je suis venu jusqu'ici pour te parler.

La joie éclaira le visage de la jeune fille, lui rendant un peu de l'innocence que Penhurst lui avait arrachée.

— Mais, avant cela, nous avons une affaire moins plaisante à régler, intervint Jeremy. Je suis le capitaine Jeremy Addison, et j'ai rendu visite à votre ancien maître ce matin. J'imagine que vous savez qu'il a été dévalisé à Vauxhall hier soir ?

À ces mots, le regard de la jeune fille se ferma aussitôt, et elle fit demi-tour après avoir lancé un regard acéré à Walter.

— On m'attend à la maison, dit-elle.

— Attendez !

Elle tressaillit, comme si elle s'attendait à sentir la main de Jeremy sur son bras pour l'arrêter. Au lieu de cela, il fouilla dans sa poche de poitrine et en sortit la carte de visite qu'il lui montra, d'abord avec son nom écrit à la main au verso, puis le nom imprimé de l'autre côté.

— Savez-vous où je peux trouver la femme qui a laissé cette carte ?

Elle jeta un œil à la carte, puis à Walter et enfin à Jeremy.

— Qu'est-ce que vous lui voulez ?

Addison déglutit.

— On m'a ordonné de...

*L'épouser.*

La plaisanterie du général Scott lui restait dans la tête, même si elle ne l'avait pas du tout fait rire. Il refusait de s'intéresser à cette femme, quelle que soit la noblesse de sa cause. Plus il serait efficace pour régler le problème lady Sterling, plus vite il retournerait au décryptage de ce satané livre de cuisine.

— Je veux lui poser quelques questions. Je vous assure que je ne lui veux aucun mal.

Ce qui était tout à fait vrai, bien qu'il ne puisse se porter garant des intentions du général Scott vis-à-vis de cette femme.

Ce fut au tour de Betty d'hésiter.

— Je suis censée ne rien dire. Elle a risqué sa vie pour moi.

— Allez, Betty, lui enjoignit Walter. Le capitaine Addison est peut-être un gentleman, mais il n'a rien à voir avec Penhurst et les hommes dans son genre. Ça se voit dans ses yeux. Et ce manteau rouge[1] devrait t'inspirer confiance, non ?

Encore une fois, elle regarda Jeremy avec attention et passa furtivement une main sur son ventre, bien qu'il n'ait pas encore commencé à s'arrondir.

— Ce n'est pas faux... Et je sais mieux que quiconque les dangers qu'elle pourrait rencontrer. Elle...

1. Uniforme des *Bow Street Runners*.

elle est partie toute seule pour aider une jeune femme, finit-elle par avouer. La gouvernante des enfants de lord Thornton. Et… j'ai peur pour elle, monsieur.

Le nom de Thornton lui était inconnu, mais si lady Sterling s'impliquait dans l'affaire, il devinait facilement de quel genre d'homme il s'agissait et le type de danger qu'elle allait affronter.

— Si vous vous pressez, vous pouvez encore la rattraper, ajouta Betty en pointant un doigt vers la rue.

Il regarda dans la direction qu'elle indiquait. Lady Sterling était-elle venue en personne à Clapham pour livrer les biens volés à la domestique ?

— Elle est partie dans le Kent avec la diligence, précisa Betty.

L'instant d'excitation s'éteignit comme un pétard mouillé. La diligence ? Le Kent ?

Jeremy était un stratège, un homme de réflexion. Il prenait des notes. Il faisait des listes. L'idée de galoper dans la campagne à la poursuite de lady Sterling, comme s'il s'agissait d'un renard, allait contre sa nature profonde. D'ailleurs, n'importe quel idiot saurait que les chances de la retrouver étaient minces.

Mais, bien sûr, il fallait qu'il essaie. Parce qu'il était un homme de devoir.

— Je vous remercie, dit-il en faisant un signe de tête à Betty et Walter. Je vous laisse à votre conversation.

À peine avait-il prononcé ces mots qu'une pluie torrentielle commença à tomber. Betty attrapa la main de Walter et le tira sous une porte cochère.

Jeremy remonta le col de son pardessus et se résigna à passer une journée aussi misérable qu'inutile.

# 3

Lorsque l'orage arriva pour de bon, Laura essaya de l'ignorer. Le bruit de tambour régulier sur le toit de la diligence semblait bercer l'homme replet et le plonger dans un sommeil encore plus profond. Le tuteur commença également à somnoler, laissant les deux frères se lancer dans des paris silencieux concernant le progrès des gouttes de pluie sur les vitres.

Seule la veuve montrait des signes d'inquiétude, son regard – son corps tout entier – comme greffé à la fenêtre. Pressée contre elle par l'homme endormi, Laura entendit un gémissement monter de sa gorge et vit des mots se former sur ses lèvres : une prière muette.

« C'est ça, l'Angleterre », faillit lui rappeler Laura, comme le lui avait si souvent dit son père. Il fallait toujours s'attendre à de la pluie.

Elle afficha un sourire et demanda à la femme si elle rentrait d'une visite à sa famille.

— Non, répondit celle-ci prudemment.

Mais, devant l'expression d'encouragement de Laura, elle expliqua qu'elle allait rendre visite à sa sœur.

— Elle vit à côté de Dartford. Elle a été malade tout l'été à cause de cette horrible chaleur, mais je n'ai pas pu quitter ma boutique jusqu'à maintenant. Je suis chapelière.

— Chapelière ? J'aurais pu le deviner, à voir ce ravissant bonnet que vous portez, répondit Laura.

Ce compliment reçut en réponse une longue dissertation sur les modèles les plus populaires de la saison.

Les gens adoraient parler d'eux-mêmes, dès qu'on leur en donnait la possibilité. Lady Sterling comptait beaucoup là-dessus.

Probablement ennuyé par la conversation sur les falbalas, l'un des jeunes hommes intervint bientôt pour raconter qu'ils étaient en route pour Tunbridge Wells – et ensuite Hastings, compléta son frère – pour une leçon d'histoire vivante avec leur tuteur. Ce dernier, que la discussion sur les chapeaux avait réveillé, sourit poliment à la chapelière, et s'excusa auprès de Laura pour l'irruption de ses élèves dans la conversation. À l'invitation de la jeune femme, il parla avec enthousiasme du nouveau recueil de poèmes d'un certain Wordsworth pendant plus d'un quart d'heure.

La discussion finit également par réveiller l'homme replet, qui s'appelait M. Richardson, d'Aylesford, et rentrait du mariage d'un cousin à Wembley.

— J'ai dû lui présenter mes meilleurs vœux alors même que, s'il a la chance d'avoir un fils, je n'hériterai pas de son joli petit manoir...

La pluie, lord Thornton et toutes ces choses déplaisantes furent oubliés un temps, jusqu'à ce que la diligence s'arrête à Dartford et que la chapelière et les trois gentlemen descendent.

Le balancement de la voiture et le ciel gris de l'après-midi plongèrent de nouveau M. Richardson dans le sommeil. Laura se glissa plus près de la vitre et fut tentée de faire comme lui. Sa petite visite à Vauxhall la nuit précédente l'avait tenue éveillée jusqu'à tard ; elle n'osait jamais rentrer à la maison tant qu'elle n'était pas certaine que tante Mildred dormait profondément.

Elle ne sut si ce fut la soudaine embardée de la diligence ou le juron du cocher qui la réveilla. Tout ce qu'elle savait, c'est que lorsqu'elle ouvrit les yeux, sa joue était écrasée contre la vitre froide et que M. Richardson, qui se trouvait jusqu'alors à l'autre bout de la banquette, était de nouveau serré contre elle à sa gauche – parce que la malle-poste s'inclinait dangereusement sur la droite.

Il renifla, grommela et, tentant de restaurer une distance respectable entre eux, chercha à tâtons dans l'ombre quelque chose à quoi s'accrocher, faisant balancer plus encore la diligence. Lorsqu'il se fut éloigné, Laura respira profondément et essaya de faire le point sur la situation. Au-dehors, elle entendait les voix du cocher et de son assistant qui se disputaient. Avaient-ils fait tomber la voiture dans un fossé ?

L'un des hommes à l'extérieur cogna à la porte, qui se trouvait pratiquement à la verticale.

— Ça va ?

— Vous êtes blessée ? demanda M. Richardson à Laura.

Agrippé à une lanière de cuir au-dessus de la vitre, il la regardait.

— Je n'ai rien, déclara-t-elle, ignorant une petite douleur au bras droit.

— Tout va bien, lança alors Richardson.

— Dieu merci ! dit la voix à l'extérieur. La voiture est sortie de la route à cause de toute cette boue. Ce sont des rochers qui nous ont arrêtés, mais l'un d'eux a cassé une roue et nous a envoyés presque dans le fossé. Quand on aura dételé les chevaux, il faudra grimper à travers cette porte pour sortir, expliqua l'homme en donnant un coup sur la vitre qui fit trembler la voiture.

S'alliant contre la gravité, les deux hommes parvinrent à ouvrir la porte depuis l'extérieur. Une pluie froide s'abattit alors sur le visage de Laura. Après discussion, le cocher et son assistant convinrent que si l'homme parvenait à sortir le premier, la diligence pourrait se rétablir de quelques degrés et ainsi faciliter la sortie de Laura.

M. Richardson réussit à se hisser à travers la porte partiellement ouverte. Il se faufila et tomba sur le sol trempé en poussant un juron. La voiture, qui avait grincé et avait été dangereusement secouée à chacun de ses mouvements, revint à une position plus verticale. Mais elle était loin d'être stable.

Quatre mains se tendirent pour aider la jeune femme. Perchée au bord de la porte, Laura poussa un soupir de soulagement en distinguant la route qui, bientôt, serait sous ses pieds. Il ne manquait plus qu'un petit saut...

Bien qu'elle soit menue, le déplacement de son poids fit s'incliner la voiture – pas de beaucoup, mais assez pour perturber un équilibre déjà précaire. Le saut relativement simple d'environ un mètre se transforma en saut beaucoup plus hasardeux de plus d'un mètre cinquante. Dans sa précipitation à quitter la voiture, elle bascula et ses mains glissèrent de celles, mouillées, des hommes qui la tenaient. Elle tomba lourdement sur le sol, emportant le cocher avec elle.

Elle se redressa sur les genoux et essuya la pluie de ses yeux avec le dos d'une main gantée pleine de boue, serrant son réticule contre sa poitrine de l'autre.

— Vous allez bien, madame ? demanda M. Richardson en lui prenant le bras pour l'aider à se relever.

Avant qu'elle puisse répondre par l'affirmative, il l'avait remise debout. Une douleur aiguë lui déchira alors la cheville. Surprise, elle ne put réprimer le petit cri de douleur qui monta à ses lèvres.

— On dirait bien que la réponse est non, monsieur, commenta le jeune postillon qui se trouvait un peu plus loin, tenant les quatre chevaux par la bride.

Le cocher la regarda d'un air mauvais. Son visage était assez proche pour qu'elle sente l'odeur de whisky dans son haleine.

— Vous pouvez marcher, m'dame ? Un kilomètre en gros.

Elle serra les dents. Elle testa sa cheville en déplaçant son poids, et faillit perdre l'équilibre quand celle-ci refusa de la porter.

Avant qu'elle ait pu répondre à la question du cocher, M. Richardson se baissa, passa une main sous ses genoux et la souleva de ses bras musclés, lui tirant un nouveau cri de surprise. L'homme la déposa sans cérémonie sur la croupe de l'un des chevaux. La pluie coulait dans sa nuque et gouttait du bord de son bonnet.

— Bon, maintenant, c'est dans quelle direction qu'on trouve un bon feu et une bonne pinte, les gars ? demanda M. Richardson en attrapant la bride du cheval et en se préparant à quitter les lieux.

— Et mon bagage ? s'enquit Laura.

En grommelant, le cocher récupéra sa mallette et la posa sans ménagement devant elle. Le cheval s'ébroua, forçant la jeune femme à agripper la poignée de bois de la mallette avec la main qui déjà tenait son réticule.

L'animal se mit en marche. Elle retint un nouveau cri et accrocha les doigts de sa main libre à la crinière sans dire un mot de plus, pas même lorsqu'elle commença à trouver que le kilomètre annoncé était bien plus long que prévu. La pluie glacée coulait dans sa nuque en petits ruisseaux, et le souffle de Richardson se mit à se transformer en nuages de vapeur. L'été semblait à présent un lointain souvenir.

Jamais la lueur de chandelles à travers une fenêtre n'avait été aussi bienvenue, quoiqu'elle ne révèle qu'un petit pub bas de plafond et non pas un relais de poste. M. Richardson l'aida à s'asseoir sur un fauteuil près du feu, au bout d'une table mal dégrossie. Puis il tira un des bancs et s'assit à côté d'elle. Une serveuse, visiblement épuisée, planta une chope de bière devant lui et promit d'apporter du thé à Laura. Mais on ne lui offrit ni eau chaude ni serviettes, et il n'y avait pas de chambres. Le cocher et son aide, qui s'occupaient des chevaux, pourraient dormir dans l'étable. M. Richardson déclara quant à lui pouvoir dormir n'importe où. Laura se dit qu'il lui fallait se préparer à passer une très mauvaise nuit.

Elle retira ses gants pleins de boue, qu'elle posa à côté de son bonnet trempé.

Mlle Godfrey ne l'attendait pas. Elle n'avait pour le moment aucun moyen de dire où elle se trouvait à qui que ce soit. Et avec une cheville blessée, elle avait peu de chances d'atteindre sa destination ou même de rentrer chez elle avant un bon moment. Son charme l'avait sortie de nombreuses situations périlleuses, mais ce dont elle avait besoin cette fois était un coup de théâtre, un sauvetage inattendu et improbable...

Avant que son esprit harassé parvienne à mettre sur pied un plan, la porte du pub s'ouvrit brusquement, et deux hommes entrèrent.

Le premier enleva son chapeau, révélant des cheveux blonds qui se dégarnissaient un peu sur le sommet du crâne. Il fit un grand numéro, faisant semblant de se débarrasser de la pluie sur son manteau alors qu'il était pratiquement sec et que ses bottes brillaient, malgré le temps. Il marchait avec l'assurance d'un homme qui s'attend à ce qu'on lui cède le passage.

Le patron du petit pub miteux se précipita de derrière son comptoir et s'inclina avec servilité.

— Monsieur, qu'est-ce qui me vaut l'honneur de votre visite ?

L'homme lança un regard accusateur à l'assemblée.

— Qui a laissé cette épave au milieu de la route ? Mes chevaux ont failli se prendre les pattes dedans ! J'ai même peur que l'une de mes roues n'ait été éraflée.

Malgré la douleur, Laura se redressa dans son fauteuil. Lorsque le regard froid de l'homme passa sur elle, elle se rendit soudain compte qu'elle connaissait cet homme. Pas simplement ce type d'homme – cruelle indifférence et air dédaigneux – mais l'homme lui-même.

Lord Thornton.

Elle frémit. Fallait-il baisser le regard, comme il s'y attendait de toute évidence ? Mais il n'avait jamais vu lady Sterling. Il n'avait aucune raison de la reconnaître, et par conséquent elle n'avait aucune raison de le craindre.

Lui lancer un regard de défi pourrait cependant attirer son attention sans nécessité. Elle décida alors d'un compromis en plongeant dans son réticule qui se trouvait sur ses genoux, et en tirant la lourde montre en or pour regarder l'heure. Elle resta absorbée par l'objet, jusqu'à ce qu'elle sente que le regard de Thornton n'était plus sur elle.

— Mais *vous*, vous n'êtes pas blessé, monsieur, s'aventura à noter le patron du pub, lui rappelant délicatement que d'autres n'avaient peut-être pas eu cette chance.

— Ce n'est pas grâce au cocher de cette diligence délabrée, en tout cas, cracha Thornton. J'imagine qu'il était saoul. Où se trouve-t-il ?

Laura serra la montre dans sa paume et ferma les yeux. Les efforts de lady Sterling pour faire payer cet homme pour son égoïsme et sa cruauté avaient échoué. Pour l'instant. Elle passa son pouce sur la montre, mais ses doigts étaient trop engourdis pour sentir la gravure. Aussi, elle la tourna et la retourna dans sa main. Comment s'assurer que la troisième fois serait la bonne ? Quels secrets cachait-il ? Elle n'aurait peut-être jamais l'occasion de...

Ses pensées furent interrompues par le raclement de gorge du deuxième homme. Elle leva les yeux et s'aperçut qu'il s'était approché et l'observait. Son expression n'était pas totalement illisible, mais elle n'avait pas de mots précis pour la décrire. De la surprise, de la fascination, et même de la désapprobation, tout cela mélangé à un épuisement total.

Lorsque les deux hommes avaient pénétré dans le pub, elle avait supposé qu'ils voyageaient ensemble, mais elle comprit qu'elle s'était trompée. Le manteau et le chapeau de lord Thornton n'avaient reçu que quelques gouttes de pluie ; il était à peine humide du court chemin entre sa voiture et l'entrée du pub.

Le deuxième homme était, lui, trempé jusqu'aux os, à peine moins mouillé qu'elle. Visiblement il avait voyagé à cheval, et d'après la boue qui avait éclaboussé ses bottes, il avait chevauché à pleine vitesse malgré la tempête, impatient d'atteindre sa destination ou... ou...

Il fronça légèrement ses sourcils bruns en la dévisageant. Même à cette distance, elle distinguait ses yeux bleus.

*Ou peut-être poursuit-il quelqu'un ?*

Peut-être la poursuivait-il, elle ?

Elle essaya de se débarrasser de cette idée. Quel rapport cet étranger pouvait-il bien avoir avec elle ? Elle ne le connaissait pas, or elle n'oubliait jamais un visage. Surtout un visage comme celui-ci, aux angles sculptés, la pluie dégoulinant de son nez grec parfait. Sous le regard perçant de l'homme, son pouls s'accéléra. Incapable de le cacher, elle s'affaira à ranger sa montre dans son sac à main.

Elle essaya, plutôt.

Car la montre lui échappa brusquement et glissa sur la table, parcourant la distance qui la séparait de l'étranger. De l'autre côté de la table, il arrêta la montre d'une main gantée, la prit et la regarda avec la même intensité. Un murmure lui échappa.

— Mon Dieu, souffla-t-il. Lady Sterling.

Le nom prononcé s'enfonça en elle comme un poignard, froid, aiguisé et mortel. Comment la connaissait-il ? Était-il une ancienne cible qu'elle aurait oubliée ?

Il n'avait pourtant pas l'air en colère. En fait, il évoquait quelqu'un qui se serait cogné la tête contre une poutre trop basse. Sidéré, hébété.

Tout le monde dans la pièce se tourna vers elle. Leurs bouches ouvertes étaient la preuve que les ragots londoniens étaient arrivés jusqu'aux journaux de province. Ces gens connaissaient lady Sterling. En voyant les expressions sur les visages, elle espéra que ceux qui la regardaient comme une sorte d'héroïne du peuple empêcheraient les autres de la pendre.

— Qu'avez-vous dit ?

Elle avait été si surprise par les paroles de l'étranger qu'elle avait momentanément oublié le plus grand danger dans la salle : l'homme pour qui le nom de lady Sterling était bien plus qu'une simple mention dans les journaux.

La douceur de la voix de Thornton dissimulait la glace de son regard. Il se tourna vers l'inconnu et le jaugea.

— Vous ai-je bien entendu, monsieur ?

— En effet, répondit l'homme. Cette dame est… est…

Ce léger bégaiement, cette hésitation lui donnèrent un peu d'espoir. Qui qu'il soit, quelle que soit la façon dont il la connaissait, il n'avait aucunement l'intention de révéler son identité à lord Thornton.

Mais elle n'était pas pressée de découvrir comment il allait terminer cette phrase. Il lui fallait reprendre le contrôle de la situation. Et tout de suite.

Priant pour que l'homme accepte de jouer le jeu, au moins jusqu'au départ du comte, qu'il la sorte du pétrin dans lequel il venait de la mettre, elle parla la première :

— Sa femme.

Lord Thornton et l'inconnu se tournèrent vers elle, le premier méfiant, le second consterné.

— Nous nous sommes mariés ce matin, expliqua-t-elle à lord Thornton, la lassitude dans sa voix laissant présager une histoire bien sombre.

L'amour de sa tante pour le théâtre l'avait inspirée plus d'une fois, lui fournissant des histoires souvent abracadabrantes pour la sortir de situations délicates.

— Je vois à votre expression que le nom de lady Sterling vous est désagréable, ajouta-t-elle.

Le comte acquiesça d'un grognement. Le reste du pub était si silencieux qu'on entendait le feu siffler et craquer.

— Je pourrais dire la même chose. Lorsque mon frère m'a proposé d'épouser ce gentleman, expliqua-t-elle en désignant l'inconnu d'un coup de menton, je ne savais absolument pas que j'allais lier ma réputation à cette... cette...

— Voleuse, l'aida Thornton promptement.

Un léger sourire naquit sur les lèvres de Laura ; elle était contente qu'il n'ait pas choisi un mot pire que celui-là.

— J'ai été élevée par une tante qui ne m'a jamais autorisée à lire les journaux à scandale, continua-t-elle. Je ne connaissais pas l'existence d'une telle personne, jusqu'à ce matin. Et puis, lors du petit déjeuner après le mariage, un ami de lord Sterling a pris la liberté de m'informer...

— Un de mes amis ? l'interrompit l'inconnu.

La nervosité qu'elle ressentit en portant son attention sur lui n'était pas feinte. L'homme avait toutes les cartes en main, et elle ne savait toujours pas quelles étaient ses intentions à son égard.

— Un *ancien* ami, vous pouvez en être sûre, corrigea-t-il d'une voix ferme. Vous n'auriez pas dû vous enfuir.

Le souffle de la jeune femme se bloqua dans sa poitrine. Était-il en train de jouer le jeu ?

— J'étais... mortifiée, s'aventura-t-elle.

— Vous auriez dû vous douter que je vous suivrais.

Il s'avança de quelques pas hésitants, comme s'il avait peur de la faire fuir.

— C'est ma faute, dit-il en regardant Thornton par-dessus son épaule, avant de se concentrer de nouveau sur elle. Mais chez qui alliez-vous ?

— Chez une ancienne camarade d'école, dit-elle sans même réfléchir. Près de Margate.

— C'est un long et périlleux voyage en diligence, déclara Thornton. Surtout pour une lady.

Son époux présumé s'approcha encore un peu d'elle, se mit sur un genou et tendit la main. Elle n'avait pas attendu une telle implication de sa part dans le rôle. Malgré le fait que cet homme lui était tout à fait étranger, elle n'avait d'autre choix que de poursuivre cette comédie.

— Avez-vous été blessée dans l'accident, ma chérie ?

La pulpe de son pouce caressait ses phalanges, instillant un flux de chaleur dans sa main.

*Ma chérie* ? Ces deux mots étaient presque aussi malvenus que l'avaient été les deux premiers : *lady Sterling*. C'était une chose de prétendre d'être mariés, c'en était tout à fait une autre de feindre l'affection.

— Je me suis foulé la cheville, dit-elle, retirant sa main de celle de l'inconnu pour montrer son pied. En sautant de la diligence accidentée.

— Mais elle a été bien courageuse, cependant, dit Richardson, s'invitant dans la conversation.

L'étranger – lord Sterling – l'écouta mais ne lâcha pas Laura du regard.

— Elle ne peut plus faire un pas toute seule, maintenant, continua Richardson. Je l'ai mise sur un cheval moi-même et portée jusqu'ici, termina-t-il en gonflant sa poitrine large comme un tonneau.

— Je vous remercie d'avoir pris soin d'elle, monsieur, dit l'inconnu en se relevant. Il va nous falloir appeler un médecin, afin qu'il examine la blessure.

— Je...

« Je vais bien », voulait-elle dire, et de cette façon, révoquer tout besoin d'assistance. Mais lorsqu'elle poussa sur son pied pour le démontrer, la douleur vrilla de nouveau sa cheville et elle dut se rasseoir.

Lord Thornton eut l'impudence de rire devant son désarroi.

— Voilà ce que je vous propose, Sterling, dit-il en se tournant vers l'inconnu. Vous ne trouverez pas de lit dans cet établissement. En tout cas, pas un lit qui convienne à, euh... une lune de miel.

À ces mots, les joues de Laura s'empourprèrent, et celles de l'inconnu également.

Cet afflux de couleur le rendait plutôt attirant.

Elle chassa la pensée malvenue aussi vite qu'elle était arrivée. Il lui fallait garder la tête froide.

— Thornton Hall n'est qu'à une quarantaine de kilomètres, continua le comte. Je pense que vous devriez venir avec moi.

La bouche de Laura s'ouvrit malgré elle. Elle avait espéré un genre de miracle, et le voilà qui arrivait, taillé sur mesure ! Un simple hochement de tête, quelques mots, et bientôt elle se retrouverait à destination.

Mais comme souvent avec les miracles, celui-ci apportait son lot d'inconvénients. La dernière chose qu'elle avait souhaitée était bien d'attirer l'attention de Thornton – en tout cas, avant que justice soit faite. Et devoir prétendre être mariée, avec un homme qu'elle ne connaissait pas, un homme qui avait failli la faire démasquer, rendait les choses encore plus compliquées.

Lady Sterling travaillait seule.

Lorsque l'inconnu ouvrit la bouche pour parler, elle se pencha en avant, curieuse de ce qu'il allait dire. Il avait joué le jeu jusqu'ici, c'était vrai, mais quelle raison aurait-il de continuer ? Avait-elle envie qu'il accepte ou qu'il refuse ?

Dans les deux cas, un simple mot de sa part pouvait tout changer.

— Alors ? demanda Thornton avec impatience.

— Vous êtes trop bon, monsieur, dit finalement l'étranger. N'êtes-vous pas d'accord... lady Sterling ?

Quand il tourna ses yeux lapis-lazuli dans sa direction, Laura aurait juré qu'il pouvait voir jusqu'au fond de son âme.

Épinglée par ce regard, il lui fallut faire un effort pour acquiescer. Et pour se défaire de cette sensation. Qui qu'il soit, il n'était qu'un homme. Et les hommes ne sont pas si malins que ça.

— Très bien. Ma voiture se trouve juste devant, dit Thornton en se dirigeant vers la sortie. Quand nous serons à Thornton Hall, j'enverrai chercher le médecin pour qu'il s'occupe de votre épouse. Et vous pourrez repartir dès qu'elle sera de nouveau sur pied.

— M... merci, bégaya-t-elle, réfléchissant à toute allure à la façon dont elle pourrait utiliser l'hospitalité inattendue du comte pour le mener à sa perte.

— Puis-je vous être utile ? proposa M. Richardson, désignant la jeune femme comme s'il s'agissait d'un meuble encombrant.

L'inconnu regarda Richardson, puis Laura.

— Merci, mon bon monsieur, mais je pense que je peux me débrouiller.

L'homme n'avait pas l'air d'avoir une once de musculature ; néanmoins, il se pencha et la prit dans ses bras avec une grande aisance – et sans les ahanements que le même effort avait provoqués chez Richardson.

Elle tâcha de ne pas montrer sa surprise en découvrant la puissance de sa poitrine et l'étonnante force de ses bras.

— Mon bagage ? parvint-elle à demander, canalisant son souffle pour articuler quelques mots.

M. Richardson attrapa la mallette et, d'un signe, indiqua qu'il les suivrait jusqu'à la voiture. Elle ressentit un étrange réconfort à sa présence. Elle préférait ne pas se retrouver seule avec son « mari » et Thornton.

— Votre chapeau ? Vos gants ? Ma chère…

Elle lança un regard à la pile trempée sur le bord de la table, soudainement consciente que les gants et les bonnets étaient une sorte d'armure, des boucliers derrière lesquels une femme pouvait cacher au moins une partie d'elle-même.

— Ils sont fichus, répondit-elle avec un soupir. Laissez-les.

Comme son faux mari avançait quelques pas derrière lord Thornton, elle se défit légèrement de son emprise.

— Comment avez-vous su… ? Comment savez-vous qui je… ?

— Plus tard, dit-il avec douceur à son oreille, raffermissant sa prise, l'attirant plus près de sa poitrine. Vite, tant que Thornton ne nous entend pas : dites-moi votre vrai nom. Un mari est censé le connaître, ajouta-t-il lorsqu'il la vit hésiter.

— Laura Hopkins, murmura-t-elle contre son cou, sentant l'odeur de sa peau humide. Et le vôtre ?

D'en dessous, elle le vit sourire d'un air mi-figue mi-raisin.

— Lord Sterling.

# 4

Laura.

Jeremy l'avait reconnue à l'instant même où il était entré dans le pub, bien qu'elle soit totalement échevelée du fait de l'accident et qu'il ne l'ait pas vue depuis presque un an.

*Mlle Laura Hopkins.*

C'était un vrai contraste, comparé à ce à quoi elle ressemblait à l'époque, vêtue d'une robe d'un blanc des plus pudiques, vive et jolie, charmant tout le monde à la soirée de Noël des officiers de Scott. Bien qu'il y ait eu peu de jeunes femmes ce soir-là, il avait été trop timide pour se frayer un chemin dans l'océan de manteaux rouges afin de se présenter.

La sœur du lieutenant Hopkins.

Il connaissait à peine Fitzwilliam Hopkins, un jeune officier sympathique, l'agent de terrain qui avait trouvé le fameux livre de codes que Jeremy tentait de décrypter. Pourtant, dès qu'il avait reconnu la jeune femme dans ce pub, il s'était préparé à lui offrir son assistance, la voyant clairement en plein désarroi. Il espérait qu'un homme ferait la même chose pour sa sœur Julia en pareilles circonstances.

Puis la sœur de Hopkins avait tiré une montre – une montre d'homme, la montre de Penhurst – de son réticule. Soudain, les roues crantées et les petits ressorts dans sa tête s'étaient momentanément arrêtés. Mlle Hopkins était... ?

*Non*. Absolument impossible.

Mais, encore une fois, les faits étaient têtus. À deux kilomètres de là, il était passé à côté d'une diligence renversée dans un fossé, la diligence dans laquelle lady Sterling avait quitté Londres pour se rendre à Thornton Hall. Évidemment, Mlle Hopkins aurait pu se trouver par hasard dans la même voiture, mais il n'avait vu aucune autre passagère. Et s'il était possible que lady Sterling soit descendue de la voiture plus tôt, cela semblait assez improbable. D'après les informations données par Betty, Jeremy avait compris que sa prochaine victime était également présente dans le pub, alors qu'elle faisait semblant de regarder l'heure à une montre qui ressemblait remarquablement à celle que le valet de Penhurst lui avait décrite.

Il n'avait pas prononcé son nom à voix haute intentionnellement. Il s'était encore moins attendu à entendre Mlle Hopkins prétendre être sa femme.

Pendant un bon moment, Jeremy n'avait pas su quoi faire.

Lorsque les petits rouages et les ressorts qui constituaient son intelligence – généralement fiable, et parfois même impressionnante – s'étaient remis en route, l'écho de leur mouvement dans sa tête avait sonné étrangement comme le rire du général Scott.

*Il me semble qu'une réponse s'impose, lord Sterling.*

D'une manière ou d'une autre, Scott avait-il planifié cette rencontre ?

Bien sûr que non. Il était ridicule d'imaginer une chose pareille.

Néanmoins, Jeremy n'avait pas le choix. Il avait mis la jeune femme en danger, l'avait presque démasquée aux yeux de tous. S'il entrait dans son jeu pour rattraper son erreur, elle pourrait encore arriver à

Thornton Hall ce soir, en dépit de l'accident et de sa blessure, exactement comme elle l'avait prévu.

Et il pourrait l'observer, voir quel genre de femme était vraiment lady Sterling.

Alors, il lui avait pris la main dans le pub et l'avait appelée *ma chérie*, se disant qu'il ne faisait que suivre les ordres de Scott, qui lui avait demandé de s'approcher au plus près de cette femme.

Il aurait cependant dû réfléchir au degré de proximité qu'il voulait véritablement atteindre.

La nuit précédente était une chose – un contact accidentel, dans l'obscurité. À présent, elle avait un bras enroulé autour de son cou, donnant l'image parfaite d'une jeune mariée prête à être portée jusqu'au lit nuptial.

Quand ils arrivèrent sous le crachin glacé, elle enfonça le visage dans l'épaule de Jeremy, l'invitant pratiquement à déposer un baiser sur ses cheveux mouillés.

Faire cela serait-il s'oublier complètement ou, au contraire, jouer son rôle de façon convaincante ?

Heureusement, ils étaient censés être en conflit : elle fuyait un homme dont le nom – il eut presque envie d'en rire – l'avait exposée aux ragots et au scandale.

Avec douceur, il la déposa dans la voiture, dans le sens de la marche, puis hésita un instant sur l'endroit où il devait s'asseoir. Il n'aimait pas l'idée de contraindre Mlle Hopkins à endurer plusieurs heures de route trop près de Thornton : le regard soucieux de Betty, quand elle avait évoqué cet homme, était encore gravé dans la mémoire de Jeremy.

Toutefois, il ne perçut aucune peur dans l'expression de Mlle Hopkins, ni d'attente particulière à son endroit.

Alors il prit la place opposée, jugeant qu'il valait mieux feindre la déférence pour son hôte et le laisser dans le sens de la marche. La position avait le bénéfice de lui permettre d'étudier… son épouse.

Malgré le siège rembourré, l'étrange posture de la jeune femme semblait refléter son inconfort, bien qu'il ne puisse juger si c'était la douleur ou la gêne qui le provoquait. Même dans la pénombre de la voiture, son costume de voyage en laine, couleur tabac, était encore trop clair pour masquer la boue qui couvrait ses ourlets, ses genoux et les bords de ses manches. Comme elle avait abandonné ses gants et son bonnet trempés au pub, rien ne cachait les boucles dorées qui entouraient son visage, ou les mouvements nerveux de ses mains, enroulant distraitement le ruban de son réticule autour de son doigt puis le déroulant – encore et encore.

Lady Sterling avait été jusqu'à présent une silhouette indistincte dans son esprit, un vague contour, lisse et sans visage. Mais si l'image mentale qu'il s'était faite de la célèbre voleuse était floue, l'apparence présente de Mlle Hopkins lui paraissait ne pas du tout s'y conformer. Elle était jeune – environ vingt-cinq ans, estimait-il – et sa petite stature et son visage en forme de cœur la faisaient paraître encore plus jeune. Les conjectures de Scott et le récit des événements de Vauxhall qu'avait fait Penhurst l'avaient conduit à imaginer quelqu'un de plus mûr. Quelqu'un qui n'avait pas l'air si… innocent.

Qui n'avait pas tant besoin d'être protégé.

Lorsque Thornton monta sur le marchepied, la voiture remua et Mlle Hopkins sursauta – souvenir de l'accident, peut-être. Ses grands yeux gris passèrent sur Jeremy, puis son attention se porta brusquement vers la porte. C'était comme si elle lui en voulait de lui être venu en aide – ou, plus précisément, comme si elle était furieuse d'avoir eu besoin d'aide.

Oui, la jeune femme était visiblement très ennuyée par ce mariage inventé.

Et Jeremy, qui avait été assez imprudent pour rire dédaigneusement face à l'ordre du général Scott, ne l'était pas moins.

Thornton s'installa à l'intérieur.

— Tout le monde est prêt ?

Elle hocha la tête et se poussa contre la paroi tandis que le comte s'asseyait à son côté.

— Une jeune mariée un peu nerveuse, ça n'a rien de nouveau, s'amusa Thornton, la regardant de bas en haut. Même si j'avoue que j'en ai rarement vu qui se donnaient vraiment la peine de s'enfuir. J'espère que cette petite aventure vous aura servi de leçon, lady Sterling.

L'adresse directe la fit sursauter de nouveau, mais elle se reprit.

— En effet, monsieur, ça a été une journée...

Elle lança un bref regard à Jeremy.

— ... de découvertes.

— Et bientôt une nuit, hein, Sterling ? plaisanta Thornton à voix basse, gratifiant Jeremy d'un clin d'œil grivois. Quand le docteur viendra s'occuper de sa cheville, je lui dirai de donner à votre épouse quelque chose pour calmer ses nerfs.

Le sous-entendu très peu subtil fit frissonner Mlle Hopkins. Ses yeux s'embrasèrent et se fixèrent sur Jeremy, dans l'attente de sa réaction. En voyant la fureur de son expression, celui-ci devina que la peur était une émotion qu'elle parvenait généralement à tenir à distance.

— Oui, un sédatif me semble indiqué, convint-il de son ton le plus aristocratique. Je crois bien que ce dont mon épouse a besoin, c'est d'une bonne nuit de sommeil.

Thornton émit un bruit de gorge, perplexe, et croisa les bras. Visiblement, l'idée qu'un homme ne désire pas forcer une femme, même droguée, ne lui avait jamais traversé l'esprit.

— Comme vous voudrez, répondit-il.

Bien qu'encore méfiante, Mlle Hopkins se détendit quelque peu. Elle regarda par la fenêtre le ciel qui s'assombrissait encore. L'orage avait recouvert la fin d'après-midi d'un voile d'obscurité crépusculaire. Ils auraient de la chance s'ils arrivaient à Thornton Hall avant la nuit.

Jeremy s'installa dans la même posture que Laura, regardant à travers la vitre opposée. Il profita du moment de silence pour remettre ses pensées en ordre. Après tout, il était un officier de renseignement hautement entraîné.

Mais plutôt que d'apporter des réponses, son cerveau semblait n'être capable que de générer des questions.

Qu'allait-il se passer lorsqu'ils arriveraient à Thornton Hall ?

Qu'allait-il dire à Mlle Hopkins quand ils seraient seuls ? Fallait-il qu'il lui révèle sa mission, et le fait qu'il la connaissait ?

Jusqu'où devraient-ils aller pour convaincre leur hôte qu'ils étaient réellement mari et femme ?

— Sterling, marmonna lord Thornton, stoppant net les pensées effrénées de Jeremy.

Du coin de l'œil, ce dernier nota un léger changement dans la posture de Mlle Hopkins, un calme inattendu.

— D'où vient votre famille ? continua Thornton, le visage tourné vers la vitre.

— Du Wiltshire. Mais j'ai un régisseur qui s'occupe du domaine. Je vis à Londres. Ou plutôt, j'y vivais avant mon, euh... mariage.

Préférer habiter Londres n'avait rien d'inhabituel pour un gentleman célibataire. Jeremy espérait que son explication dissuaderait Thornton de le questionner plus avant, surtout concernant la situation du domaine d'Everham, que même Julia et sa mère ne connaissaient pas.

— C'est une belle région, affirma Thornton avant de marquer une pause. Votre père a dû passer beaucoup de temps là-bas. Pourtant, je n'ai pas souvenir de l'avoir jamais rencontré.

Jeremy réfléchit à la bonne réponse à donner.

— Mon père n'a jamais eu le titre, monsieur. J'étais encore en deuil quand j'en ai hérité, de manière inattendue, d'un lointain cousin.

Le haussement de sourcils et le pincement de lèvres de Thornton étaient visibles, même de profil.

— Une belle surprise, j'imagine.

La mâchoire de Jeremy se serra malgré lui. Il imaginait les calculs que Thornton était en train de faire dans sa tête. La valeur de son héritage. Jusqu'à quel point Jeremy avait été un gentleman avant de devenir un de ses pairs.

— Une surprise, oui.

Finalement, Thornton se tourna vers lui. Jeremy s'obligea à rester impassible sous son regard inquisiteur.

— Je me souviens de cette histoire, à présent. Le précédent lord Sterling n'avait-il pas des problèmes financiers ? Des dettes ?

Il lança un regard en coin à Mlle Hopkins, puis se reprit :

— Mais je suis certain qu'à présent tout est réglé…

Jeremy n'aurait su dire si son intention était de rassurer sa soi-disant épouse, ou si Thornton pensait que cette question ne devait pas être évoquée devant une lady. Peut-être s'imaginait-il que Jeremy l'avait épousée pour sa richesse, ce qui expliquerait les réticences au mariage de ladite épouse.

« Eh bien, qu'il continue à penser cela », se dit Jeremy. Les gens se mariaient depuis toujours pour des questions d'argent. Ce genre d'arrangement, s'il était loin d'être romantique, était généralement considéré comme pratique et restait tout à fait respectable.

Si jamais il devait un jour se marier – ce qu'il n'avait aucunement l'intention de faire – il ferait sans doute un choix de ce type.

Par ailleurs, que la tension évidente entre Jeremy et « lady Sterling » s'explique par un mariage sans amour, arrangé pour de pures raisons financières, semblait préférable à la vérité.

— Dieu merci, intervint Mlle Hopkins, détournant son regard de la fenêtre piquetée de gouttes de pluie, les riches marchands fournissent suffisamment de filles et de veuves fortunées pour satisfaire les besoins des aristocrates, même des plus impécunieux.

Sa voix était si douce qu'on en oubliait presque la dureté de ses propos.

— Marchand ou pas, si j'étais votre père, vous pouvez être certaine que vous auriez senti mon déplaisir à la manière dont vous vous êtes comportée, déclara Thornton. S'enfuir plutôt que d'être reconnaissante d'avoir tiré un lot comme celui-ci ! ajouta-t-il en désignant Jeremy de la tête.

— Vous avez sans doute raison, monsieur, concéda-t-elle. Il vaut mieux épouser un bel étranger...

À travers ses cils baissés, elle regarda Jeremy avant de revenir à Thornton, tout innocence.

— ... que de se trouver à la merci d'un vieillard atteint de goutte.

L'allusion n'aurait pu être plus claire, bien que Thornton ne montre aucun signe de goutte et qu'à environ quarante-cinq ans, on ne puisse pas vraiment dire qu'il était un vieillard. Le « Oh » mécontent du comte offrit une excellente couverture au ricanement de Jeremy, qu'il masqua par une toux.

Non pas qu'il soit surpris que lady Sterling soit vive et pleine d'esprit.

Il ne s'était simplement pas attendu à l'admirer pour cela.

Malgré sa cheville blessée, son air débraillé, la position vulnérable dans laquelle elle se trouvait – coincée dans une voiture avec deux hommes, un qu'elle avait l'intention de voler et un autre qui pouvait tout aussi bien être un ami qu'un ennemi – elle refusait de baisser la tête. Jeremy se demanda si Thornton aurait encore son portefeuille et sa montre lorsqu'ils seraient arrivés au château.

— Cependant, continua-t-elle, cela a été un véritable choc pour moi d'apprendre que mon nom est lié à un scandale. Si j'en crois les regards qu'on m'a lancés au pub, je risque de subir des moqueries à tout bout de champ.

— Faites confiance à votre époux pour répondre à quiconque oserait faire une chose pareille, dit Thornton.

— Faire confiance à mon époux ? répéta-t-elle d'un ton sceptique. Soit, j'imagine que vous avez raison, monsieur.

Elle posa alors son regard sur Jeremy, jaugeant l'homme qu'elle avait en face d'elle, et le nœud d'incertitude dans la poitrine du capitaine se dénoua – comme le ruban du réticule de la jeune femme – puis se serra de nouveau.

— Je n'ai pas tellement le choix, ajouta-t-elle.

Il eut le sentiment de comprendre à présent comment elle gagnait la confiance des hommes à qui elle dérobait portefeuille et secrets. Ses yeux avaient le pouvoir de vous rendre faible ; ils vous donnaient envie de vous abandonner.

Il s'arracha à son regard et scruta le paysage par la vitre, cherchant un signe montrant qu'ils approchaient de Thornton Hall.

Ou, plutôt, faisant semblant. En réalité, il n'était pas pressé de se retrouver seul avec elle. Il n'avait pas plus confiance en elle qu'elle n'avait confiance en lui.

Seul un idiot pourrait se féliciter d'être l'objet des attentions de lady Sterling, et il n'était pas un idiot – il avait suffisamment insisté sur ce point auprès du général Scott plus tôt dans la journée.

Jeremy soupira, laissant un halo de buée sur la vitre.

Peut-être que s'il se répétait cette affirmation plusieurs fois de suite, elle deviendrait vraie.

Lorsque Laura se tourna de nouveau vers la fenêtre, elle faillit laisser échapper un juron. Elle avait mûrement réfléchi en choisissant son pseudonyme. Elle voulait un nom qu'on associe à la richesse. Quelque chose qui pèserait face au pouvoir des hommes qu'elle voulait punir. *Livre sterling...*

Pourquoi n'avait-elle pas d'abord consulté un bottin mondain ?

Au début, elle avait pensé que l'étranger mentait sur son titre. Mais plus Thornton le questionnait, plus elle était persuadée qu'il disait la vérité. Malheureusement il était, sans doute, réellement lord Sterling.

Encore pire, peut-être : ce vrai lord Sterling n'était ni un vieillard ni un faible, et n'était pas non plus totalement idiot. Il avait le pouvoir de lui poser bien des problèmes.

En d'autres circonstances, son joli visage aurait au moins été une agréable diversion. Un peu plus tôt, la sensation de ses bras autour d'elle avait provoqué une vague de chaleur dans sa poitrine qui, encore à présent, gardait à distance le froid et la douleur.

Elle brisa cette pensée comme une brindille avant qu'elle devienne une branche ou qu'elle prenne racine. Elle ne pouvait se permettre d'être distraite par quoi que ce soit, surtout en ce moment.

D'ailleurs, plus elle le regardait, plus elle avait envie de rejeter l'adjectif qu'elle avait employé. Il n'était pas *joli*.

Son visage ressemblait plutôt à celui d'un ange sur les anciens tableaux : lignes et angles parfaits. Ses cheveux bruns, presque noirs, balayaient ses sourcils et encadraient une paire d'yeux d'un bleu époustouflant.

*Magnifique* était sans aucun doute le mot qui qualifierait le mieux ce visage, même s'il n'approuverait sans doute pas le terme. Il n'en était pourtant pas moins viril. Il l'avait portée sans le moindre effort depuis le pub jusqu'à la voiture et il avait répondu à Thornton sans obséquiosité, bien que plus jeune que le comte. Il ne devait pas avoir trente ans. On aurait pu trouver pire comme mari d'opérette.

Mais Laura ne voulait pas d'époux, vrai ou faux.

Elle devait se concentrer sur ses problèmes.

Comment l'avait-il reconnue ? Et quelles étaient ses intentions la concernant ?

Peut-être était-il là pour venger un ami qui avait été victime de lady Sterling. Ou peut-être s'était-elle trahie. Et si sa promise, ou peut-être même sa mère – les hommes pouvaient être si irrationnels quand il s'agissait de leur maman –, était mortifiée par le nom choisi par Laura pour effectuer ses méfaits et avait insisté pour qu'il mette fin à cette mascarade ?

Elle savait très bien ce que le désir de vengeance pouvait pousser les gens à faire.

Mais encore une fois, si telle était son intention, il aurait eu maintes occasions de la démasquer devant Thornton. À l'heure qu'il était, elle aurait pu être déjà arrêtée par le magistrat du village.

En revanche, le silence de lord Sterling ne garantissait en aucun cas sa sécurité. Ses efforts pour aider quantité de jeunes femmes lui avaient appris une chose : les hommes réservaient généralement leurs pires comportements aux moments où ils se retrouvaient sans témoin. Il fallait absolument qu'elle évite de prendre le médicament que le médecin de Thornton lui prescrirait, quel qu'il soit. Elle n'avalerait rien qui puisse brouiller son esprit.

Pourtant, elle avait du mal à croire que lord Sterling avait l'intention d'abuser d'elle, une fois qu'ils seraient seuls. Il n'avait en tout cas pas approuvé le sous-entendu graveleux de Thornton, suggérant qu'elle ne serait pas en état ce soir de refuser de s'adonner au devoir conjugal. Il n'avait même pas tellement l'air d'aimer Thornton. En fait, elle était prête à croire qu'il n'avait accepté l'hospitalité de celui-ci que pour lui venir en aide. Comme s'il connaissait sa mission et voulait la faciliter.

*C'est ridicule*. Comment une telle chose serait-elle possible ? Personne ne savait, à part Betty. Même la pauvre Mlle Godfrey n'était pas au courant de son arrivée.

La voiture dérapa dans un virage en quittant la route principale. Cherchant une prise, Laura attrapa la planche de bois poli qui se trouvait sous la fenêtre et réprima un cri de terreur.

Thornton s'amusa de sa frayeur.

— Vous pensiez être encore dans cette diligence pour les rats, lady Sterling ? Je vous assure que mon cocher sait manœuvrer, quand il y a un peu de boue.

Lord Sterling ne dit rien, mais son regard se durcit face à Thornton, avant de se radoucir en passant à Laura. En d'autres circonstances, elle aurait qualifié son expression de « compatissante », bien qu'il y ait quelque chose de froid et sérieux dans ces profondeurs bleutées. Comme s'il essayait de résoudre une énigme.

— Ma chère Laura n'a jamais tellement aimé la pluie, dit-il en soutenant son regard. Sa maman est tombée malade après avoir été surprise par l'orage et, malheureusement, ne s'en est jamais remise.

Un éclat glacé traversa la poitrine de la jeune femme et vint se loger dans son sternum. Le souvenir de la mort de sa mère était douloureux, mais comment - *comment ?* - cet étranger pouvait-il en avoir connaissance ? Elle se rencogna dans la banquette rembourrée, mettant le plus de distance possible entre elle et les deux hommes, malgré l'exiguïté de la voiture.

Elle avait construit sa réputation sur le principe que *connaissance* signifiait *pouvoir*.

Lord Sterling en savait un peu trop, et cela ne la rassurait pas.

Thornton murmura quelque chose qui aurait pu être des condoléances.

— Nous sommes presque arrivés.

Elle pressa les doigts contre la vitre, heureuse d'avoir une raison de regarder à l'extérieur, de se détourner de lord Sterling. Mais il se passa au moins un quart d'heure avant qu'elle aperçoive le moindre signe d'une grille, d'un parc ou de lumières aux fenêtres d'une demeure. Cela donna largement le temps à la peur et à l'appréhension de se répandre dans tous ses membres, jusqu'à la faire trembler.

La voiture s'arrêta enfin devant un manoir élisabéthain, et lord Sterling montra son intention de prendre de nouveau son « épouse » dans ses bras.

# 5

— Chpeu m'brouiller t'seule.

Jeremy fronça les sourcils, essayant de comprendre ce que signifiaient les sons sortis d'entre les mâchoires serrées de Laura. Pressée dans un coin, le dos raide, elle lui rappelait un chat apeuré, acculé devant un gouffre, crachant et sifflant pour empêcher qu'on lui porte secours. Il avait espéré qu'elle se détendrait quelque peu une fois Thornton descendu de la calèche, mais à présent, il semblait évident qu'il risquait un coup de griffes.

Elle finit par desserrer les dents – la lumière émanant de la maison permettait de voir que ses lèvres tremblaient, de peur ou de froid, il n'en savait rien – et parla de nouveau :

— J'ai dit que je pouvais me débrouiller seule.

Un fin sourire monta aux lèvres de Jeremy, qui maudissait le général Scott.

— Je ne doute pas que vous en soyez convaincue, madame. Mais si vous posez de nouveau votre poids sur ce pied et que vous aggravez votre blessure, vous risquez... ou plutôt nous risquons de nous retrouver coincés dans le Kent pour un mois. Je vais donc devoir insister et vous demander de me laisser vous aider.

*Nous* ? Le poison dans ce simple mot fit tressaillir la jeune femme.

— Mais qui êtes-vous, monsieur ? Comment se peut-il que vous connaissiez tant de choses à mon sujet ?

Pendant les presque deux heures de voyage, Jeremy n'avait pas réussi à déterminer s'il lui fallait révéler l'objet de sa mission, au moins en partie. Mais il semblait à présent évident que lui révéler à demi-mot qu'il la connaissait *elle*, pas seulement le personnage de lady Sterling, n'avait rien eu de rassurant pour Laura.

Il aurait peut-être mieux valu ne pas répéter le commentaire désinvolte du lieutenant Hopkins concernant l'aversion de sa sœur pour la pluie. Jeremy se composa une expression qu'il espérait encourageante, pencha la tête et tendit les mains.

— Si nous restons ici plus longtemps, cela ne fera que soulever plus de questions, dit-il. Je vous expliquerai, je vous le promets, aussitôt que je serai certain que personne ne pourra nous entendre. Venez, à présent.

Elle finit par glisser le long du siège vers lui. Elle se mit sur son bon pied, en grimaçant, et sautilla jusqu'à ses bras.

Il n'avait pas imaginé que toutes ces années à porter sa sœur Julia sur ses épaules et à la rattraper chaque fois que lui prenait l'envie de sauter d'un arbre ou du haut d'un escabeau, l'avaient préparé en fait à son métier d'agent secret.

Mais il était évident que tirer sa petite sœur des pétrins dans lesquels elle se mettait n'avait rien de comparable avec le fait de tenir Laura Hopkins contre lui.

Il s'arrêta un instant pour lui laisser le temps d'arranger sa robe et de couvrir ses jambes.

— Je n'aime pas être un fardeau, dit-elle.

— Vous n'êtes pas un fardeau, rétorqua-t-il.

Et cela était, dans le sens le plus littéral qui soit, tout à fait vrai. Elle devait mesurer à peine plus d'un mètre cinquante et pesait probablement moins de cinquante kilos. Cependant, elle aurait été bien plus facile à porter si elle ne s'était pas tenue de façon si raide. Mais il attribua cette attitude au froid et à la douleur.

Connaître sa propre mission ne rendait pas la façon de procéder plus claire pour Jeremy.

Connaître la véritable identité de lady Sterling ne rendait pas ses intentions moins mystérieuses.

Savoir que si jamais elle se relâchait un peu, ses formes féminines s'emboîteraient parfaitement à son corps à lui, était bien plus dangereux que tout le reste.

Thornton avait déjà commencé à monter les marches, et la porte s'ouvrit pour l'accueillir. De la lumière et des voix jaillissaient de la maison, et Jeremy suivit le chemin qu'elles indiquaient. Mlle Hopkins eut un léger frémissement qui ressemblait à un rire ironique.

— Je n'avais pas du tout prévu d'entrer dans Thornton Hall par la grande porte, dit-elle.

— Estimez-vous heureuse, répondit Jeremy à voix basse. Quand je me suis levé ce matin, je ne me doutais pas un instant que j'allais me retrouver ici.

Le hall d'entrée était très haut de plafond, lambrissé de bois de noyer et sombre, malgré les chandelles alignées au mur. Il était surtout assez vaste pour que la demi-douzaine de personnes qui attendaient l'arrivée de Thornton paraissent presque perdues dans la pièce.

Un valet de pied s'avança le premier, pour débarrasser Thornton de son pardessus et de son chapeau. Il fut suivi d'une femme d'âge moyen – sans doute lady Thornton – qui murmura une longue litanie, se plaignant de l'humidité de l'air. Trois enfants se tenaient derrière elle, deux filles au bord de l'adolescence et un garçon d'environ six ans. Aucun des trois ne semblait particulièrement pressé de souhaiter la bienvenue à leur père.

Thornton fit un pas de côté pour que sa femme puisse voir les invités qui l'accompagnaient.

— J'ai trouvé ces deux-là égarés dans un pub à l'est de Dartford. Accident de diligence. Je ne pouvais pas les laisser sous la pluie, n'est-ce pas ? déclara-t-il avec un rire. Voici lord et lady Sterling, jeunes mariés.

Une légère exclamation de surprise venue d'une jeune femme attira l'attention de Jeremy. Une jeune femme qui tenait à ne pas être remarquée, si on en croyait la mauvaise robe de laine grise qu'elle portait et ses yeux baissés. Personne d'autre ne semblait l'avoir entendue.

— Oh, Dieu ! s'exclama lady Thornton en s'approchant.

Elle donna à Jeremy l'impression d'une femme qui aimait faire grand cas des autres - ou, plus précisément, qui aimait qu'on la voie ainsi.

— Êtes-vous blessée ? Oui, visiblement, se corrigea-t-elle, dardant ses petits yeux rapprochés sur Mlle Hopkins, toujours perchée dans les bras de son soi-disant mari. Ma pauvre. Pouvez-vous marcher ?

La tête de Laura frotta contre l'épaule de Jeremy.

— Je pense qu'il vaut mieux que je n'essaie pas, madame.

— Envoyez quelqu'un chercher Phelps, ordonna Thornton au valet de pied.

Au même instant, lady Thornton s'adressa à la femme en robe grise, tournant à peine la tête.

— Mademoiselle Godfrey, emmenez les enfants au salon d'hiver, et dites à Mme Tenney de faire préparer la chambre verte pour lord et lady Sterling.

— Est-ce que, commença Mlle Godfrey, se surprenant visiblement elle-même de son audace, la chambre bleue ne serait pas préférable, madame ?

Lady Thornton considéra un instant la suggestion de la jeune femme.

— Oui, vous avez sans doute raison, elle est plus près. Faisons comme cela, conclut-elle.

— Très bien, madame.

D'un mouvement des bras, Mlle Godfrey rassembla les trois enfants et les poussa en direction de l'immense escalier incurvé au fond du hall d'entrée. Arrivée sur le palier, elle s'arrêta un instant et lança un regard plein d'espoir par-dessus son épaule. Jeremy se rappela ce que lui avait dit Betty : lady Sterling était venue à Thornton Hall à l'appel de la gouvernante.

Ce fut lady Thornton elle-même qui les conduisit jusqu'à la chambre bleue, généreusement décorée d'étoffes et de tentures d'une couleur à laquelle il fallait s'attendre. Mais, bien entendu, il n'y avait qu'un lit.

Ses quatre colonnes d'acajou et son imposant matelas dominaient la pièce. C'est du moins ce qu'il sembla à Jeremy. Lady Thornton dut s'adresser deux fois à lui, avant qu'il aperçoive le délicat sofa damassé installé devant une cheminée sans feu. Il y déposa Laura, poussa un profond soupir de soulagement, puis secoua les épaules dans l'espoir de se débarrasser de la crispation dans ses bras.

Un léger amusement traversa le regard de Laura, sans pour autant effacer l'ombre que la douleur et l'inquiétude y jetaient.

— J'ai cru vous entendre dire que je n'étais pas un fardeau, monsieur.

Avant qu'il ait eu le temps de rétorquer, la chambre se remplit de domestiques : deux bonnes pour refaire le lit avec des draps frais, une autre pour allumer le feu, tandis que lady Thornton promettait l'arrivée imminente du médecin, puis quittait la pièce en hâte comme pour s'en assurer. Une deuxième vague de domestiques apparut rapidement après le départ de la comtesse, et Jeremy dut se rendre à l'évidence : son explication en tête à tête avec Mlle Hopkins devrait attendre. Un valet de pied débarqua avec son sac et la mallette de Laura, avant d'emporter ses bottes pleines de boue et son pardessus pour les faire nettoyer. Mme Tenney, l'intendante, arriva enfin, tenant haut un plateau à thé, pendant que d'autres valets apportaient des bassines d'eau chaude et une baignoire en cuivre.

C'était une véritable parade, une hospitalité ostentatoire qui rendit Jeremy à la fois suspicieux, reconnaissant, et jaloux. Son domaine d'Everham n'offrait pas plus de confort que ce pub en dehors de Dartford où ils s'étaient réfugiés. Mais il connaissait suffisamment la façon dont les gens comme Thornton conduisaient leurs affaires, pour deviner comment son hôte pouvait s'offrir un tel luxe. Pour l'heure, il avait surtout envie de profiter de la chaleur du feu, d'une bonne tasse de thé et de la promesse d'un bain.

Mlle Hopkins regardait le spectacle qui se déroulait devant ses yeux comme si elle était née dans un manoir, inclinant gracieusement la tête quand l'intendante lui offrit une tasse de thé et grimaçant, l'air embarrassée, lorsque l'une des bonnes s'agenouilla pour lui retirer ses souliers boueux et ses bas.

La brève vision d'un pied nu et d'une cheville n'aurait en aucun cas dû provoquer quoi que ce soit chez Jeremy, si ce n'est, peut-être, un peu de compassion – la cheville était effectivement gonflée et contusionnée. Mais il était trop facile d'imaginer les proportions parfaites de cette cheville en temps normal. Il savait qu'il n'avait aucun droit de remarquer ce genre de chose – ils n'étaient pas vraiment mariés – mais chaque petite parcelle de la jeune femme attirait son regard. Elle était aussi délicieuse que dans son souvenir, et très difficile à ignorer.

Il lui fallait rester sur ses gardes. Si on en croyait Penhurst, elle n'hésitait pas à utiliser ses charmes pour précipiter un homme à sa perte, et bien qu'il n'ait aucune sympathie pour Penhurst ou son engeance, il n'avait aucune intention de devenir une nouvelle victime de lady Sterling.

C'est pour cette raison qu'il quitta volontiers la pièce lorsque l'une des bonnes expliqua timidement qu'elle allait aider son épouse à ôter ses vêtements couverts de boue et la conduire au bain. Dans la relative intimité du dressing, où la température était plus fraîche, il se déshabilla sans l'assistance de personne et se débrouilla avec l'eau du lavabo et une serviette de bain particulièrement rêche.

Il était content d'avoir pensé à faire un saut au Souterrain après avoir quitté le quartier de Clapham. Il y avait retiré son uniforme et avait empaqueté quelques affaires. Mais sans doute pas assez pour ce qui pouvait devenir un séjour prolongé dans le Kent. Il avait également pris un cheval suffisamment en forme pour supporter un très long galop.

Après avoir enfilé une chemise propre, nettoyé son visage, coiffé ses cheveux, il ne lui restait plus qu'à attendre que Mlle Hopkins ait fini ses ablutions. Comme il n'y avait pas de porte entre la chambre et le dressing, il pouvait entendre – et imaginer – bien plus de choses qu'il ne l'aurait souhaité : l'eau qui coulait et faisait des éclaboussures sur sa peau parfaite, des petits gloussements. S'il était persuadé que lady Sterling ne gloussait jamais, en revanche, ce n'était pas le cas de Mlle Hopkins. Puis les deux bonnes eurent un débat animé sur la chemise de nuit appropriée pour une nuit de noces. Débat auquel, Dieu merci, la jeune femme ne participa pas au-delà de quelques murmures inaudibles.

À peine les bonnes eurent-elles informé Jeremy qu'il pouvait revenir dans la chambre que Phelps, le médecin, arriva. Depuis le seuil du dressing, Jeremy vit que Mlle Hopkins était de nouveau installée sur le sofa damassé, pudiquement couverte d'une robe de chambre et d'une couverture. Ses cheveux avaient été coiffés, et ses boucles d'or aux reflets roux brillaient dans la lumière de la cheminée.

— Approchez-vous, s'il vous plaît, demanda M. Phelps à Jeremy. Vous êtes l'époux de Madame ?

— Je... euh...

— Oui, c'est bien lui, répondit Mlle Hopkins avec calme.

Jeremy se demanda s'il était possible de lui être à la fois reconnaissant d'avoir la langue si bien pendue, et dérangé par l'aplomb avec lequel elle mentait.

Mais il était officier de renseignement. Il savait mieux que quiconque que personne ne dit jamais toute la vérité.

Le pied gauche de Mlle Hopkins était posé sur le sol, tandis que sa jambe blessée, la droite, reposait sur le sofa, un coussin sous son pied. Tout en lui parlant d'un ton rassurant, Phelps souleva l'ourlet de sa robe de chambre, le replia à mi-mollet et examina sa cheville, la bougeant d'un côté et de l'autre avec beaucoup de délicatesse. Elle ne put s'empêcher de planter les dents dans sa lèvre inférieure.

— C'est une petite entorse, annonça le médecin.

L'homme appliqua une pommade à l'odeur âcre sur la cheville, puis la banda avec un morceau de tissu.

— Il faut que vous gardiez le pied en hauteur autant que possible pendant les prochains jours, madame. J'ai cru comprendre que vous êtes une jeune mariée. Il va falloir demander à lord Sterling de patienter, fit-il en lançant un regard sévère à Jeremy, qui sentit le rouge lui monter aux joues.

— Mais oui, bien sûr..., répondit-il.

— À présent, reprit Phelps en se retournant vers Mlle Hopkins, comment vous sentez-vous ?

— Bien mieux, admit-elle. Le bandage soulage beaucoup.

Jeremy pensa qu'elle disait vrai, cette fois-ci. Les couleurs qui avaient quitté son visage pendant l'examen étaient en train de revenir.

— Et ceci va vous aider encore plus, ajouta le médecin en fouillant dans son sac, avant d'en tirer une minuscule bouteille en verre. Du laudanum. Prenez une goutte ou deux de temps en temps.

Pendant un instant, Jeremy crut que Mlle Hopkins allait refuser. Mais, après une courte hésitation, elle prit la bouteille et remercia le docteur d'un signe de tête.

— Je verrai Mme Tenney en partant, ajouta-t-il en refermant sa sacoche. Lady Thornton a ordonné qu'on vous fournisse tout ce que vous demanderez. Vous avez de la chance d'avoir de tels hôtes, madame.

Cette fois, Mlle Hopkins se trouva à court de réponse.

— C'est tout à fait exact, intervint alors Jeremy, posant une main sur le dossier du sofa, touchant presque sa prétendue épouse.

S'il n'agissait pas comme un homme amoureux, il risquait d'éveiller les soupçons.

Elle se tourna vers lui et, pendant un très bref instant, il eut l'impression qu'elle allait poser la joue contre le dos de sa main, jouant l'épouse aimante.

— Je ne peux pas avoir que de la malchance, dit-elle alors d'une voix tranquille.

Jeremy connaissait trop les probabilités mathématiques pour croire aux notions de chance ou de malchance. Il n'avait cependant aucune explication rationnelle pour l'improbable chaîne d'événements qui s'étaient succédé ces dernières vingt-quatre heures, le conduisant ici.

Il regarda M. Phelps, juste à temps pour voir une lueur d'incertitude ternir son sourire bienveillant.

— Je passerai après-demain, pour voir comment vous allez. Mais à présent, je vous laisse.

La porte se referma. Ils étaient enfin tous les deux.

Mlle Hopkins soupira – de soulagement ou d'exaspération, il n'en savait rien – et remit sa robe de chambre et la couverture en place.

— Eh bien ? demanda-t-elle.

Elle ne souffrait visiblement pas au point d'avoir oublié la promesse que lui avait faite Jeremy de tout lui expliquer une fois qu'ils seraient seuls. Il lança un regard vers la porte, espérant presque qu'ils soient de nouveau interrompus.

Personne ne frappa. Pas le moindre son, si ce n'est le craquement du feu dans la cheminée.

Au lieu de parler, il contourna le sofa et se dirigea vers la table basse. Mme Tenney l'avait gentiment couverte de nourriture susceptible de tenter des voyageurs épuisés, mais il n'avait pas faim. Heureusement, l'intendante avait également apporté une petite carafe, à moitié pleine d'un liquide ambré.

Il en retira le bouchon et la porta à son nez. Du brandy. Du cognac *français*, plus exactement. Il ne fut pas surpris qu'un homme qui traitait si mal ses domestiques soit également le genre d'homme à consommer des spiritueux de contrebande sans le moindre scrupule. Jeremy se servit une belle rasade, se sentant moins coupable qu'il ne l'aurait dû. Le thé était à présent tiède et, de toute façon, ne s'accordait pas du tout à la situation présente.

— Est-ce du brandy ? demanda Mlle Hopkins. J'en veux bien un peu.

Il pivota vers elle. La douleur crispait encore son visage.

— Peut-être devriez-vous plutôt prendre quelques gouttes de laudanum.

Il vit les phalanges de la jeune femme blanchir autour de la petite bouteille de verre.

— Ne faites pas cas de ce qu'a dit Thornton dans la voiture, s'empressa-t-il de dire. Je ne ferais jamais...

Elle le regarda, semblant le jauger. Ses yeux gris respiraient l'intelligence.

— Je vous crois. Mais je préfère quand même le brandy.

Il fit tourner le verre de cristal taillé entre ses doigts, étudiant les jeux de lumière à travers le liquide ambré. Puis il le lui tendit.

— Il n'y a qu'un verre.

Il ne s'était pas attendu à ce que cela la dérange. Pas vraiment. Mais il ne s'était pas non plus attendu à ce qu'elle boive le verre d'une traite, sans sourciller, avant de pousser un profond soupir de satisfaction, yeux fermés.

— Bien, je pense que je peux encaisser, maintenant, dit-elle en lui tendant le verre.

Le brandy avait rendu sa voix un peu rauque.

— À présent, dites-moi comment vous savez qui je suis.

# 6

Laura le regarda retourner à la table, examiner la tasse de thé et ses résidus de sucre et de feuilles, puis remplir de nouveau le verre. Il lui tournait encore le dos quand il porta celui-ci à ses lèvres et rejeta la tête en arrière pour le boire. Cette gorgée précipitée fut immédiatement suivie par des bruits de toux. Ses épaules se mirent à trembler légèrement tandis qu'il essayait de ne pas s'étouffer.

Le brandy de Thornton était doux et velouté, l'un des meilleurs qu'elle ait jamais goûté. Clairement, lord Sterling n'avait pas l'habitude de boire. C'était, d'après son expérience, quelque chose de très rare chez les gentlemen.

Après s'être repris, il posa le verre sur la table et s'assit sur un fauteuil rembourré, recouvert d'un tissu à rayures. Il croisa les jambes, les décroisa, évitant son regard tout du long. Elle avait l'impression que l'intimité du moment – le verre partagé, elle en robe de chambre, lui en chaussettes – le mettait mal à l'aise.

Malgré elle, elle trouva cela presque touchant. Elle ne rencontrait pas souvent des hommes si facilement – si innocemment – embarrassés.

— Lord Sterling ?

Pendant un instant, on aurait pu croire que sa voix n'avait pas pénétré le cerveau du capitaine. Puis il leva les yeux vers elle.

— Ah, oui. J'étais simplement en train de réfléchir à la meilleure façon de… Je n'utilise jamais mon titre, voyez-vous. Je ne suis pas habitué à ce qu'on m'appelle comme ça…

Elle eut envie de lui demander quel aristocrate ne se faisait pas appeler par son titre. Mais elle se souvint de ce que lord Thornton l'avait obligé à révéler dans la voiture, le fait que son titre lui était arrivé de manière inattendue, mais aussi qu'il n'était pas forcément bienvenu. Elle décida de laisser cette énigme de côté.

Les autres questions qu'elle se posait étaient bien plus pressantes, de toute façon.

— Nous sommes-nous déjà rencontrés, monsieur ?

La question avait pour but de l'amadouer, mais au lieu de cela, elle sembla l'alarmer. Il se leva d'un bond et se mit à faire les cent pas devant la cheminée.

— Nous n'avons pas été présentés, non, répondit-il après un temps. Mais je connais votre frère Fitzwilliam, mademoiselle Hopkins.

Elle rougit jusqu'aux oreilles.

— Oh.

Sans sa cheville blessée, elle se serait certainement jointe à lui pour arpenter le tapis devant la cheminée.

— J'aurais dû me douter que Fitz trouverait un moyen pour garder un œil sur moi.

Lord Sterling sourit faiblement.

— Moi aussi, j'ai une sœur. Et je comprends fort bien que votre frère s'inquiète pour vous, surtout vu la façon dont vous… c'est-à-dire votre…

Ne trouvant pas de formule satisfaisante, il interrompit sa phrase.

— Mais je ne crois pas qu'il… C'est-à-dire, ce n'est pas lui qui…

Elle l'écoutait à peine, se concentrant sur son visage, fouillant sa mémoire pour le reconnaître. Elle était soulagée d'apprendre qu'il ne s'agissait pas d'un homme qui avait eu affaire à lady Sterling. Mais de nouvelles questions se formaient déjà dans son esprit. Quand avait-il rencontré son frère ? Où ? Dans quelles conditions ?

— C'est pour cela que vous savez, pour ma mère.

Il acquiesça.

— Oui, je tiens à vous dire que je suis désolé pour…

— Mais cela n'explique pas comment vous connaissez Fitz, continua-t-elle, négligeant ses condoléances.

À cet instant précis, elle ne pouvait se permettre d'être distraite par des souvenirs d'une autre vie.

— Je suis le capitaine Jeremy Addison.

— Capitaine Addison, répéta-t-elle, n'essayant pas de cacher sa surprise. Vous êtes militaire ?

Sa carrure, son allure : il ne ressemblait en rien aux jeunes officiers effrontés qu'elle avait eu l'occasion de rencontrer. Néanmoins, c'était une explication aussi plausible que toutes celles que son cerveau fatigué avait élaborées.

— Je suppose que vous allez me dire que Fitz et vous faites partie de la même division, ou du même régiment, quelque chose comme ça ?

— Quelque chose comme ça, oui, admit-il avec un éclair d'amusement dans le regard. L'hiver dernier, vous avez participé à un bal d'officiers avec votre frère. Ce genre d'événement est très rare pour des hommes comme nous, et vous étiez si… si…

De sa main aux doigts effilés, il fit un geste circulaire sans signification apparente.

— Disons qu'il est plus que probable qu'aucun des participants à ce bal ne vous ait oubliée, madame.

Il s'empourpra. Un peu plus, et elle risquait de se trouver sincèrement flattée.

— Ce soir-là, je vous ai aperçue de loin. Aussi, quand je vous ai vue au pub, je n'en ai pas cru mes yeux. C'est pour cela que je me suis approché. Et puis, vous avez fait tomber la... euh...

— La montre, oui, poursuivit-elle à sa place.

Elle tira son réticule de derrière un des coussins du sofa où elle l'avait caché. Elle dénoua le cordon du petit sac de soie et y glissa la main pour en sortir l'objet. L'or brillait doucement dans sa paume.

— Je suis désolé, dit-il d'une voix sincère. En la voyant, j'ai été pris de court. Je n'avais jamais imaginé qu'il puisse y avoir un lien, même lointain, entre une connaissance à moi et la célèbre...

— Tristement célèbre, vous voulez dire ?

— ... lady Sterling, termina-t-il avec un regard de biais. Le nom m'a échappé avant que j'aie eu le temps de réfléchir aux conséquences pour vous, ou pour...

Son regard glissa sur le lit.

— ... pour nous.

— Et vous êtes vraiment lord Sterling ?

— Oui, fit-il sans pouvoir réprimer une légère grimace.

Il lui avait avoué son rang militaire avec beaucoup plus de fierté qu'il n'avait révélé son titre. Mais les deux étaient vrais, sans le moindre doute. Elle était trop habituée à récolter des informations pour mettre celles-ci en cause.

Visiblement, comme elle, il possédait deux noms, deux identités, qu'il préférait garder séparées, voire secrètes.

— Comment avez-vous fait le lien avec moi ? demanda-t-elle en soupesant la montre.

Lorsqu'il tendit la main, elle la lui donna à contrecœur. Leurs doigts se frôlèrent.

— Elle était décrite dans le journal, dit-il en tournant la montre vers la cheminée. L'article disait... que lady Sterling l'avait dérobée à lord Penhurst la nuit précédente, à Vauxhall.

Dieu merci, se dit Laura, il était un piètre menteur. Mais même si cette série de petites hésitations ne l'avait pas totalement démasqué, elle aurait eu des soupçons.

— Dans quel journal ?

Il baissa de nouveau le regard et reprit sa marche sur le tapis.

— Je... euh... je ne me souviens plus. Quelqu'un l'avait laissé traîner et je n'ai fait qu'y jeter un œil.

Aucun journal n'avait décrit la montre, pour la bonne et simple raison que lord Penhurst et sa mère ne voulaient en aucun cas que sa description circule. De cela, elle était certaine.

Il était peut-être temps de faire comprendre à lord Sterling que lady Sterling n'avait rien d'une voleuse ordinaire.

— Les journaux rapportent que lady Sterling se sert dans les poches des gentlemen, commença-t-elle. Mais ils n'en connaissent pas la raison. De trop nombreux hommes – des hommes riches, des hommes de pouvoir, mais aussi des hommes ordinaires – considèrent qu'ils ont un droit sur les femmes. Un droit sur leur temps, leur attention. Un droit sur leur personne. Quant à moi, je considère que les femmes aussi ont un droit : celui de se libérer d'un homme qui se pense au-dessus de tout, qui méprise le soi-disant sexe faible. Et, bien sûr, les domestiques sont les plus vulnérables.

Il l'écoutait avec attention, sans rien dire. Elle continua.

— Imaginez que vous avez une sœur, qui se voit forcée de chercher une place de gouvernante dans une maison comme celle-ci, avec un employeur qui ne cesse de parler de choses obscènes devant elle pour le simple plaisir de la voir rougir – et même pour le simple plaisir de lui rappeler le pouvoir qu'il a sur elle.

— Un tel homme mériterait d'être fouetté pour son impertinence, répondit-il, serrant plus fort la chaîne de la montre qui se mit à se balancer de façon erratique. Et il se trouve que j'ai une sœur, madame. Mais je vous assure que je n'ai pas besoin d'être lié à une jeune femme pour faire la différence entre le bien et le mal.

Laura ne cacha pas son irritation. Elle en avait assez qu'il la surprenne, même agréablement.

— Trop d'hommes ne voient l'humanité des femmes que lorsqu'elles ont un lien avec d'autres hommes. Pour eux, une femme n'a de la valeur que s'il s'agit de la sœur, de l'épouse ou de la mère d'un autre homme. Et si elle n'est rien de tout cela, quelle valeur a-t-elle ? Presque aucune, à leurs yeux. Et même les femmes liées à des hommes sont souvent privées de soutien, voire rejetées par leur famille, lorsqu'elles se trouvent dans les circonstances que je viens de décrire. Elles sont alors nombreuses à n'avoir personne vers qui se tourner. Même la loi est contre elles. Et pour toutes ces raisons, elles sont victimes d'une injustice. Personne n'écoute leur histoire... si ce n'est lady Sterling.

Le regard dans le vague, il fit un signe de tête, compréhensif.

— Lady Sterling pense que les gentlemen qui se comportent mal doivent recevoir la monnaie de leur pièce. Alors elle leur prend quelque chose : quelque chose qui a de la valeur, oui, qui aidera les pauvres domestiques renvoyées. Mais également quelque chose qui rendra ces hommes aussi vulnérables que la femme, ou les femmes, qu'ils ont outragées. Et elle leur laisse un petit souvenir pour leur rappeler que c'est elle à présent qui a le pouvoir, parce qu'elle sait des choses sur eux, des choses qu'ils préféreraient qu'elle ne sache pas.

— Vous menacez de divulguer leur comportement, dit Jeremy.

Il semblait avoir honte pour ces hommes. Mais pour un soldat, il était décidément bien doux et naïf.

— Malheureusement, nombre d'entre eux se vantent de ce genre d'attitude plutôt que d'en avoir honte. Mais ces hommes, toujours, ont une autre... faiblesse, dirons-nous. Quelque chose qu'ils tiennent à garder secret.

En entendant le mot *secret*, le pas de Jeremy s'accéléra.

— Par exemple, cette montre, reprit-elle en la désignant du menton. Elle a bien été volée. Mais pas par moi. En tout cas, pas en premier lieu. Elle appartenait au duc de Langerton, qui a épousé une cousine de Penhurst il y a une douzaine d'années, au grand désarroi de sa tante, lady Penhurst. Elles avaient beau être de la même famille, elle était révoltée de voir cette femme s'élever à un tel rang. Peu de temps après, le duc qui était très âgé est mort. Son fils, le duc actuel, un homme très désagréable, a tenté par tous les moyens de faire déshériter la jeune duchesse. Tout semble indiquer que c'est lady Penhurst qui a dérobé la montre, espérant compliquer encore un peu plus la position de sa nièce. Il s'agit donc bien d'un héritage de famille, mais pas celui de lady Penhurst ou de son fils.

Tout en l'écoutant, lord Sterling étudiait la montre sous tous les angles.

— Il y a douze ans. Vous étiez une enfant. Comment pouvez-vous savoir tout cela ?

— Quand quelqu'un demande à lady Sterling d'intervenir, je me fais un devoir d'en apprendre un maximum afin que mon plan soit le meilleur possible. J'ai lu, fait des recherches, interrogé des gens, j'ai espionné. Je me suis déguisée en bonne, en vieille femme, et même en fille de joie.

Elle fit une pause, sentant de la désapprobation face à ces derniers mots, mais il tint sa langue.

— Je ne sais pas si Penhurst connaît la provenance de cette montre, continua-t-elle. Mais il savait que sa mère serait furieuse si quelque chose lui arrivait. C'est la raison pour laquelle il ne l'a jamais mise en gage pour régler une dette de jeu, ou utilisée pour payer certains de ses plaisirs illicites. Je doute même qu'il ait été assez bête pour révéler qu'elle a disparu – en tout cas, pas à quelqu'un susceptible d'en faire la description dans un journal.

Lord Sterling fit sauter la montre et la rattrapa dans son poing serré.

— Cependant, il se trouve que sa mère est au courant, dit-il au bout d'un temps. Et elle était furieuse. Furieuse au point de l'avoir fortement tancé à ce propos devant les domestiques.

La réputation de lady Penhurst auprès de ses domestiques n'était pas meilleure que celle de son fils. Laura n'eut aucun mal à croire que cette femme en avait trop dit dans un mouvement d'humeur. Et dans quelle humeur massacrante la baronne avait-elle dû se trouver quand, tôt ce matin-là, elle avait reçu une carte de visite et une note de lady Sterling lui indiquant que si le comportement de son fils ne changeait pas, elle risquait de ne pas apprécier le scandale qui en résulterait !

Mais pourquoi lord Sterling avait-il parlé aux domestiques de Penhurst ? Était-il en train d'enquêter sur la montre ? Peut-être même avait-il été engagé par Penhurst lui-même pour la retrouver ?

— La conséquence de la disparition de la montre – et je comprends à présent ce que certaines révélations pourraient signifier pour la réputation de la famille – est que lady Penhurst garde à présent un œil sur son fils, ajouta-t-il. Et qu'elle a éloigné tout le personnel féminin.

Une bouffée de fierté – plus chaude que le brandy ou le feu qui crépitait dans la cheminée – gagna les veines de Laura, lui faisant un instant oublier ses inquiétudes. *Un succès.* Lady Sterling avait réussi, une nouvelle fois.

— Dites-moi, demanda-t-elle, pensez-vous que mon frère sera surpris par ce que vous lui raconterez des exploits de sa sœur ?

Lord Sterling s'éclaircit la voix, comme si la brûlure de la liqueur avalée plus tôt le gênait encore.

— Je l'ignore, mademoiselle Hopkins. Comme j'ai déjà essayé de vous le dire plus tôt, ce n'est pas lui qui m'a demandé de vous retrouver.

Elle fronça les sourcils.

— Qui, alors ?

*Pas Penhurst !* Son orgueil l'avait-il conduite dans un piège ?

Lord Sterling lui offrit un léger sourire qui remua quelque chose en elle.

— Quelqu'un qui a trouvé très spirituel d'envoyer lord Sterling à la recherche de lady Sterling.

La plaisanterie, si c'en était une, ne l'amusa pas.

— Cela est-il censé me soulager ? répliqua-t-elle sèchement. Je suppose que si cette mystérieuse personne m'a envoyé le capitaine Addison, je devrais me demander si toute l'armée britannique va suivre.

Il eut un rire hésitant, et sa deuxième tentative d'explication fut un peu plus convaincante que la première :

— Disons que je suis ici pour le compte de quelqu'un qui aimerait en savoir davantage sur lady Sterling et sur ses motivations.

— Malgré ce que vous pensez avoir compris de moi, je dois vous dire que je n'aime pas les énigmes, répondit Laura.

Elle lui offrit un froncement de sourcils sévère, ne comprenant pas sa réticence à en dire plus.

— J'ai bien peur de ne pouvoir vous donner d'explication plus satisfaisante pour l'instant, madame.

Il lui tourna le dos, tout en continuant sa déambulation devant le feu.

— Pour l'heure, contentez-vous de savoir qu'il s'agit de quelqu'un qui ne vous veut aucun mal – sauf si, bien entendu, vous avez l'intention de faire du mal à de nouvelles personnes.

— Je ne fais de mal qu'à ceux qui le méritent, rétorqua-t-elle, menton levé.

De l'autre côté de la pièce, lord Sterling fit une pause et lui lança un regard par-dessus son épaule.

— Comme lord Penhurst, par exemple.

Il fit passer la montre dans sa deuxième main et fouilla dans la poche de poitrine de sa veste. Même à cette distance, elle n'eut aucun mal à reconnaître la carte de visite qu'il en sortit. *Sa* carte de visite. Celle qu'elle avait glissée dans la poche du gilet de Penhurst. Elle vit ce qui était écrit au dos.

— Betty, souffla-t-elle.

La pièce manquante dans le puzzle qui menait à lady Sterling.

Comment la jeune fille avait-elle pu être aussi imprudente ? Aussi ingrate ? Au point de livrer Laura à un inconnu ?

— Penhurst a nié connaître cette domestique qui aurait provoqué l'incident avec lady Sterling. Je dois avouer qu'il n'a pas été très convaincant. Tout cela au grand désarroi d'un certain valet prénommé Walter, qui nourrit de tendres sentiments pour la jeune fille. C'est lui qui m'a emmené à Clapham où, d'après ce que j'ai compris, elle est à présent au service d'une certaine Mme Hayes.

Laura hocha la tête brusquement, comme pour cacher sa confusion d'avoir été retrouvée si facilement.

— C'est ma tante.

— Vous ne devez pas en vouloir à Betty de m'avoir révélé où vous alliez. Elle était très inquiète. Elle semblait penser que vous auriez besoin de quelqu'un pour veiller sur vous à la campagne, ajouta-t-il avec un léger sourire.

Se sentant à présent complètement démasquée, Laura ajusta la couverture de laine autour d'elle. Depuis le début, les spéculations sur lady Sterling étaient allées bon train. Mais elle avait cru qu'elle serait assez maligne pour ne pas se faire prendre.

À présent, il fallait qu'elle parvienne à amadouer ce lord Sterling. Même si cela signifiait se rapprocher encore de lui.

Peut-être Betty avait-elle eu raison, dans le fond.

Elle regarda sa cheville et offrit au capitaine un sourire, s'assurant que celui-ci soit à la fois légèrement dépité et tout à fait désarmant.

Cependant, lord Sterling semblait n'avoir cure de ses charmes. Il était perdu dans ses pensées. Il jouait avec la carte de visite, lui donnant des chiquenaudes du pouce.

— Et Thornton mérite aussi une..., euh... punition ?

Laura cessa de sourire.

— Encore plus que Penhurst. Il a été plus que pressant avec la bonne de sa femme. Et il a pris l'habitude de convoquer sa dernière cuisinière dans sa chambre pour assouvir ses... appétits.

— Mais je pensais que... c'était la gouvernante ?

— Oh, oui, Mlle Godfrey fait partie des femmes qui reçoivent ses désagréables attentions. Ou en tout cas, elle a peur que cela n'arrive bientôt.

Elle tapota son réticule sur ses genoux, faisant crisser le papier qui s'y trouvait.

— Elle a écrit à lady Sterling pour demander son aide.

— N'avez-vous pas déjà essayé de vous en prendre à Thornton ?

— Si, dit-elle. Et j'ai échoué.

Elle passa ses doigts sur la lettre d'Emily Godfrey à travers le sac à main de soie.

— Dans la carrière de lady Sterling, continua-t-elle, lord Thornton a été le seul adversaire dont elle n'a pas réussi à triompher, c'est le méchant qui réapparaît quand tout semble rentré dans l'ordre.

— Habituellement, ce genre de personnage est vaincu à la fin de l'histoire, non ?

Elle leva des yeux perçants sur lui, et il haussa les épaules.

— Ma sœur a une passion pour le théâtre, expliqua-t-il. Y compris pour les mélodrames.

— Ma tante également, commenta-t-elle.

Elle leva un doigt et l'appuya sur l'espace entre ses sourcils, s'apercevant que la surprise provoquée par la confession de Jeremy et le fait de découvrir qu'ils avaient des choses en commun, au-delà de son titre d'emprunt à elle et de son vrai nom à lui, avait creusé une ride sur son front.

— Mais n'avez-vous pas l'impression que la punition qui intervient dans la scène finale n'est finalement qu'une maigre consolation pour les victimes qui ont été sacrifiées au cours des actes précédents ?

Il pencha la tête, comme s'il n'avait jamais considéré les choses sous cet angle.

— Je crois que ces victimes préfèrent être vengées, même tard, plutôt qu'oubliées.

— Oui, mais c'est plus facile à dire qu'à faire. Même avec beaucoup de préparation, il arrive que les plans de lady Sterling ne se déroulent pas comme prévu.

Elle sursauta en s'entendant prononcer ces paroles. Elle n'avait aucun effort à faire pour être aussi honnête que lord Sterling. Apaisée, elle poursuivit :

— Par exemple, dans le cas présent, j'avais prévu de passer quelques jours dans le village le plus proche pour recueillir des informations. Puis, après avoir élaboré un plan, j'aurais écrit à Mlle Godfrey pour lui donner rendez-vous l'un de ses jours de congé.

— Mais sans doute se trouver à l'intérieur de la maison est-il un avantage, non ?

— Oui, oui, bien sûr, dit-elle en roulant des yeux. Se faire remarquer avec une arrivée rocambolesque, attirer l'attention des membres de la famille et des domestiques…

— Grâce à cette arrivée, non seulement Mlle Godfrey sait que vous êtes venue l'aider, mais cela lui a permis de choisir votre chambre – cette chambre, précisa-t-il, faisant un geste pour désigner la pièce. Et pas une autre. Il y a forcément une raison à cela.

Mlle Godfrey avait-elle *sciemment* suggéré la chambre bleue ? N'était-ce pas simplement parce que celle-ci était plus près du grand hall, pour quelqu'un qui était blessé ? Laura ne savait dire ce qui la surprenait le plus : le fait qu'elle n'ait pas songé à cette possibilité, ou le fait que lord Sterling, lui, y ait pensé.

Clairement, la douleur l'empêchait de réfléchir convenablement.

— Et puis il y a autre chose, continua-t-elle en jetant un regard mauvais à sa cheville gonflée. Je n'ai pas réussi à battre Thornton alors que j'avais l'usage de mes jambes. Comment vais-je y arriver maintenant ?

Il s'approcha d'elle doucement, main tendue, et lui rendit la montre et la carte de visite. Elle enroula les doigts autour des deux objets, notant la chaleur du métal, réchauffé par la main de Jeremy.

— Peut-être avez-vous besoin d'aide ? suggéra-t-il en s'asseyant de nouveau sur le fauteuil à côté d'elle.

— Absolument pas ! Lady Sterling travaille seule. Je ne peux pas…

Il leva un doigt péremptoire pour lui intimer le silence. S'il avait été un peu plus près, elle aurait pu le mordre. *Comment ose-t-il ?*

— Nous ne sommes plus seuls, articula-t-il en silence, désignant la porte d'un geste de la tête.

Laura tendit l'oreille. Tout était calme ; on entendait seulement les craquements du feu. Elle ouvrit la bouche pour protester, mais avant qu'elle puisse parler, on frappa doucement à la porte.

Lord Sterling leva un sourcil, comme pour dire : « Vous voyez ? »

Il se leva d'un bond et s'éclaircit la gorge avant de lancer :

— Entrez !

# 7

Voyant que la personne qui se trouvait derrière la porte n'entrait pas, Jeremy se demanda s'il fallait qu'il répète son invitation ou qu'il aille lui-même ouvrir. Il était inquiet de savoir ce qui avait été entendu de la conversation qu'il venait d'avoir avec Mlle Hopkins.

Il avait fait trois pas en direction de la porte quand celle-ci s'ouvrit dans un grincement, laissant apparaître la gouvernante, Mlle Godfrey. À côté du riche panneau de noyer, elle semblait terne dans sa robe grise, avec sa peau couleur de cendres.

Derrière lui, il entendit Mlle Hopkins remuer sur le sofa.

— Mademoiselle Godfrey, entrez !

La gouvernante sembla plus encline à accepter cette seconde invitation, mais lança un regard méfiant en direction de Jeremy. Elle traversa la pièce et prit le fauteuil qu'il venait de quitter, près de Mlle Hopkins. Il songea à s'asseoir sur l'autre fauteuil, aux pieds de la jeune femme, mais décida de rester debout, adossé au manteau de la cheminée.

Mlle Godfrey tourna le fauteuil en direction de Mlle Hopkins.

— Comment vous sentez-vous, madame ?

— Beaucoup mieux. Le Dr Phelps semble penser que ma cheville sera rétablie d'ici quelques jours.

— Oh, je suis heureuse de l'entendre, fit Mlle Godfrey, tortillant ses doigts sur ses cuisses. Je ne me pardonnerai jamais d'être la cause de votre blessure.

— N'est-ce pas le cocher ayant failli renverser la voiture qu'il faudrait plutôt blâmer ? avança Jeremy, sincèrement dérouté par la remarque de la gouvernante.

Celle-ci tressaillit, sans pour autant le regarder.

— Si je n'avais pas appelé lady Sterling à l'aide, elle n'aurait eu aucune raison de venir ici, à la campagne.

— Et si lord Thornton était un autre homme, vous n'auriez eu aucune raison de m'écrire, répliqua Mlle Hopkins avec gentillesse. Mais comme nous savons exactement quel genre d'homme il est, nous pouvons nous dispenser du petit jeu des conjectures.

— Oui, madame, admit Mlle Godfrey.

— Vous a-t-il fait du mal ? demanda Jeremy.

La question lui valut un regard tranchant de Mlle Hopkins, mais pas de réponse.

— Je... je ne savais pas que vous étiez mariée, lady Sterling, bafouilla Mlle Godfrey.

— C'est tout à fait nouveau. Mais être mariée a ses avantages. Une liberté de mouvement plus grande, par exemple, expliqua la prétendue épouse de Jeremy sans la moindre ironie.

Devant l'absurdité totale de la situation, celui-ci ne put réprimer un rire, qu'il parvint à maquiller en quinte de toux.

Ce qui poussa la gouvernante à se tourner vers lui.

— Pour répondre à votre question, monsieur, je vais très bien. Jusqu'ici, lord Thornton passait son temps en ville, même quand le Parlement n'était pas en session. Lady Thornton m'a engagée au printemps et nous avons passé tout l'été à la campagne, seuls. Je m'entends très bien avec les enfants, et j'étais contente de mon poste avant qu'on annonce le retour de lord Thornton. C'est là que j'ai commencé à entendre des murmures parmi les domestiques. Mme Tenney m'a prise à part et m'a prévenue qu'il fallait que je reste sur mes gardes. Elle a dit qu'il fallait m'attendre à ce que la maison soit bientôt envahie par ses amis, et de faire profil bas jusqu'à ce qu'ils décident de détourner leur attention sur quelqu'un d'autre.

Jeremy grimaça. L'idée que les femmes de la maisonnée doivent se prémunir contre ces hommes lui donnait la nausée. Et une autre sensation qu'il ne connaissait pas s'empara de lui : un désir brûlant de fermer le poing et de le flanquer au milieu du visage de Thornton.

— Oh, je comprends, fit Mlle Godfrey, s'éclairant d'un coup. Vous n'êtes pas blessée du tout, n'est-ce pas, lady Sterling ? Vous saviez que lord Thornton avait une préférence pour la compagnie des hommes, et vous avez pensé que l'aide d'un gentleman était judicieuse dans le cas présent. Votre cheville blessée n'est rien d'autre qu'une ruse pour entrer dans la maison. C'est une idée brillante !

Même s'il ne connaissait pas très bien Mlle Hopkins, son expérience des comportements humains suffit à Jeremy pour reconnaître la bataille qui se jouait derrière ses sourcils froncés. Son indépendance farouche allait la pousser à se défendre contre la supposition qu'elle aurait besoin de quelqu'un pour l'aider.

Mais elle était assez maligne pour voir que l'explication de la présence du capitaine par la gouvernante pouvait se montrer fort utile. Elle ouvrit la bouche et, après un instant d'hésitation, la referma, se contentant d'acquiescer d'un hochement de tête.

— Les gentlemen ont, parfois, leur utilité, lança-t-elle, regardant Jeremy avec une forme de dédain.

La réponse le hérissa. Et il ne put s'empêcher de rétorquer :

— Pour autre chose que l'acquisition d'un titre de noblesse, vous voulez dire ?

Lorsque le regard de Mlle Godfrey se porta sur lui, il laissa échapper un rire.

— Mon épouse est très intelligente, déclara-t-il. Mais vous semblez l'être également, mademoiselle Godfrey. En fait, j'ai même l'impression que ce n'est pas sans raison que vous avez suggéré à lady Thornton de nous installer dans la chambre bleue.

Mlle Hopkins leva les yeux au ciel.

— Je..., bredouilla la gouvernante. Eh bien, j'ai peut-être fait une erreur, la chambre verte est plus proche de celle de lord et lady Thornton. Mais j'ai pensé...

— Oui ?

— Ici, vous êtes près de l'escalier de service.

— Ah, dit Mlle Hopkins. Cela facilitera en effet une circulation discrète dans la maison.

— La salle de classe et la nursery se trouvent juste au-dessus. Je pourrai m'en échapper plus facilement sans que personne s'en aperçoive si... si vous avez besoin de mon aide, ajouta la gouvernante, visiblement surprise par sa propre audace.

— Et qu'y a-t-il en dessous ?

— Le bureau de lord Thornton.

Un léger froncement de sourcils marqua le front de Mlle Hopkins. Elle tapota ses lèvres du bout des doigts, pensive. Puis soudain, elle se dérida.

— Vous devriez partir à présent, mademoiselle Godfrey, avant qu'on remarque votre absence.

— Les enfants sont avec leurs parents, ce soir, expliqua la gouvernante en se levant malgré tout. Il y a peu de risques qu'on ait besoin de moi.

— Jusqu'à ce que lord Thornton décide de faire une visite dans la salle de classe, la reprit Mlle Hopkins, tête penchée, sur un ton de gentille réprimande. Mais attendez ! ajouta-t-elle alors que Mlle Godfrey gagnait la porte. Avez-vous une épingle à chapeau ?

La gouvernante parut aussi déroutée par la question que Jeremy.

— Non, madame.

Laura Hopkins attrapa son réticule et y plongea la main, avant d'en sortir un objet qu'elle plaça dans sa paume.

Mlle Godfrey se pencha dessus, le cachant un instant à la vue de Jeremy.

— Oh.

Lorsque la femme se redressa, il aperçut une jolie épingle sertie de bijoux. Le joyau à l'une des extrémités était encore plus massif que ceux affectionnés par les dandys. Et l'épingle elle-même était très longue. La pointe était couverte par une petite boule de laine. D'un mouvement leste, Mlle Hopkins retira celle-ci : le bout pointu brilla dans la lumière de l'âtre.

— C'est l'un de mes moyens de protection préférés, mademoiselle Godfrey. Facile à avoir sur soi lorsqu'on porte un chapeau, évidemment. Comme vous pouvez le voir, je fais attention à toujours être armée. Prenez-la, dit-elle en tendant l'objet à la gouvernante. Mettez-la sous votre oreiller ce soir, et trouvez un moyen de l'avoir toujours à portée de main dans les jours qui viennent. Et pour l'amour de Dieu, si Thornton s'approche trop de vous, utilisez-la.

Mlle Godfrey s'écarta soudain, inquiète.

— Vous voulez dire que je... je le poignarde avec ça ?

— Oui, absolument.

— Grand Dieu, mais où ?

— À l'endroit qu'il aura la mauvaise idée d'exposer devant vous.

Malgré son peu de sympathie pour Thornton ou les gens de son acabit, Jeremy ne put s'empêcher de grimacer.

Circonspecte, Mlle Godfrey prit l'épingle, fit une petite révérence à Mlle Hopkins, puis à Jeremy, et se pressa hors de la chambre.

— C'est dans vos habitudes de donner des épingles à chapeau et de prodiguer de tels conseils à vos clientes ? Si tel est le cas, je me demande comment il peut encore rester un homme assez fou pour poser la main là où il ne devrait pas.

Laura eut un petit rire sans joie.

— Si la douleur des autres pouvait dissuader les gens, *capitaine* Addison, la guerre nous serait inconnue. À présent, asseyez-vous. Je suis trop handicapée pour prendre le risque de me faire un torticolis.

Il s'assit sur le fauteuil que venait de quitter Mlle Godfrey. Comme il réduisait la distance entre eux, il fut alors conscient une nouvelle fois qu'ils étaient seuls tous les deux, dans une chambre à coucher confortable, toute la maisonnée les pensant mari et femme. Embarrassante situation.

Voulant se donner un air nonchalant, il croisa les jambes, ce qui lui rappela qu'il était en chaussettes, et que le talon de l'une d'elles avait été raccommodé par sa mère.

— Vous avez semblé intéressée, quand Mlle Godfrey a révélé l'emplacement du bureau de Thornton, dit-il en reposant les deux pieds au sol. Pensez-vous pouvoir entendre des choses dignes d'intérêt depuis cette chambre ?

— C'est une suggestion intéressante. On ne sait jamais, avec ces vieilles maisons. Vous me paraissez être un assistant plutôt prometteur, lord Sterling, répondit-elle en souriant. Vous pourriez peut-être même vous révéler utile en poussant lord Thornton à vous raconter toutes sortes de choses autour d'un... d'un verre de brandy, par exemple ?

Qu'est-ce qui avait pu la rendre si dure ? se demanda-t-il. Obstinée comme un caillou – mais un caillou monté sur une flèche, prêt à aller se ficher entre deux plaques d'une armure pour coucher un homme sur le carreau. Et pour quelle raison tenait-elle tant à montrer cette facette d'elle ? Comme s'il y avait un risque qu'il oublie son ingéniosité, ou son charme.

Plus le temps passait, plus il était convaincu que Scott aurait dû mettre quelqu'un d'autre sur cette mission – mais il était bizarrement reconnaissant au général de l'avoir choisi. Être enfermé pendant des semaines, entouré de livres, pouvait parfois s'avérer un brin ennuyeux.

Et ennuyeuse, Mlle Hopkins ne l'était nullement.

— Je n'ai pas pour habitude de me brouiller l'esprit en buvant, madame. J'imagine que vous vous en êtes aperçue en me voyant avaler une gorgée d'alcool, répondit-il avec un sourire empli d'autodérision. N'avez-vous pas peur qu'après avoir bu un verre entier, j'en vienne à révéler mes propres secrets, plutôt ?

Elle l'observa un instant, la tête penchée sur le côté. Puis elle leva les sourcils, une lueur de moquerie dans le regard.

— Voilà qui serait intéressant à entendre, dit-elle.

Elle plongea la main dans son réticule et en ressortit la montre.

— À chaque fois, lady Sterling poursuit deux buts, continua-t-elle. D'abord, subtiliser quelque chose qui ait une valeur financière et qui permette à la domestique de survivre, une fois qu'elle se sera échappée. Ensuite, trouver une chose dont la valeur est moins tangible, comme cette montre par exemple. Oh, ne vous méprenez pas : je suis certaine qu'on m'en donnerait une belle somme chez un prêteur sur gages, aucun doute là-dessus.

Il la regarda passer son pouce sur le L qui ornait le couvercle de la montre, tout comme elle l'avait fait au pub.

— Mais tant que cet objet est entre mes mains, j'ai les moyens de rappeler à lord Penhurst et à sa mère que quelqu'un est au courant de leurs méfaits.

Jeremy hocha la tête. Il connaissait bien la valeur des secrets.

— Vous vous lancez dans le chantage.

Elle fit une légère moue de dégoût.

— C'est un mot bien trop cru. Il évoque un gang de malfrats.

— Alors que vous êtes simplement une voleuse.

— Une chasseuse de bandits, monsieur, le corrigea-t-elle. Je suppose que vous avez lu ma carte.

La montre disparut une nouvelle fois au fond de son sac à main.

— Je veux m'assurer que justice soit rendue. Dans le passé, Thornton a été pour moi un défi particulier. Lorsque la femme de chambre de son épouse est venue me voir, elle était trop bouleversée pour m'être d'une aide quelconque. Et elle était trop inexpérimentée pour savoir comment récolter le genre d'informations dont j'avais besoin pour arrêter le comte. Je suis revenue vers elle les mains vides.

— Et qu'est-elle devenue ?

— Elle est morte. Elle s'est jetée dans la Tamise, les poches remplies de pierres.

Son corps frêle frémit. Un poids énorme semblait peser sur ses épaules.

À cette révélation, Jeremy resta un instant figé. Il ressentait de nouveau ce mélange de peine et de fureur froide devant les dégâts que Thornton et les hommes comme lui pouvaient causer.

— Mon Dieu… Et la cuisinière ?

Laura Hopkins haussa les épaules.

— Mme Croft s'en est mieux tirée. Elle a pu s'en tirer avec cinquante livres et un nouveau poste. Mais je n'ai toujours rien d'intéressant à utiliser contre Thornton.

Tout ce qu'elle venait de dire confirmait pour Jeremy la théorie du général Scott, concernant les motivations et les aptitudes de lady Sterling. Et les jours qui allaient suivre, à Thornton Hall, allaient sans doute lui en offrir la preuve. Elle était intelligente, déterminée, et plus préoccupée par la justice que par la loi. Exactement le genre d'agent que Scott aimait engager. Si toutefois elle acceptait de mettre ses talents au service du pays.

Et le fait que ce mystérieux ange vengeur soit une jeune femme de bonne famille et la sœur du lieutenant Hopkins avait-il une importance ? Est-ce que cela *devait* avoir une importance ?

— Mais alors, pourquoi cet intérêt pour le bureau de Thornton ? demanda-t-il.

Il suivit le regard de la jeune femme qui voyageait partout dans la pièce : une huile représentant un paysage au-dessus de la cheminée, une table ancienne sur laquelle était posé le plateau à thé.

— Thornton est un collectionneur. D'antiquités. De raretés.

Elle marqua une courte pause, et il s'attendit presque à l'entendre ajouter « De jeunes femmes vulnérables » à la liste. Mais elle ne le fit pas.

— Je suis sûre qu'il y a dans cette maison quelque chose qu'il ne devrait pas posséder. Le bureau est sans doute le meilleur endroit pour commencer à chercher.

— Et s'il n'y a rien ?

Elle hésita. Juste un léger tremblement du menton. S'il n'avait pas passé les dernières heures à l'étudier sous toutes les coutures, il aurait sans doute raté ce signe imperceptible, cette lueur de doute.

Avant même qu'il soit bien sûr de ce qu'il avait vu, elle serra la mâchoire.

— Il y aura quelque chose.

Cette sorte de détermination lasse le toucha particulièrement. À plusieurs reprises, y compris récemment, il avait été si convaincu que la solution pour déchiffrer un message crypté se trouvait juste à sa portée qu'il en avait oublié de dormir et même de se nourrir.

Sans un mot, il se leva, alla jusqu'à la table basse et prépara deux assiettes de ce qui lui semblait le plus appétissant. Elle s'apprêtait à refuser le plat qu'il lui tendait, quand il secoua la tête.

— Vous avez besoin de manger. Et de vous reposer. Nous en avons besoin tous les deux. Le bureau de Thornton attendra demain.

Elle attrapa l'assiette avec un soupir plein de défi. Mais, un instant plus tard, elle piquait la nourriture avec sa fourchette. Puis, très vite, elle se mit à la dévorer avec une hâte presque inconvenante.

Il sourit en mâchant son pain beurré.

— Vous voyez ? Vous vous sentez déjà mieux ?

— Je suis surprise que Mme Tenney n'ait pas envoyé quelqu'un chercher le plateau, ou vérifier que nous n'avions besoin de rien, dit-elle en léchant une noisette de mousse de saumon sur son pouce.

— Je pense qu'ils ne veulent pas déranger les... jeunes mariés.

Quelque chose – une arête de poisson, un juron ravalé – se logea dans la gorge de la jeune femme, qui se mit à tousser.

Il regagna la table et lui servit une demi-tasse de thé froid.

— Vous n'avez pas oublié que cette histoire de mariage était votre idée, n'est-ce pas, lady Sterling ? fit-il après lui avoir tendu la tasse.

Elle lui lança un regard noir par-dessus son thé.

— Très bien, enchaîna-t-il en retournant s'asseoir. Je vais partir du principe que vous souhaitez continuer à vous comporter comme dans la voiture : avec distance et froideur. La chose la plus éloignée possible de l'amour. Vous allez me jeter des regards assassins, que je ferai semblant de ne pas voir ; je lancerai des plaisanteries insipides expliquant que c'est une chance que vous vous soyez foulé la cheville, car ainsi vous ne pouvez plus m'échapper, et nous rirons tous les deux nerveusement.

L'expression de la jeune femme changea, mais ce n'était pas de l'agacement. C'était comme si quelque chose dans les paroles qu'il venait de prononcer l'intriguait.

— Avez-vous vu *Un scandaleux mariage* au théâtre Haymarket, l'année dernière ? demanda-t-elle en lui tendant son assiette vide.

— Cette horrible farce française ?

— Oui, l'histoire de cette élégante lady qui feint d'être follement amoureuse de son époux pour que personne ne découvre sa liaison avec le valet de pied qui, en réalité, n'est autre que son mari déguisé.

— Et pendant ce temps, son époux a une liaison avec la domestique...

— Qui en fait est la lady elle-même attifée d'une atroce perruque, l'interrompit-elle.

— Afin que personne ne soupçonne qu'il est amoureux de sa propre femme ? Ma sœur a trouvé la pièce très amusante, malheureusement, soupira Jeremy, un peu dépité.

— Même chose pour ma tante.

Laura Hopkins leva deux doigts, pour indiquer qu'elles étaient allées voir la pièce deux fois.

Il lui offrit ce qu'il espérait être un regard compatissant, quoique teinté d'incrédulité. Mlle Hopkins n'avait pas l'air d'être du genre à se laisser conduire où que ce soit contre sa volonté, même par sa tante.

— Mais qu'est-ce que notre souffrance partagée au théâtre a à voir avec ce qui nous occupe à présent ?

— Cela ne vous paraît pas évident ?

Elle avait repris des couleurs, et arborait une expression animée. La nourriture semblait lui avoir remonté le moral, mais il n'était pas certain que c'était pour le mieux.

— Ah, eh bien...

Après un instant de réflexion, il dut admettre sa défaite.

— ... j'ai bien peur que non. J'espère que vous n'êtes pas en train de suggérer que je doive feindre de tendres sentiments pour Thornton... ou son valet de pied, plaisanta-t-il.

— Évidemment pas, dit-elle en levant les yeux au ciel. À moins que... Non, il est fort peu probable que lord Thornton soit flatté par vos attentions, malgré votre beauté. Cependant, bien entendu, vous avez toute latitude. Vous pouvez faire ce que bon vous semble, si c'est pour lui arracher ses secrets.

— Parfait. Toute latitude..., répéta-t-il.

Il secoua la tête, cette fois plus vigoureusement, dans le vain espoir que les paroles de la jeune femme prennent un sens.

— Mademoiselle Hopkins ?

— Vous devriez m'appeler *lady Sterling*. Mais *Laura* est également acceptable, à l'occasion. Et, bien entendu, vous serez *mon Jeremy chéri* lorsqu'on pourra nous entendre.

— Mais vous...

Ne trouvant plus ses mots, il se leva et alla poser les assiettes sur la table basse.

— Je ne..., tenta-t-il de nouveau.

— Devant les domestiques, par exemple, dit-elle, ignorant son intervention. Ou quand lady Thornton est à portée d'oreille. Ils s'imagineront que je suis follement éprise de vous.

— Follement éprise. Et moi, je... ?

— Évidemment, vous devrez vous comporter avec une certaine froideur en public. Ne prenons pas en compte cette scène, dans le pub, où vous m'avez appelée *ma chérie*. L'élément clé de notre représentation consiste à éclipser toute association que pourraient faire les personnes présentes avec la véritable lady Sterling. Toute la maisonnée doit se concentrer sur le drame se déroulant entre deux jeunes mariés, tandis que, en coulisses...

Elle fit tournoyer ses doigts avant de les refermer brusquement, comme si elle avait attrapé quelque chose. Son visage était triomphant.

— Juste ce qu'il faut pour distraire leur attention de ce qui est réellement en train de se dérouler.

« Et qu'est-il réellement en train de se dérouler ? » eut-il envie de demander, presque désespérément. Il se frotta les yeux, pinça l'arête de son nez et pria en silence pour que, lorsqu'il regarderait de nouveau autour de lui, il soit entouré des murs légèrement couverts de salpêtre du Souterrain.

Quand il rouvrit les yeux, ce fut pour découvrir Mlle Hopkins... lady Sterling... *Laura* qui l'observait, tête penchée.

— Vous voyez ce que je veux dire ? s'enquit-elle.

Lorsque Penhurst avait décrit les atours et le comportement de lady Sterling de manière si crue, Jeremy pensait avoir compris jusqu'où elle était prête à aller pour piéger ses victimes. Mais il n'était absolument pas préparé à cela.

— Ne serait-il pas plus logique, répondit-il, conscient que le mot *logique* était ici très peu pertinent, que les rôles soient inversés ? Après tout, c'est vous qui êtes censée vous être enfuie.

— Peut-être, convint-elle. Mais de nous deux, je suis de très loin la meilleure pour jouer la comédie. Aujourd'hui une fugueuse irascible, demain une nouvelle femme qui se réveille conquise par l'amour.

— Conquise par…, commença-t-il en passant une main dans ses cheveux. Et qu'est-ce qui aurait pu vous faire changer d'avis en une seule nuit ?

Elle cligna des yeux, bouche ouverte.

Alors il comprit enfin.

— Oh, ça… Eh bien, dans les circonstances présentes, ne serait-il pas mieux de *ne pas* attirer l'attention ou d'alimenter des spéculations concernant notre… relation ?

Sa réponse, faite avec un demi-sourire, était indéniablement condescendante.

— Je comprends tout à fait comment quelqu'un avec si peu d'expérience de ce genre de choses peut penser ça.

*Ce genre de choses…*

*L'amour ?*

*La duperie ?*

*L'espionnage ?*

Il sentit de nouveau un rire malvenu monter dans sa poitrine.

— Dites-moi, vous inspirez-vous souvent d'histoires tirées de mauvaises pièces ?

— Cela m'arrive, oui. Mon travail en tant que lady Sterling s'apparente beaucoup à une performance théâtrale. Je promets aux hommes ce qu'ils pensent désirer, un peu de distraction, un plaisir fugace, ce qui me permet de leur prendre ce que je veux sans même qu'ils s'en aperçoivent – au moins sur le moment.

Son dernier mot fut étouffé par un bâillement réprimé. Si les autres activités de la journée ne l'avaient pas épuisée, son éblouissante démonstration avait dû le faire.

De son côté, il ne se souvenait pas d'avoir jamais été aussi fatigué… ni de s'être autant amusé.

— Je pense que nous avons tous les deux besoin de sommeil, dit-il en s'avançant vers elle. Puis-je vous aider à vous mettre au lit ?

Elle tordit le cou pour regarder derrière elle, puis se retourna vers lui avec une expression qu'on aurait pu qualifier de « plaisamment scandalisée ».

— Mais, lord Sterling !

— Je dormirai, bien entendu, sur le sol dans le dressing, dit-il avec une certaine raideur.

— Non, non, cela ne fonctionnera pas. Que se passera-t-il si les domestiques nous voient dormir séparément, demain matin ?

— Je pensais... Je croyais qu'il me fallait être distant et réservé.

— Oui, bien sûr. Mais rappelez-vous le reste de la pièce. Quelle que soit la façon dont l'époux se comporte devant les autres, il est, en réalité, désespérément amoureux de sa femme.

— Ah, oui. Eh bien, disons que je suis désespérément amoureux de vous, au point de vous laisser dormir tranquillement pendant que vous récupérez de vos blessures.

Cette explication, pourtant plausible, ne lui valut qu'un court instant de silence.

— Mais n'êtes-vous pas inquiet que je puisse avoir besoin de votre aide pendant la nuit ?

— Est-ce que... Me demandez-vous si je m'inquiéterais réellement, ou si c'est votre époux qui s'inquiéterait ?

— Pour au moins les deux nuits à venir, j'ai bien peur que ces deux gentlemen ne fassent qu'un. À présent, mon Jeremy chéri, veuillez me porter jusqu'au lit.

Elle sourit avec bienveillance et tendit les bras vers lui, son réticule agrippé dans une main, la bouteille de laudanum dans l'autre.

Si elle continuait à refuser le calmant de Phelps, peut-être accepterait-elle de lui en donner une ou deux gouttes, songea-t-il. Ses tempes commençaient à palpiter.

Ne sachant quoi faire d'autre, et se disant que continuer à argumenter était une perte de temps, il la prit dans ses bras, découvrant à son grand désarroi que le corps de la jeune femme s'emboîtait parfaitement au sien. Pire encore, à cet instant, elle ne portait ni corsage, ni robe couverte de boue, seulement sa chemise de nuit.

Il la porta à travers la pièce jusqu'à l'énorme lit, dont les draps avaient déjà été dépliés. Il l'y déposa, lui laissant le temps de s'arranger avant de la couvrir légèrement.

Une fois qu'elle fut confortablement installée, il fit le tour du lit. Il n'avait que quelques pas à faire pour gagner le dressing.

Elle n'était pas en mesure de l'en empêcher...

Mais elle tapota le couvre-lit bleu, pour lui indiquer de s'installer à côté d'elle.

— Mademoiselle Hopkins, dit-il après avoir pris une profonde inspiration, quel que soit le rôle que nous jouons, vous êtes une jeune femme célibataire, avec une réputation à préserver, et je...

Elle le coupa, secouant la tête avec un soupir exaspéré.

— Heureusement que nous avons eu tout ce temps pour répéter.

— Pour *répéter* ? Mon Dieu, si on apprend quoi que ce soit de cette mascarade, les commérages...

— Exactement. Les commérages. Oh, par tous les saints ! s'exclama-t-elle tandis qu'il la regardait sans comprendre. C'est pour cette raison que lady Sterling travaille seule... Vous ne voyez donc pas ? L'histoire ne sera que plus crédible quand les domestiques verront que votre indifférence à mon égard n'est que pure comédie, parce qu'ils auront vu...

— Qu'auront-ils vu ?

— Ce que nous voulons qu'ils voient, expliqua-t-elle, avec cette douceur exagérée qu'on emploie généralement pour parler à des enfants ou à des personnes mentalement attardées. Mais nous ne pourrons en aucun cas les persuader que vous avez réussi à me faire tomber amoureuse en couchant sur le sol du dressing.

Il secoua la tête.

— C'est de la folie. Vous êtes folle.

— Cette nuit, dans toute l'Angleterre, des gens principalement préoccupés par la journée qui les attend demain et qui n'ont d'autre désir que de dormir, des gens qui ne s'apprécient même pas vraiment vont monter dans un lit et dormir côte à côte, plaida-t-elle. Ne pensez-vous pas que nous puissions faire la même chose, pour le bien de Mlle Godfrey ? Et quant à ma réputation, sachez qu'elle m'est totalement indifférente. Et puis, pour ce qui concerne ma sécurité personnelle, eh bien...

Elle secoua légèrement son réticule dont le contenu cliqueta.

— Qu'est-ce qui vous dit que je n'ai pas une autre épingle à chapeau là-dedans ?

Succombant à son argumentation délirante, Jeremy partit d'un rire franc cette fois-ci. Il souffla les bougies sur la table de nuit. Il retira sa veste, mais pas son pantalon. Puis il s'allongea sur le luxueux lit, faisant attention à ne pas toucher le pied de la jeune femme, ni aucune autre partie de son corps.

— Vous voyez ? Ce n'était pas si compliqué. Bonne nuit, mon Jeremy chéri, dit-elle en faisant bruisser les draps.

Au son de sa voix, il n'eut aucune peine à imaginer le sourire qu'elle devait arborer.

— Bonne nuit, mademoiselle... euh, Laura.

Il regarda le noir autour de lui pendant une bonne heure, écoutant le tic-tac étouffé de la montre de Penhurst. Bientôt, il entendit le souffle calme de la femme qui dormait à son côté.

*Des gens qui ne s'apprécient même pas vraiment vont monter dans un lit et dormir côte à côte.*

C'était une jeune femme compliquée, lunatique, une menteuse aguerrie. Probablement bonne pour l'asile. Mais aussi créative, vive, guidée par une juste colère et, vraiment, affreusement adorable.

# 8

Laura se retourna, ne sachant pas exactement ce qui venait de la réveiller : un bruit, la douleur à sa cheville, ou la conscience qu'elle se trouvait dans un lit inconnu.

L'accident de la veille, l'apparition de lord Sterling, son plan pour s'assurer que toute la maisonnée les croirait jeunes mariés… Tout cela revint d'un coup devant ses yeux à présent grands ouverts.

Mais elle était seule dans le lit.

« C'est de la folie, avait-il dit. Vous êtes folle. » Il n'avait aucune confiance dans son plan. Il s'était probablement relevé aussitôt qu'elle s'était endormie et… et quoi ? Il était parti dans le dressing ? Il avait carrément quitté Thornton Hall ?

Avait-il tout gâché ?

Elle risqua un œil par-dessus la montagne de draps. À l'autre bout de la pièce, deux domestiques étaient en train de travailler. L'une nettoyait la cheminée, l'autre rassemblait les assiettes vides et les posait sur le plateau. Aucune des deux jeunes femmes ne faisait partie des employées qu'elle avait vues la veille.

Tout en continuant à ranger, elles parlaient à mi-voix :

— Tu crois que c'est elle ? La lady Sterling des journaux ?

Un soupir sceptique échappa à celle qui se trouvait près de l'âtre.

— Pourquoi serait-elle venue jusqu'ici ?

— Pour nous aider ?

— Si cette lady Sterling existe, ça m'étonnerait qu'elle soit là, couchée dans ce lit. Tu as entendu Mme Tenney : celle-ci est une jeune mariée qui a pris peur, s'est enfuie et s'est blessée.

La jeune domestique qui traînait près de la table basse eut un instant les yeux dans le vague.

— Tu l'as vu ? Moi, je n'aurais pas fui.

Laura n'eut aucun mal à se rappeler l'image de lord Sterling, ses cheveux couleur corbeau, ses yeux bleus époustouflants, et la parfaite ligne de sa mâchoire légèrement assombrie, la veille au soir, par une barbe naissante.

— Dinah !

— Oh, tu es juste jalouse, répondit l'autre.

Laura n'avait plus besoin de tendre l'oreille pour écouter la conversation.

— Tu l'aurais vu si tu avais été dans la salle du petit déjeuner, ce matin.

— Je travaille, moi, répondit la première en reniflant.

— Et moi, j'étais là parce que Mme Tenney me l'a ordonné. Elle ne te fait pas confiance parce que tu casses des choses, c'est tout. En tout cas, je l'ai vu pendant que je ramassais les assiettes, et je l'ai entendu remercier lord Thornton pour sa proposition.

— Le comte lui a proposé quoi ? demanda l'autre, méfiante.

— Je ne sais pas trop. James Tucker dit qu'il les a vus quitter la maison ensemble, habillés pour la chasse.

La première jeune femme se tourna vers la fenêtre et tira les rideaux. La lumière grise du matin dévoila un visage sceptique.

— C'est toi qui m'as dit de me méfier de Sa Seigneurie. Et de ses amis, beaux ou pas.

Laura trouva la réplique très appropriée. L'expérience lui avait appris que les beaux gentlemen étaient aussi capables d'atrocités que les autres – peut-être même plus. Et que les pires comportements n'étaient possibles que parce que les autres hommes les acceptaient, ou faisaient mine de ne pas les voir.

— Tu n'as pas tort, concéda Dinah. Mais Mme Tenney a l'air de penser que lord Sterling est un homme bien, pas comme tous les autres. Elle dit qu'il a été poli avec elle, ce matin : il l'a remerciée pour le plateau.

Les assiettes cliquetèrent comme elle les coinçait contre sa hanche.

— Et il lui a demandé de s'assurer que sa dame avait tout ce dont elle a besoin.

L'autre bonne partit d'un rire entendu.

— Vu comme elle dort, je suis sûre qu'il s'est occupé de ça toute la nuit.

Dinah gloussa, avant de baisser la voix.

— J'ai entendu Mme Tenney dire à la cuisinière que si elle était mariée à un homme comme ça, elle ne se lèverait plus jamais du lit, révéla-t-elle d'un ton amusé.

Les paroles de Dinah firent monter une vague de chaleur dans le ventre de Laura – ou peut-être un peu plus bas. Puis cette chaleur se répandit dans sa poitrine, sa gorge, avant d'atteindre ses joues. En préparant son plan, elle n'avait pas pensé à ce qu'elle ressentirait en entendant les spéculations des domestiques à propos de son mariage...

Elle tourna la tête contre l'oreiller, cherchant sa fraîcheur... et y trouva l'odeur subtile et épicée du savon à barbe de Jeremy.

Visiblement, il était resté à côté d'elle plus longtemps qu'elle ne l'avait cru.

Malgré sa blessure, elle avait traversé le lit pendant la nuit. Lui revint alors le vague souvenir d'avoir cherché son contact lorsque la chambre s'était refroidie, après que le feu s'était éteint. Elle se raidit et s'enfonça un peu plus dans l'oreiller.

Le mouvement lui arracha un grognement de douleur, et elle mordit sa joue.

L'une des deux domestiques poussa un cri de surprise.

— Mes excuses, madame, dit la première avant de poser son seau plein de cendres et de faire une révérence.

Dinah avait les yeux baissés.

— Nous ne voulions pas vous réveiller.

— Non, non, les rassura Laura. Je suis une lève-tôt, d'habitude. Je ne sais pas ce qui m'est arrivé…

En voyant les joues roses de Laura, l'autre domestique fit une drôle de moue, comme si elle s'empêchait de rire.

— Si ça se trouve, c'est votre cheville, madame.

— Où est mon mari ? demanda Laura, l'air timide, même si elle connaissait déjà la réponse.

— Il est parti chasser avec lord Thornton, madame.

Les deux bonnes – « Probablement des sœurs », pensa Laura à présent qu'elle les voyait bien – échangèrent un regard entendu.

— Il a dit que vous auriez sûrement besoin de repos, précisa l'une d'elles.

— Je descends le plateau à la cuisine, et je reviens en un clin d'œil pour vous aider à vous lever, madame, promit l'autre.

Elles quittèrent toutes deux la chambre, et eurent du mal à retenir leurs gloussements jusqu'à leur arrivée dans le couloir.

Une fois la porte refermée, Laura s'accorda un sourire de contentement. Tout se mettait en place comme elle l'avait espéré. Jeremy jouait l'époux poli mais distant. Il commençait même à tenter de se lier avec Thornton. Et les domestiques étaient trop occupées par les ragots sur les jeunes mariés pour s'attarder sur le nom de lady Sterling.

Alors pourquoi, alors qu'elle faisait glisser sa main sur le drap frais, se sentait-elle étrangement insatisfaite ?

« Lady Sterling travaille seule », avait-elle dit à Jeremy la nuit précédente.

Au bout d'un moment, la bonne revint, portant le plateau du petit déjeuner et accompagnant son entrée d'une petite révérence.

— Je vais vous aider à vous lever, madame. Vous pouvez vous appuyer sur moi sans problème.

Laura accepta l'aide de Dinah pour se redresser, puis testa sa cheville. Elle ne pourrait visiblement pas marcher sans aide avant quelques jours, mais au moins, le frottement de ses orteils contre le tapis ne provoquait plus de douleur.

— Ne forcez pas, madame, la prévint Dinah. Nous allons tranquillement aller jusqu'au dressing.

Laura ne trouva aucune preuve tangible que Jeremy y avait dormi. Quelqu'un avait accroché dans l'armoire à vêtements la robe de rechange contenue dans son bagage, à côté d'une paire de chemises d'homme propres. Son linge et celui de Jeremy se trouvaient en piles sur une étagère tout à côté. L'agencement des deux piles donnait une étonnante sensation d'intimité.

Lorsqu'elle eut fini ses ablutions, Dinah l'aida à s'habiller. Laura commença à brosser ses cheveux tandis que la domestique passait dans la chambre pour refaire le lit en chantonnant.

— C'est une jolie mélodie, la complimenta Laura.

— Merci, madame. Mais Mme Tenney me gronderait fort si elle m'entendait.

— Cela fait longtemps que vous travaillez ici ?

— Presque deux ans, madame.

Assez longtemps pour avoir eu l'occasion d'entendre les histoires, ou en avoir été témoin – voire d'avoir été victime des mauvais traitements de Thornton. Mais ce genre d'homme pouvait être prudent quand il le voulait, et Dinah était bien jeune. Thornton avait peut-être des limites, et il ne voulait certainement pas faire fuir toutes les domestiques qui entraient à son service.

— Thornton Hall m'a l'air d'être un endroit merveilleux, lança Laura d'un air désinvolte.

— Oh, oui, madame.

Était-ce une réponse sincère ? Laura eut l'impression de percevoir une petite hésitation. Et la conversation qu'elle avait surprise entre les deux domestiques indiquait qu'elles se méfiaient du maître de maison et de ses amis.

Lorsque Laura eut arrangé ses boucles, Dinah l'aida à se lever et l'accompagna pendant qu'elle boitillait jusqu'à la chambre.

Une fois la blessée confortablement installée sur le sofa près de la cheminée, la cheville posée sur un repose-pieds agrémenté d'un coussin, la bonne rapprocha le plateau.

— Voici votre petit déjeuner, madame. Voulez-vous que j'allume le feu ? C'est une journée morose et humide, qui ressemble plus au mois de novembre qu'à septembre, si vous voulez mon avis.

— Oui, merci, Dinah. Je veux bien.

Se trouver près d'un bon feu lui donnerait encore plus l'image d'une malheureuse invalide.

— Vous avez besoin d'autre chose, madame ? demanda Dinah lorsque le feu se mit à crépiter joyeusement.

L'effort physique avait rougi ses joues, elle était vraiment très jolie. Laura espérait que la jeune fille n'avait pas souvent l'occasion de croiser le chemin de Thornton.

— Non, merci. À moins que...

Elle se rappela soudain le rôle qu'elle était censée jouer.

— À moins que vous n'ayez une idée de l'heure à laquelle ces messieurs rentreront de la chasse ?

— Je ne peux pas vous dire, madame. Sa Seigneurie est connue pour marcher dans les bois toute la journée.

C'était une excellente nouvelle, vraiment. Jeremy aurait largement le temps de récolter des informations utiles. Mais, en tant que jeune mariée, évidemment, il lui fallait feindre la déception de se retrouver seule.

— Oh. J'imagine que je ne devrais pas..., commença-t-elle avant de faire une pause calculée, comme si elle avait peur de trop en dire.

— Oui, madame ?

Laura arbora alors un petit sourire triste.

— J'ai été si froide avec lui pendant qu'il me faisait la cour. J'imagine que je ne dois pas être surprise si les rôles sont inversés, à présent.

Comme elle l'avait espéré, les yeux de Dinah s'écarquillèrent - elle engrangeait ces paroles, sans le moindre doute, pour les répéter aux autres une fois en bas. Ne sachant que répondre, la jeune fille fit une révérence pour signaler que son travail était terminé.

— Lady Thornton a dit qu'elle viendrait vous rendre visite ce matin, si vous le souhaitez.

Que savait la comtesse de l'homme qu'elle avait épousé ? À plusieurs reprises, il était arrivé que des épouses soient d'une grande utilité à lady Sterling, voire qu'elles deviennent des alliées, même si c'était parfois malgré elles. D'autres accusaient les victimes de leur mari de leur propre malheur.

— Dites-lui que je serais ravie de recevoir sa visite.

Quand Dinah sortit, un grand silence s'abattit sur la pièce. Se demandant quelle heure il pouvait bien être, elle regarda la table de nuit derrière elle, où étaient posés la fiole de laudanum donnée par le Dr Phelps et son réticule. Cette immobilité forcée lui était insupportable, elle se sentait presque impuissante. Mais, plus que tout, la solitude lui était profondément désagréable.

Le fait que Jeremy lui manque vraiment n'était pas du tout prévu.

Une éternité plus tard, un coup à la porte signala l'arrivée de lady Thornton et de ses deux filles qui, de toute évidence, avaient accompagné leur mère pour s'exercer aux bonnes manières et apprendre comment une véritable lady dispense sa compassion à moins chanceux qu'elle. Lady Eleanor et lady Margaret étaient deux jeunes filles au teint cireux de douze et quatorze ans, dont l'air grognon incita immédiatement Laura à plaindre Mlle Godfrey.

Après une demi-heure d'une conversation insipide au cours de laquelle elle fut contrainte de raconter en détail la demande en mariage de lord Sterling et la cérémonie de la veille, c'est elle-même que Laura se mit à plaindre.

C'était pourtant une opportunité dont elle aurait dû se réjouir, une chance de gagner la sympathie de ces inconnues, de leur faire oublier toute association d'idées qu'elles auraient pu faire avec le nom de lady Sterling. Et comme il était fort peu probable que lord Thornton ait passé la matinée à questionner Jeremy sur les mêmes sujets, elle n'avait pas à craindre que leurs histoires ne concordent pas.

Mais elle commençait à apprécier de moins en moins ces moments où elle était supposée se languir de son prétendu mari. Entendre les domestiques soupirer à l'évocation de la prestance de Jeremy. Voir une comtesse d'un certain âge, qui était censée connaître la vie, avoir les yeux embués devant la demande en mariage qu'elle venait d'inventer...

Un coup à peine audible vint, Dieu merci, clore la visite. Mlle Godfrey ouvrit la porte. Elle semblait encore plus morose que la veille, si une telle chose était possible. Comme un rappel pour que Laura emploie tous les moyens nécessaires afin d'empêcher lord Thornton d'aspirer la dernière étincelle de vie chez cette pauvre gouvernante.

— Madame, dit Mlle Godfrey en faisant une révérence, je suis venue chercher lady Eleanor et lady Margaret pour leur leçon de géographie.

— Oh, il est déjà l'heure ? s'exclama lady Thornton en se levant.

Ses deux filles se levèrent à sa suite, sans enthousiasme, visiblement peu ravies de retourner à leurs chères études.

— Pensez-vous que ces messieurs resteront dehors toute la journée, lady Thornton ? demanda Laura.

Elle croisa le regard de Mlle Godfrey et tenta de lui insuffler un peu de courage par la pensée.

— Oh, je ne me risquerais pas à un pronostic, répondit lady Thornton.

— Papa est un grand sportif, déclara Margaret.

Mlle Godfrey s'éclaircit la gorge, puis parut surprise par l'attention que ce léger bruit avait suscitée.

— Ces messieurs sont rentrés il y a plus d'une heure, annonça-t-elle finalement. Je les ai vus depuis la fenêtre de la salle de classe.

*Une heure ?* Laura laissa échapper un soupir.

— J'imagine qu'ils vont passer le reste de la journée dans la salle de billard, déclara lady Thornton, ou peut-être dans le bureau de mon mari, si votre lord Sterling est le genre d'homme à accepter d'écouter d'interminables histoires sur la manière dont il a collectionné ses trésors.

Jeremy avait donc une excellente occasion de récolter des informations.

Mais le sourire de lady Thornton à l'évocation des *trésors* de son mari en disait long. Laura ne connaissait que trop les hommes qui se vantaient de leurs conquêtes, quelles qu'elles soient. Et elle en savait également long sur les gens qui les laissaient faire... À cet instant précis, elle eut la certitude que les domestiques féminines de Thornton Hall ne pouvaient en aucun cas compter sur le soutien de leur maîtresse.

Elle regarda alors Mlle Godfrey. Pensa à Dinah. Il fallait qu'elle agisse. Et vite.

Mais elle était coincée dans cette chambre, avec le vague espoir que Jeremy s'avérerait l'homme parfait que son imagination avait façonné.

# 9

Tout comme la chambre bleue, le vaste bureau était couvert d'un lambris sombre, lui donnant un air douillet. Après plusieurs heures à marcher dans le froid, dans les bois humides, en la désagréable compagnie de Thornton, Jeremy, qui n'avait pas le moindre intérêt pour les proies qu'ils étaient censés chasser, fut heureux d'entendre son hôte proposer de rentrer à la maison, et encore plus heureux quand il ordonna qu'on allume un feu.

Mais lorsque ce fut une domestique, plutôt qu'un valet de pied, qui vint s'en charger, Jeremy le regretta immédiatement. Son propre confort n'avait aucune importance. En se dirigeant vers la cheminée, la jeune fille robuste aux cheveux bruns tenta d'éviter le comte. Mais cela n'empêcha pas Thornton de reluquer le bas de son dos quand elle se pencha pour se mettre au travail.

— Parlez-moi de ceci, lança Jeremy en montrant l'objet le plus proche.

Thornton s'arracha à la vision de la domestique pour se tourner vers le bureau.

— L'encrier ?

Ce n'est qu'à ce moment-là que Jeremy regarda dans la direction qu'il venait de pointer. Un encrier. Grand Dieu, cette chose était bien différente de ce qu'on pouvait trouver chez un papetier !

— Euh... oui.

Thornton s'approcha du bureau, pouces coincés dans son gilet, oubliant momentanément la domestique.

— Vous avez l'œil, Sterling. Cet encrier a été utilisé par l'une des maîtresses de Charles II pour écrire des poèmes plutôt osés. Je l'ai gagné aux cartes, contre un type qui prétendait descendre d'un cousin de cette femme.

— Un objet fascinant, dit Jeremy, espérant que le ton de sa voix ne trahirait pas son scepticisme.

Thornton lui semblait trop cupide pour se laisser facilement embobiner. Il se souvint alors que Laura avait essayé par deux fois de lui soutirer quelque chose de précieux. Il regarda autour de lui et comprit la complexité du problème en voyant la quantité d'objets que possédait Thornton. De laquelle de ces choses ne supporterait-il pas de se voir séparé ? Y en avait-il une dont il préférerait qu'on ignore qu'il la possédait ?

La bonne avait terminé sa tâche et faillit parvenir à se faufiler hors de la pièce, mais Thornton pivota et la cloua sur place d'un seul regard.

— Vous êtes nouvelle, ici.

La jeune fille fit une profonde révérence. Elle semblait vouloir être avalée par le sol.

— Oui, monsieur. Dora Pratt, monsieur. Mme Tenney m'a engagée fin mars, sur la recommandation de ma sœur, Dinah.

— Pratt... Pratt...

Il l'étudiait attentivement.

— Les filles du boucher ?

Elle acquiesça.

— Bien. Dites à Mme Tenney de nous faire apporter du café, ordonna-t-il avant de se retourner vers le bureau.

Tous les bouchers que Jeremy avait eu l'occasion de croiser dans sa vie avaient des bras comme des enclumes. Il se demanda si c'était l'image d'un tel homme – ce boucher le regardant scruter sa fille – qui avait arrêté Thornton dans son élan. Cependant, le pouvoir du comte allait bien au-delà de l'autorité d'un père boucher. Comme pour prouver ce fait, Jeremy entendit Thornton murmurer « Dora... », cherchant à imprimer le prénom dans sa mémoire.

Comme s'il s'apprêtait à engranger un nouveau trésor pour sa collection.

Thornton était la plus pure émanation de ce monde d'hommes : un bon tireur, un amateur de ragots – tant que ces ragots pouvaient passer pour de la politique – et un vantard. Il savait qu'il pouvait faire ou dire ce qu'il voulait, et il n'avait pas même une pensée pour les gens qui ne partageaient pas sa condition sociale.

En d'autres circonstances, Jeremy aurait sans doute trouvé sa compagnie – au mieux – ennuyeuse. Mais dans les circonstances présentes... eh bien, il ne comptait plus le nombre de fois lors de cette matinée où il s'était mordu la langue, avait serré les poings, essayant de garder à l'esprit qu'il était censé gagner la confiance de cet homme détestable.

Toutefois, il avait été plutôt content de trouver une excuse pour sortir de la maison et se changer les idées. Se réveiller à côté de Laura, la voir pelotonnée contre son épaule, ses boucles dorées titillant sa joue, avait été une expérience... éprouvante. Aussi, il s'était glissé hors du lit, avait enfilé ses bottes fraîchement cirées devant la porte et était descendu.

« Vous êtes folle », lui avait-il dit la veille. Mais il avait adopté son plan.

Et il n'allait pas l'abandonner, à présent.

— Je peux jeter un œil ? demanda Jeremy.

Ces paroles sortirent Thornton de sa rêverie. Il donna son accord d'un grognement et commença à feuilleter une pile de lettres.

En déambulant dans la pièce, Jeremy trouva les objets auxquels il s'attendait : des meubles anciens, des œuvres d'art, des centaines de livres sur tous les sujets imaginables. Il avisa également quelques pièces qui lui firent lever un sourcil. Des tableaux qui, à première vue, semblaient tout à fait banals... jusqu'à ce qu'il les regarde sous un certain angle. Des statuettes de marbre venues de pays lointains représentant des dieux païens – sans doute de la fertilité, si on en jugeait par les courbes plantureuses et les énormes phallus. Des pièces de métal et de jade dont il préférait ne pas se hasarder à imaginer l'usage.

Puisque l'homme recevait ses invités dans son bureau, on aurait pu penser qu'il aurait des scrupules à étaler certaines de ces pièces à leur vue – s'il était le genre d'homme capable de ressentir de la honte. Mais Laura avait clairement exprimé des doutes à ce sujet, et Jeremy était enclin à être d'accord avec elle.

Il poursuivit sa déambulation, faisant attention à ne pas marquer de pauses trop longues, afin de ne pas indiquer un intérêt particulier pour tel ou tel objet. Thornton continuait à s'occuper de sa correspondance, lisant certaines lettres avec beaucoup d'attention mais écartant la majorité d'entre elles après les avoir rapidement parcourues.

Il se trouvait dos à la porte, et ne vit pas la bonne revenir avec un plateau à la main. Totalement absorbé par la lettre qu'il lisait, il n'entendit pas Dora avancer silencieusement sur l'épais tapis.

— Votre café, monsieur, dit la jeune femme en s'apprêtant à placer le plateau sur un coin du bureau.

— Nom de Dieu ! hurla le comte, surpris.

Dora sursauta. Le plateau vacilla dans ses mains. Depuis l'autre côté de la pièce, Jeremy ne put que regarder l'événement se dérouler : la cafetière en argent se renversa, et du café se déversa sur le bureau.

Il se précipita au moment où Thornton se mettait à crier.

— Espèce de maladroite, pauvre petite c… !

— C'est un accident, clairement, intervint Jeremy, oubliant un instant le rôle qu'il était censé jouer, et coupant Thornton dans le chapelet d'insultes qu'il s'apprêtait à proférer contre la jeune fille terrifiée.

Avec calme, il releva la cafetière et, sortant un mouchoir, se mit à nettoyer le café sur le bureau.

Thornton, mâchoire serrée, se précipita pour sauver les papiers de la flaque marron qui commençait à se répandre. Dora, tâchant d'aider, ne fit qu'aggraver les choses en rassemblant les lettres que Thornton avait séparées. Le café coulait sur l'acajou, suivant les bords du sous-main en cuir, jusqu'à atteindre une feuille vierge de papier ministre. Le liquide, en mouillant le papier, fit apparaître des mots sur la page.

Jeremy avait appris ce tour à l'école, bien avant d'entrer au service de Scott. Des mots écrits avec du jus de citron ou du vin blanc – même de l'urine, lui avait juré Robby Firth – restaient invisibles, jusqu'à ce que de la chaleur ou une quelconque substance viennent les révéler. Cette technique lui avait servi à jouer quelques tours quand il était jeune, mais ces dernières années, il avait vu cette méthode utilisée à d'autres fins.

Pourquoi, grand Dieu, Thornton recevait-il des lettres écrites à l'encre invisible ?

La réponse à cette question était peut-être exactement le genre d'information compromettante que cherchait Laura.

Jeremy eut la présence d'esprit de regarder ailleurs, pendant que Thornton se débarrassait des autres papiers et empoignait la mystérieuse feuille. Dora sanglotait.

— Dehors ! rugit le comte.

La jeune fille s'enfuit sans demander son reste.

Avec un calme étudié, Jeremy finit d'essuyer le café.

— Ce n'est pas un désastre, dit-il en posant son mouchoir complètement fichu sur le plateau avant de servir une tasse de café à Thornton. Si vous les étalez bien, les lettres sécheront sans problème, ajouta-t-il.

Thornton grogna mais suivit son conseil. La plupart des lettres n'étaient mouillées que sur les bords. Celle écrite à l'encre invisible n'était plus parmi elles. Le comte avait dû la ranger dans sa veste lorsque Jeremy avait détourné la tête.

Ce pouvait être n'importe quoi, évidemment. Mais le capitaine Addison savait d'instinct qu'il avait une piste.

— Je devrais donner la fessée à cette gourde, déclara Thornton en s'enfonçant dans son fauteuil.

Le pouls de Jeremy s'accéléra. Dans ses oreilles revenaient les mots de Laura, insistant sur le fait qu'il fallait qu'il gagne la confiance de Thornton. Il se versa une tasse de café. Rassemblant son courage, il prit une gorgée de l'amer liquide et afficha un sourire entendu avant de lancer :

— Soyez honnête, Thornton, vous aviez envie de cela avant qu'elle lâche le plateau.

— Qui n'aurait pas envie de voir ces jolies fesses rougir sous sa main ? répondit Thornton avec un rire, pas embarrassé le moins du monde.

Était-ce ce genre d'expérience que vivaient les agents de terrain ? Prétendre partager des vices méprisables pour gagner la confiance de leur cible ?

Incapable de croiser les yeux de Thornton, Jeremy balaya la pièce du regard.

— Mes propres goûts sont un peu moins… sombres, commenta-t-il.

— Chacun les siens, fit Thornton en haussant les épaules avant d'avaler une gorgée de café.

Jeremy n'était pas naïf au point d'imaginer que Thornton ne pouvait pas trouver une partenaire disposée à partager ses inclinations. Mais l'homme semblait totalement indifférent à l'absence de consentement d'une femme. Peut-être même cela l'excitait-il.

Le café ne put chasser le goût de bile dans sa bouche.

— Vous allez la renvoyer ? s'enquit-il en s'efforçant d'employer un ton neutre, espérant pour le bien de Dora que la réponse serait positive.

— Pas encore, répondit Thornton.

Il posa sa tasse sur sa soucoupe et déposa le tout sur son bureau.

— Dans combien de temps pensez-vous que lady Sterling sera de nouveau sur pied ? J'ai des amis qui viennent dans quelques jours pour chasser, et pour… s'amuser un peu. Vous êtes le bienvenu, si vous souhaitez rester. Vous pourriez fort bien finir par apprécier les… plaisirs sombres, assura-t-il, sourcil arqué.

Jeremy força un sourire sur ses lèvres.

— C'est une offre bien généreuse, mais je crains que lady Sterling ne soit pas d'accord.

— Ah, c'est vrai. J'ai oublié ce que c'est d'être jeune marié. Mais la dernière fois que vous l'avez laissée faire ce qu'elle voulait, elle s'est enfuie. Il faudrait qu'elle apprenne qui commande.

— Excellent conseil, Thornton. Elle va apprendre, vous pouvez me croire, dit Jeremy en se levant. Et tout de suite.

Il posa lui aussi sa tasse et sa soucoupe sur le plateau, en espérant que le tintement de la porcelaine ne trahirait pas ce qu'il ressentait vraiment.

Il quitta le bureau, pour regagner la chambre bleue où il trouva Laura assise sur le sofa, un livre ouvert sur les genoux, regardant à travers la fenêtre. D'où elle était, il doutait qu'elle puisse voir autre chose qu'un ciel nuageux.

Elle sursauta en l'entendant.

— Oh, vous êtes là, enfin !

Aucun doute, il y avait une touche de reproche dans sa voix. Il resta près de l'entrée.

— Croyez-moi si je vous dis que j'aurais préféré passer la journée en compagnie plus plaisante.

Il s'attendit à une attitude de défi, ou à une plainte. Au lieu de cela, elle semblait découragée, ce qui d'une certaine façon était pire.

— Je sais. Je suis désolée. C'est seulement que...

— Votre cheville vous fait-elle souffrir ? Où se trouve la fiole que vous a laissée Phelps, hier soir ?

Elle fit un vague geste de la main, indiquant le remède sur la table de nuit de l'autre côté de la pièce.

— Mais ce n'est pas ça, soupira-t-elle. Je n'ai simplement pas l'habitude de rester assise à ne rien faire.

— Je ne dirais pas que vous ne faites rien. Guérir, c'est faire quelque chose, répliqua-t-il en traversant la pièce pour venir s'asseoir sur le fauteuil à côté d'elle. Et élaborer des plans d'attaque, ce n'est pas rien. De ce que je sais des grands génies du mal, les meilleurs plans nécessitent beaucoup de temps.

Elle le gratifia d'un sourire dubitatif.

— Vous connaissez beaucoup de génies du mal ?

— Quelques-uns.

Son sourire s'agrandit.

— Merci, dit-elle.

Il ne put définir si elle le remerciait d'alléger sa morosité, ou si elle supposait qu'il la prenait pour un génie du mal.

Les deux éventualités firent monter un sourire à ses lèvres, soulageant la tension qui s'était installée dans sa mâchoire durant les heures passées avec Thornton.

— Donc, continua-t-elle en refermant le livre sans même faire semblant d'en marquer la page, avez-vous appris quelque chose d'utile aujourd'hui ?

— Je ne sais pas si cela pourra nous être utile, répondit-il en se penchant en arrière et en croisant les chevilles. Mais en tout cas, j'en ai appris beaucoup sur… j'hésite à le dire…, les *goûts* de Thornton.

— C'est pire que ce que nous imaginions ?

Pourquoi ce simple mot, *nous*, le réchauffait-il plus sûrement que les braises d'un feu crépitant ?

— J'aurais pu lui pardonner les heures insupportables dans les bois – il m'est déjà arrivé de passer du temps avec des gens ennuyeux – mais ensuite, nous sommes allés dans son bureau.

Elle le dévisagea.

— Et alors ?

— Il possède une importante collection d'œuvres d'art et d'objets en lien avec…

Une vague de chaleur lui monta aux joues. Après avoir tourné dans sa tête les mots qu'il pouvait prononcer devant elle, il finit par se décider :

— En lien avec les relations conjugales.

Laura se mit à rire, une lueur espiègle dans le regard.

— J'ai bien peur que la plupart de ces relations soient plutôt *extraconjugales*… Je me trompe ? Avez-vous vu quoi que ce soit dans cette pièce qui pourrait servir à lui nuire ou à ruiner sa réputation ? demanda-t-elle, reprenant son sérieux.

— Pour cela, il faudrait qu'il soit capable de ressentir de la honte. Et quand on voit ce qui est exposé… Il semble penser qu'il n'a rien à cacher, dit-il en secouant la tête.

— La démesure peut être un moyen de détourner l'attention.

Elle regarda le sol, pensive, avant de relever les yeux vers lui avec un air entendu.

— Exactement comme pour nous, ajouta-t-elle. Notre petite comédie a pour but de détourner l'attention de la maisonnée de notre véritable objectif. Peut-être espère-t-il qu'en choquant ou en amusant les autres avec le contenu de sa bibliothèque et les œuvres suspendues à ses murs, personne ne se donnera la peine de creuser plus profondément pour découvrir ce qu'il garde secret.

*Comme une lettre écrite à l'encre invisible ?*

Jeremy chassa cette pensée. Il était sans doute trop habitué à toujours chercher un sens caché aux choses. C'était probablement sans importance : une lettre écrite par un ami aussi dépravé que lui, et que ce stratagème amusait.

À présent qu'il avait retrouvé lady Sterling, sa mission lui apparaissait clairement : découvrir jusqu'où elle était prête à aller pour que justice soit faite.

— Et même si les inclinations de Thornton pour l'art et l'amusement sont le nœud de la question, continua Laura, j'ai bien l'intention de trouver un moyen de lui faire regretter de s'y adonner. S'il se contentait de les pratiquer avec des femmes qui partagent ses vices, elles seraient inoffensives, j'imagine – même si on peut avoir une pensée compatissante pour son épouse, qui ne m'a pas l'air d'être une grande aventurière.

Une nouvelle fois, un air de léger amusement vint titiller les coins de sa bouche, avant de disparaître.

— Mais je ne peux pas et ne veux pas ignorer la façon dont il abuse de ses domestiques.

Jeremy prit une inspiration.

— Il semblait avoir très envie de... corriger la jeune domestique qui nous a apporté le café, avant même qu'elle ait eu la maladresse de le renverser sur son bureau.

Il avait la mâchoire serrée. Il aurait préféré ne pas en parler.

Laura passa un doigt distrait sur les lettres de la couverture du livre.

— Et quand vous dites *corriger*, j'imagine que vous ne parlez pas de la renvoyer ?

Jeremy n'aurait jamais imaginé avoir une conversation de ce genre avec qui que ce soit, encore moins avec une jeune femme bien élevée.

— J'ai la nette impression qu'il n'a pas l'intention de laisser cette jeune fille s'en tirer à si bon compte. Sans compter qu'il reçoit des amis à la fin de la semaine, et qu'il veut leur offrir des… divertissements.

— Une orgie, résuma-t-elle, songeuse. Mlle Godfrey en faisait mention dans sa lettre, et la jeune domestique l'a sous-entendu lorsqu'elle est venue nettoyer la cheminée ce matin. J'imagine que les amis de Thornton sont faits de la même étoffe ?

— On peut le supposer, dit-il en se levant, incapable de rester tranquille. Et il faudrait que nous partions avant leur arrivée.

Il fut parcouru d'un frisson à l'idée que le lieutenant Hopkins découvre ce que sa sœur avait pu voir ou entendre alors qu'elle était sous sa… Grand Dieu, il ne savait pas comment appeler cela. En tout cas, pas sa *protection*.

— Vous a-t-il invité à rester ? demanda-t-elle.

— Oui, mais…

— Alors il faut que nous restions, mon cher époux. Lady Sterling a bien l'intention de faire en sorte que cette menace de lord Thornton soit la dernière. Et si le filet ramène d'autres poissons, ce sera encore mieux.

— Laura.

Allait-il la supplier ? La réprimander ?

Quoi qu'il en soit, son prénom était sorti de sa bouche avec une facilité étonnante.

— C'est exactement ça, monsieur ! s'exclama-t-elle avec ce sourire affolant encore fiché sur ses lèvres.

Vous avez prononcé mon prénom avec un parfait mélange d'exaspération et de... Oserai-je dire *désir* ? Et vous êtes parvenu à convaincre lord Thornton de votre sympathie à son égard. Bravo ! Vous êtes meilleur acteur que je ne l'aurais imaginé. Mais à présent, ajouta-t-elle en faisant un geste pour le congédier, il faut que vous vous habilliez pour le dîner et que vous trouviez une bonne excuse pour nous permettre de rester jusqu'à l'arrivée des invités.

Il devait mettre un terme à ce plan, tout de suite.

Il n'était même pas certain que cette idée méritait le nom de *plan*.

Puis il repensa à ce que Thornton avait dit, et à ce qu'il avait menacé de faire. La nuit précédente, il voulait confirmation des accusations de lady Sterling, et aujourd'hui, les événements la lui avaient donnée. Il repensa aussi à Mlle Godfrey, et à toutes les autres. Sacrifier un peu de temps et de dignité n'était rien. Il ne pouvait pas, il ne *voulait* pas abandonner ces femmes à leur sort.

Mais en se dirigeant vers le dressing, passant devant le lit, il dut admettre que son désir de rester n'était pas totalement issu d'un noble sentiment. Il ne parvenait pas à chasser l'image et la sensation de Laura avec sa chevelure dorée, abandonnée contre sa poitrine. Ni à se débarrasser de l'espoir stupide que cela se reproduise la nuit suivante.

Il appréciait grandement toute une partie de cette comédie.

# 10

Pendant un bon moment après que Jeremy eut refermé la porte de la chambre derrière lui, Laura avait espéré recevoir une visite de Mlle Godfrey pour dissiper un peu l'ennui de cette soirée. Les filles de la famille étaient sans doute assez grandes pour dîner en compagnie de leurs parents, et le garçon avait certainement été confié aux bons soins d'une nurse. Mais la porte restait désespérément fermée, tandis que l'obscurité de la chambre s'épaississait.

La domestique qui lui apporta son plateau – ni Dinah ni Dora, à sa grande déception – eut l'obligeance d'allumer deux lampes. Après avoir avalé ce qu'elle pouvait de l'excellent dîner, Laura se résigna à replonger dans le livre qu'elle avait abandonné, un récit de voyage en Irlande.

Pas assez intéressant pour empêcher ses pensées de divaguer en direction de Jeremy.

Il était parti vêtu d'une veste bleue et d'un pantalon couleur charbon qui devait appartenir à l'un des fils aînés de Thornton. En effet, ces vêtements n'auraient pas convenu à quelqu'un de petit et massif comme le comte, bien que ce soit l'un de ses valets de pied qui les avait apportés pour Jeremy dans l'après-midi.

Même dans des vêtements qui n'avaient pas été taillés pour lui, Jeremy attirait l'œil.

Attirait *son* œil, en tout cas.

Et c'était bien le problème. Laura ne laissait jamais son attention être distraite quand elle était sur une affaire. Et une affaire aussi complexe que celle-ci demandait une attention accrue.

Pourtant elle était là, seule de nouveau, à penser à la façon charmante dont le bleu de la veste s'accordait à celui des yeux de Jeremy.

Ses yeux. Oui, et ses oreilles. Ses jambes également. Jusqu'à ce qu'elle soit de nouveau sur pied, elle n'avait d'autre choix que de se reposer sur lui pour observer et écouter à sa place. Il était un outil. Un moyen.

Bien qu'elle l'ait déjà fait une demi-douzaine de fois, elle se concentra sur ce que Thornton pouvait bien essayer de cacher derrière cette façade de peintures choquantes et de sculptures grivoises, et se demanda si la menace d'une révélation serait suffisante pour mettre un terme à ses abus.

Mais pour répondre à cette question, il lui fallait plus d'informations – informations qu'elle obtiendrait lorsque Jeremy rentrerait du dîner. Ce qui signifiait qu'elle n'avait d'autre choix que d'attendre. Attendre en regardant la porte.

Ce n'était pas lui qu'elle attendait, se disait-elle tandis qu'elle scrutait le panneau de bois irrémédiablement clos. Elle n'avait pas particulièrement envie de sa compagnie. Et elle n'attendait en aucun cas le moment de la soirée où il la prendrait dans ses bras étonnamment puissants, et la porterait jusqu'au...

Elle jeta un regard au lit. Peut-être n'avaient-ils pas été très sages de pousser si loin la comédie du couple de jeunes mariés. Mais, après tout, qu'avaient-ils fait d'autre que s'allonger côte à côte dans un espace assez grand pour permettre à une demi-douzaine de personnes de dormir confortablement ?

Ce n'était pas comme s'ils avaient plongé dans ce lit luxueux, emmêlés dans une étreinte passionnée, et...

Elle voulut fermer les yeux, chasser l'image mentale qui se formait, et qui aurait sans doute fait rougir les œuvres d'art du bureau de Thornton. Mais avant que ses paupières se ferment complètement, son regard inquiet se posa sur son réticule, trônant sur la table de chevet. *La montre de Penhurst.* Elle pouvait au moins regarder l'heure et évaluer le temps qui lui restait à patienter.

Elle attrapa l'accoudoir du sofa pour se stabiliser, enfonça les doigts dans le beau tissu, anticipant la douleur à venir. Elle souleva sa cheville du tabouret et posa le bout du pied sur le sol. C'était encore douloureux, mais elle n'avait pas besoin de faire porter son poids dessus. Pas beaucoup, en tout cas. Avec une béquille ou une canne, elle pourrait se débrouiller sans peine.

Mais elle n'en avait pas sous la main, et elle dut sautiller à cloche-pied, s'accrochant d'abord au dossier du sofa, puis au bord de la table et enfin au fauteuil. Depuis la zone où elle se trouvait, et jusqu'au bout du lit, il n'y avait plus de meubles auxquels s'agripper. Elle s'arrêta. La nuit précédente, elle avait eu l'impression que seuls quelques pas séparaient ces deux parties de la chambre.

Elle prit une profonde inspiration et sautilla à travers le tapis, craignant, si elle s'arrêtait trop longtemps, de perdre l'équilibre et de tomber. Elle parvint jusqu'à la colonne de lit, puis attrapa le couvre-lit bleu. Après quelques petits sauts supplémentaires, elle atteignit la table de nuit. Hors d'haleine et surprise par l'effort que lui avait demandé une si petite distance, elle sortit la montre de son réticule.

La lettre de Mlle Godfrey en tomba et voleta jusque sous le lit.

Il fut un temps où une telle contrariété lui aurait fait prononcer des mots indignes d'une lady. Mais cette fois, à sa grande humiliation, ce furent des larmes qui jaillirent de ses yeux.

Elle haïssait le fait d'être ainsi impuissante. C'était bien plus qu'une simple perte de contrôle sur sa vie. Il était arrivé que certains de ses plans se déroulent mal et que les événements ne suivent pas le cours qu'elle avait prévu.

D'ailleurs, cela avait été le cas chaque fois qu'elle s'était approchée de lord Thornton.

S'en apercevoir lui fit grincer des dents. Elle était plus déterminée que jamais. Et pas seulement à le mettre hors d'état de nuire, mais à le faire traduire en justice.

Elle se baissa, arrachant à moitié le couvre-lit au passage, la soie délicate n'offrant que peu de résistance tandis que son corps glissait. Mais elle finit par se retrouver à genoux sur le sol, puis sur le ventre, à moitié cachée sous le lit, maugréant et tendant un bras, puis l'autre, pour attraper la lettre qui semblait la narguer à quelques centimètres du bout de ses doigts.

— Lady Sterling ?

Elle n'avait pas plus entendu la porte s'ouvrir qu'elle n'avait perçu les bruits de pas traversant la pièce. Surprise, elle sursauta, se cogna la tête contre le cadre du lit et vit des étoiles. Pour couronner le tout, la couverture de soie tomba du lit et vint la recouvrir entièrement.

— Mon Dieu, mais que vous est-il arrivé ? Vous allez bien, ma chérie ? dit Jeremy en s'agenouillant près d'elle. Êtes-vous tombée du lit ?

— Non, répondit-elle d'une voix faible, étouffée même à ses propres oreilles.

Avec la bienveillance, la force et la décence qu'elle attendait de lui, il la débarrassa du couvre-lit et protégea sa tête tandis qu'elle se tortillait pour sortir de sous le lit. Elle réussit enfin à s'asseoir contre l'épais matelas, yeux fermés.

— Je ne suis pas tombée, expliqua-t-elle. J'ai eu une crise de… d'ennui absolu, continua-t-elle, gênée par sa propre confession. Je voulais juste regarder l'heure, alors j'ai boitillé jusqu'ici pour venir chercher cette fichue montre. Mais j'ai fait tomber la lettre de Mlle Godfrey et elle…

Elle fit un vague geste de la main.

— Et je vous ai fait peur, conclut Jeremy, contrit. Pouvez-vous ouvrir les yeux ?

Après plusieurs tentatives, elle parvint à le faire et contempla le visage de Jeremy – ce beau visage inquiet, presque trop parfait. Qu'est-ce qui pouvait bien lui rendre ce visage si familier ? Les grands yeux bleus du jeune homme cherchèrent les siens, alors qu'il s'accroupissait à quelques centimètres d'elle.

— Je ne pense pas que vous ayez une commotion. Mais dites quelque chose d'intelligent, pour voir ?

— Et qu'est-ce qui fait de vous l'arbitre de l'intelligence ?

Cette réponse du tac au tac lui valut un large sourire.

— Vous voyez ? Vous êtes en pleine forme.

Elle voulut lui sourire en retour. Ou peut-être lui offrir un froncement de sourcils sceptique, voire réprobateur. Mais au lieu de cela, ce furent des larmes qui jaillirent de nouveau de ses yeux. À sa grande honte, elles coulèrent sur ses joues.

— Oh, ma chère, ne pleurez pas… Tout va bien.

Il tira un mouchoir de sa poche et essuya le témoignage de sa honte. Le carré de tissu tiède portait la même odeur subtile et épicée que lui. Peut-être cette odeur ne venait-elle pas de son savon à barbe. Peut-être venait-elle tout simplement de… *lui*.

— Je vais bien, ironisa-t-elle en lui arrachant le tissu des mains pour se moucher. Si on exclut ma cheville, ou ma tête, ou encore ma totale incapacité à faire ce que j'étais venue faire à Thornton Hall. Lady Sterling pourrait bien ne jamais se relever de cette ridicule...

Plutôt que de l'écouter se plaindre ou tenter de la calmer, il se leva et disparut un instant avant de revenir, portant un verre d'eau.

— Buvez.

Elle prit le verre d'une main tremblante.

— J'aurais préféré du brandy.

— Je sais bien.

Elle chercha à tâtons sur la table de nuit.

— Où est le remède du Dr Phelps ?

Sans le moindre effort, il attrapa la petite fiole avant qu'elle puisse l'atteindre.

— Êtes-vous certaine que c'est une bonne idée ?

— C'est pour traiter la douleur, n'est-ce pas ? Eh bien, j'ai mal à la tête.

Il plissa les yeux, ses sourcils noirs se rejoignant presque. Après un instant, il déboucha la fiole, puis versa deux gouttes de laudanum dans le verre d'eau qu'elle tenait à la main. Elle observa, comme hypnotisée, les liquides se mélanger, tandis qu'il rebouchait la bouteille et la glissait dans sa poche.

— Allez-y, alors. Et quand vous vous serez un peu reposée, je ferai venir une domestique pour...

— Non, lâcha-t-elle après avoir avalé sa première gorgée. Lady Sterling a la réputation de protéger les femmes. Je refuse que Dinah ou une autre de ces femmes me voient en position de faiblesse.

Un sourire en coin naquit sur la bouche de Jeremy.

— Mais toute notre petite comédie n'a-t-elle pas justement pour but d'éviter qu'on soupçonne que vous êtes *cette* lady Sterling ? Je pensais que vous alliez saisir cette opportunité pour engranger de la compassion. Ne vont-elles pas supposer que votre horrible mari vous a dit quelque chose qui vous a brisé le cœur ?

— P... personne ne pense que vous êtes horrible, bredouilla-t-elle, alors que ses larmes se remettaient à couler et que ses doigts sans force laissaient tomber le verre.

Jeremy rattrapa celui-ci avant qu'il se soit renversé.

— Eh bien, je suppose qu'il va falloir que je fasse des efforts, plaisanta-t-il en posant le verre sur la table. Je crois que la petite fête de Thornton m'en offrira largement l'occasion.

— Il a renouvelé l'invitation ? hoqueta-t-elle.

— Cela n'a pas été difficile. Thornton semble très désireux de me montrer la profondeur de sa dépravation. À présent, dit-il en lui tendant la main, je vais vous aider à vous mettre au lit avant que le laudanum commence à faire effet.

— Je... je ne peux pas dormir avec ça sur le dos, dit-elle en montrant sa robe toute débraillée. C'est le seul vêtement que j'ai qui ne soit pas souillé par la boue. Vous allez devoir m'aider à me déshabiller.

L'amusement déserta le regard de Jeremy. Ses pupilles se dilatèrent et ses mains cessèrent de bouger.

— Je ne pense pas que ce soit très sage.

— Nous avons abandonné la sagesse dans un pub à l'est de Dartford, rappelez-vous. Laissez-moi juste enlever mes bas avant de m'aider à me lever.

Elle se pencha légèrement en avant, et une vague d'étourdissement l'ébranla. Elle dut poser ses mains à plat sur le tapis.

— Oh, eh bien, tant pis. Je peux...

— Je m'en occupe.

Avait-elle rêvé, ou cette phrase était-elle bel et bien sortie de ses mâchoires serrées ? Elle ne pouvait plus voir son visage, penché qu'il était pour s'acquitter de sa tâche, facilitée par le fait que les jupes de Laura étaient déjà relevées jusqu'à ses genoux.

Les doigts un peu hésitants, il passa sous lesdites jupes pour dénouer les jarretières de la jeune femme et rouler délicatement un bas, puis l'autre, faisant glisser le premier jusqu'à son pied et aidant le second à passer sur sa cheville blessée.

— Cela ressemble à quoi ?

— C'est magnifique. Euh... je veux dire, cela semble guérir magnifiquement. C'est beaucoup moins gonflé que la nuit dernière.

Elle avait fermé les yeux, attendant une douleur qui ne vint pas. Elle les rouvrit alors en grand.

— La nuit dernière ? Je ne savais pas que...

— Je... J'ai regardé quand... quand le Dr Phelps examinait votre blessure.

Elle l'observa mettre ses bas en boule, nerveusement, puis, ne sachant quoi en faire, les fourrer dans la poche dans laquelle il avait déjà rangé la fiole. Finalement, il leva les yeux vers elle, une rougeur révélatrice aux joues.

— Vous ne vous en souvenez pas ?

Le laudanum commençait probablement à faire effet, car sa respiration était plus prononcée. Elle parvint tout juste à faire un vague signe de tête.

— Bon, à présent, essayons de vous relever.

Il posa les mains sur sa taille et la souleva, la retenant quand elle vacillait. C'était la même force, la même fermeté, les mêmes mains qui l'avaient portée la nuit précédente. Rien n'avait changé.

Si son toucher lui paraissait différent, doux, presque révérencieux, c'était uniquement parce qu'elle avait peu d'expérience des mains des hommes sur elle. Sa seule expérience se limitait d'ailleurs à être agrippée et tripotée, comme ce soir-là à Vauxhall avec Penhurst.

Pourtant, il n'aurait pas été difficile d'interpréter la façon dont il se mit à desserrer les attaches de sa robe, puis à dénouer les rubans de son corsage.

Sentait-elle un tremblement nerveux ? Ou quelque chose d'autre ? Le bout de ses doigts ne toucha sa peau à aucun moment, et pourtant elle ressentit un fourmillement dans sa chair.

Il avait eu raison de dire que ce n'était pas sage.

— Pourriez-vous me dire, parvint-elle à articuler après avoir dû se racler deux fois la gorge, de quoi vous avez parlé pendant le dîner ?

— Oh, de rien de bien intéressant. Lady Thornton a voulu en apprendre davantage sur la cour que je vous ai faite. Apparemment, ma demande en mariage était... Comment a-t-elle dit ? Ah oui, « romantique à en mourir ».

Grand Dieu. Dans son récit, Laura avait laissé aller sa fantaisie, et Jeremy ne le savait même pas.

Son cœur ne s'arrêta pas, bien au contraire. Alors qu'il battait déjà très vite, il se mit à cogner encore plus fort dans sa poitrine, menaçant de franchir sa cage thoracique. Jeremy pouvait-il entendre les puissants battements ?

Il fit une pause, cherchant ses mots, puis recommença à tirer le ruban de soie à travers les œillets du corset de Laura. À chaque étape, un léger *zip* s'échappait.

— J'ai joué les modestes, et je lui ai dit que j'étais si nerveux que je me souvenais à peine de ce que j'avais pu dire. Sa fille aînée a été assez aimable pour me donner quelques éléments. *(Zip.)* Au début, je ne comprenais pas pourquoi cette demande m'était familière, puis je me suis souvenu d'où elle venait : je l'ai entendue dans la bouche du grand acteur Kean lui-même, la saison dernière. Visiblement, cette pièce a eu beaucoup de succès parmi votre sexe ; ma sœur a insisté pour que nous allions la voir trois fois.

Avait-elle volé l'idée à cette pièce de théâtre ? Jeremy avait une meilleure mémoire qu'elle.

— Est-ce que quelqu'un a reconnu la pièce ?

*Zip.*

— Non. Je ne pense pas que lady Thornton s'aventure très souvent en ville, et si lord Thornton va au théâtre, je doute qu'il aille voir ce genre de mélodrame. *(Zip. Zip.)* Je dois vous avouer que j'ai été très surpris que vous ayez prêté des mots si éloquents à votre époux. Tout ce qu'un homme véritable pourrait dire serait bien médiocre, en comparaison.

Son corset se mit à bâiller légèrement, et elle essaya de ne pas penser à sa chemise. Jusqu'à ce jour, elle ne s'était jamais préoccupée de l'état de ses sous-vêtements, puisque personne ne les voyait.

— Je suis heureuse d'apprendre que nos grands acteurs anglais vous semblent convaincants.

Un dernier *zip* puis, du coin de l'œil, elle le vit poser le ruban sur la table de nuit.

— Voulez-vous que j'aille chercher votre chemise de nuit ?

— Non, je vais... me débrouiller.

Habituellement, elle ne connaissait pas la timidité. Mais ce soir, positionnée entre Jeremy et le gigantesque lit, espérant quelque chose qu'elle ne voulait pas nommer, elle ne savait plus quoi faire. Elle n'avait pas pensé à l'épouvantable possibilité de voir des émotions fictives devenir réelles. Se débarrassant de sa robe et de son corset, elle grimpa sur le lit sans aide, malgré sa douleur à la tête et sa cheville blessée. Une fois installée, elle tira les draps jusqu'au menton.

Jeremy fit un pas en arrière et parut développer un intérêt soudain pour les moulures du plafond.

— Bien installée ? demanda-t-il.

— Si vous vouliez bien me couvrir, dit-elle en montrant le couvre-lit à moitié tombé au sol.

— Oui, bien sûr.

Il se pencha pour remettre le tissu en place, jusqu'à ce qu'il se trouve à genoux à côté d'elle. Ses cheveux noirs brillaient comme les ailes d'un corbeau sous la lumière de la lampe.

— Jeremy, je…

Lorsqu'il leva les yeux, les battements de cœur de la jeune femme s'emballèrent de plus en plus dangereusement. Puis il se redressa, les vêtements de Laura dans une main et une feuille pliée dans l'autre.

— La lettre de Mlle Godfrey. Mieux vaut ne pas l'oublier.

Elle fut soudain mortifiée.

— Brûlez-la, s'il vous plaît, demanda-t-elle. J'aurais dû le faire depuis longtemps.

Il acquiesça, alla jusqu'à la cheminée et jeta la lettre dans les braises incandescentes.

— Voilà, dit-il. Elle ne causera plus de problème.

— C'est étrange, le bouleversement qu'un simple morceau de papier peut provoquer.

Il pencha la tête sur le côté, comme si sa remarque méritait qu'on y réfléchisse.

— Oui, sans doute…

Puis il disparut dans le dressing.

Déterminée à orienter le reste de la soirée sur un terrain plus sûr, elle s'adressa à lui de l'autre côté de la mince paroi.

— De quoi d'autre avez-vous parlé au dîner ? insista-t-elle.

— Vraiment rien de très important.

Elle entendait, depuis l'autre pièce, le froissement de vêtements qu'on enlève, et l'eau du lavabo.

— Même après que les dames se sont retirées, continua-t-il, Thornton s'est fait remarquablement discret. On aurait dit qu'il avait une idée derrière la tête. Pendant qu'il buvait son porto, j'ai mentionné les invités qu'il attendait. Il a renouvelé son invitation, je l'ai donc acceptée. Ils commenceront à arriver vendredi.

Les jours – et les nuits – qui se dressaient entre ce soir-là et le vendredi suivant lui parurent soudain aussi immenses que le lit sur lequel elle était étendue.

— Je me demande s'il ne vaudrait pas mieux..., commença-t-elle.

— Pardon ? dit-il, sortant du dressing en passant une serviette sur son visage.

Il avait ôté sa veste et son gilet, et dénoué sa cravate. Le col de sa chemise étant ouvert, les poils noirs de sa poitrine étaient à présent visibles. Ce spectacle eut le don d'accélérer encore un peu plus le pouls de Laura, qui ne put que hocher la tête.

La nuit précédente, c'était probablement le choc de sa blessure qui l'avait empêchée de réaliser à quel point l'idée de se comporter en couple marié était déraisonnable. Mais là, quelle excuse avait-elle pour accepter de s'exposer à ce danger ?

Deux gouttes de laudanum dans un verre d'eau ne suffiraient pas à le neutraliser.

— Vous êtes sûre que vous ne préférez pas que je dorme dans le dressing ? reprit Jeremy en s'approchant du lit, comme s'il sentait sa soudaine nervosité. Ou près de la cheminée ? Le sofa n'est pas bien grand, mais je pourrais me débrouiller pour...

— Non, répondit-elle d'une voix étrangement rauque. Ce serait totalement idiot, ajouta-t-elle après un raclement de gorge. Pourquoi ne pourriez-vous pas dormir confortablement ? Deux personnes...

— Qui ne s'apprécient même pas vraiment..., la coupa-t-il avec un sourire ironique, répétant ce qu'elle lui avait dit la veille.

— Je n'aurais pas dû dire ça. Je ne vous connais pas, en fait.

Le sourire du capitaine s'élargit encore.

— C'est presque comme un vrai mariage arrangé de la bonne société, alors.

Elle eut envie de rire, mais au lieu de cela elle posa une question qui lui brûlait soudain les lèvres :

— Y avait-il quelqu'un dans le couloir quand vous êtes entré dans la chambre, ce soir ?

Un peu surpris par ce passage du coq à l'âne, il réfléchit un instant.

— Non. Pourquoi ?

*Parce que vous m'avez appelée* « ma chérie » *alors qu'il n'y avait personne pour vous entendre.*

— Pourquoi m'aidez-vous dans mon enquête ? s'enquit-elle ensuite sur un ton autoritaire.

Elle se réprimanda elle-même.

*Il fait simplement ce que tu lui as demandé, idiote.*

— Vous... vous avez sans doute autre chose à faire de votre temps, précisa-t-elle. Mais à présent vous êtes... nous sommes...

Il sourit franchement.

— J'imagine que vous ne me croirez pas, si je vous dis que je n'avais qu'une hâte : laisser mon ennuyeux travail derrière moi pour partir dans un voyage périlleux à travers l'Angleterre à la poursuite d'une pickpocket...

Elle passa le bout de l'ongle sur le couvre-lit.

— Je vous ai dérobé quelque chose sans même le savoir.

— Vous parlez de mon titre ? demanda-t-il en haussant les épaules. C'est un peu comme la montre de Penhurst : on ne peut pas qualifier de « vol » le fait de prendre quelque chose qui n'appartient pas vraiment à quelqu'un.

Elle s'interrogea sur ce qu'il voulait dire. Était-ce la tristesse d'avoir perdu son père qui portait une ombre sur son héritage ? Mais elle n'ajouta rien de plus, le laissant éteindre les lampes en silence.

Dans cette obscurité de velours, elle sentit le lit pencher quand il grimpa dessus, entendit le froissement des draps tandis qu'il s'installait à côté d'elle et perçut la chaleur de son corps, bien qu'ils ne se touchent pas.

— Ce que j'ai vu et entendu au cours des dernières vingt-quatre heures m'a fait comprendre à quel point lady Sterling est nécessaire.

Il parlait à voix basse, et la sensation d'intimité que procurait ce murmure la fit frissonner délicieusement.

— Et je ne veux pas que Mlle Godfrey, Dora et les autres finissent comme la femme de chambre de lady Thornton, ajouta-t-il en se retournant, se préparant visiblement à dormir. D'ailleurs, qu'avez-vous pris à Thornton qui ait pu rapporter cinquante livres à sa cuisinière ?

— Un... un livre, dit-elle en songeant qu'il était admirablement concentré sur la mission, et qu'elle avait été folle d'imaginer qu'il y avait quoi que ce soit d'autre entre eux. Un livre de cuisine français. Mme Croft m'avait dit qu'elle avait vu un jour son maître le lire très attentivement. Et lorsqu'elle lui avait demandé s'il voulait qu'elle lui prépare une des recettes qui s'y trouvaient, il avait réagi de manière étrange et l'avait caché. Ce comportement a bien entendu éveillé mes soupçons ; aussi, je me suis déguisée en domestique pour tâcher de découvrir son secret. Malheureusement, le livre de cuisine s'est avéré n'être rien de plus que cela, rien que je puisse utiliser contre lui. Je l'ai pris malgré tout, espérant qu'il aurait une quelconque valeur, mais je n'ai pas laissé la traditionnelle carte de lady Sterling. Je savais que mon travail n'était pas terminé avec lui.

» Quelque temps plus tard, mon frère est tombé sur le livre chez tante Mildred. Je lui ai dit que c'était un don pour une des ventes de charité de ma tante. Il a alors proposé de faire le tour des boutiques pour moi et voir ce qu'il pourrait en tirer. Quelques jours plus tard, il m'a apporté l'argent, que j'ai immédiatement donné à Mme Croft. Plus d'un an de gages. Ce n'était évidemment pas rien pour elle, mais j'avais vraiment espéré trouver quelque chose de plus…

Elle s'arrêta en entendant la respiration de Jeremy, devenue plus profonde, plus régulière.

— Jeremy ? appela-t-elle.

Pas de réponse. La journée avait été longue. Il devait être épuisé, bien sûr. Et il fallait qu'elle se réjouisse du fait qu'il n'offre aucune tentation de faire quoi que ce soit d'autre que dormir, ce soir.

Avec un soupir qui sonna comme une manifestation de déception, elle lui tourna le dos et ferma les yeux. Pourtant, malgré le laudanum et ses meilleures intentions, elle ne pouvait occulter la présence de cet homme à côté d'elle, et le sommeil la fuyait.

# 11

Déchiré entre deux désirs contraires, Jeremy se mit à respirer de façon régulière, prétendant dormir, alors que son esprit tournait à grande vitesse.

Le premier désir – rouler jusqu'à Laura et la prendre dans ses bras – dépassait tellement les bornes qu'il avait du mal à se l'avouer.

Mais le nier serait absurde.

Ni la récitation silencieuse de son catéchisme ni le souvenir minutieux de tous les matchs de cricket qu'il avait jamais joués, n'avaient pu empêcher son sexe de durcir terriblement pendant qu'il lui ôtait sa robe et dénouait son corset. Si, dans le processus, il avait découvert autre chose qu'un petit croissant de peau sans la moindre imperfection, il se serait sans doute répandu dans le pantalon qu'on lui avait prêté.

Un gamin naïf, voilà ce qu'il était.

Et c'est sans doute cette naïveté qui lui faisait convoiter une femme qui aurait fait fuir un homme plus expérimenté.

Quelle que soit sa beauté. Quelle que soit son intelligence.

Peu importe si elle l'avait invité à la toucher.

« Un toucher *innocent* », se répéta-t-il. Elle avait simplement eu besoin de son aide. Serrant les doigts autour des draps, il essaya de se concentrer sur autre chose.

Mais le deuxième désir qui l'animait, qui consistait à fouiller de fond en comble le bureau de Thornton à la faveur de la nuit, n'était pas moins dangereux.

Le livre qui avait rapporté cinquante livres à la pauvre Mme Croft – le livre de cuisine français – était en fait le livre de codes sur lequel il avait passé tant d'heures, les semaines précédentes. Et à présent, il savait qu'il avait appartenu à lord Thornton.

Lord Thornton savait-il ce qu'il avait entre les mains ? Possédait-il d'autres documents cryptés ? Des lettres à l'encre invisible, peut-être ?

En considérant son dilemme, Jeremy comprit que ces désirs n'étaient pas en conflit, mais qu'ils étaient emmêlés.

Lady Sterling avait dérobé le livre à Thornton. Le lieutenant Hopkins avait découvert que sa sœur était en possession de ce livre. Et, bien entendu, elle n'avait pas dit la vérité sur sa provenance, de peur que son identité secrète ne soit découverte.

Scott avait-il soupçonné le lien ?

*Non*. Non. Certainement pas. Si cela avait été le cas, il n'aurait pas attendu si longtemps. Si le général craignait que lady Sterling soit impliquée dans des questions d'espionnage, il ne pouvait imaginer qu'il s'agissait de la sœur de Hopkins.

Mais à présent Jeremy, lui, savait.

Juste en dessous de lui, dans le bureau de Thornton, se trouvait peut-être une information cruciale qui pourrait permettre la victoire des Anglais contre les troupes de Napoléon.

À côté de lui se trouvait une femme cherchant désespérément un sombre secret chez Thornton, espérant que la menace de le dévoiler dissuaderait l'homme de continuer à se livrer à ses instincts les plus bas.

Céder à l'un de ses désirs pouvait-il lui permettre de satisfaire l'autre ?

Il se força à desserrer les doigts des draps. *Non*. Il ne pouvait y avoir de *satisfaction* les concernant, Laura et lui.

Même l'aider pouvait s'avérer risqué. Mais cela, au moins, était un risque qu'il pouvait se permettre. Ensemble, ils empêcheraient Thornton de détruire d'autres vies.

Il fit semblant de s'éveiller en sursaut.

— Oh, pardon. Je me suis endormi ?

Elle tourna la tête vers lui, ses cheveux comme un murmure sur l'oreiller.

— Ce n'est pas grave.

— Vous me parliez de... la cuisinière...

— Mme Croft, oui.

— Et d'un livre. Vous m'avez dit que votre frère était mêlé à cette histoire ?

— Oui. Fitz a vendu le vieux livre à un libraire. Je n'imaginais pas qu'un livre de cuisine puisse avoir autant de valeur, dit-elle avec un petit rire qui chatouilla le dos de Jeremy comme si on y passait une plume. Je ne suis pas très versée dans les arts domestiques.

Il émit un bruit, quelque part entre le gloussement et le grognement, avant de se remettre sur le dos.

— Vous êtes proche de votre frère ?

— Nous l'étions, je crois. Quand nous étions enfants. Et puis, maman est morte et il a été envoyé au pensionnat. Moi, je suis partie vivre avec tante Mildred à Clapham. Et je ne l'ai pratiquement plus revu jusqu'à l'ouverture du testament de papa.

— Je ne savais pas que vous aviez également perdu votre père. Je suis désolé.

— C'est gentil. Mais me trouveriez-vous horrible si je vous disais que la mort de mon père n'a pas été une grande perte ? avoua-t-elle en se tortillant, honteuse de cette affreuse confession. Lorsqu'il buvait, et c'était souvent, il disait des choses terriblement cruelles à maman et à moi, et des choses obscènes aux bonnes et à ma gouvernante. Ma tante m'a offert un exemplaire des *Droits de la femme* et m'a emmenée à des conférences. J'y ai appris que le comportement de mon père, malheureusement, était loin d'être un cas isolé, mais également qu'il ne devait pas être toléré. Au fil des années, j'ai commencé à réfléchir à ce que je pourrais faire pour empêcher des hommes comme lui de nuire.

— Et c'est comme cela que vous êtes devenue lady Sterling.

Leurs oreillers étaient assez proches pour qu'il la sente hocher la tête.

— C'est l'année où Fitz s'est engagé dans l'armée.

Elle se tourna vers lui, attirant à elle la majeure partie de la couverture. Bien que la chambre se soit refroidie avec le feu qui mourait lentement, il ne lui enviait pas cette couverture. Il enviait en revanche à la couverture sa proximité avec elle.

— J'espère que ça n'en a pas fait un rustre, ajouta-t-elle.

— Un rustre ? répéta Jeremy, incertain.

Elle n'avait probablement aucune idée de ce que son frère pouvait faire au service de Scott, tout comme Julia et sa mère s'imaginaient que Jeremy triait des papiers dans un bureau de la caserne des Horse-Guards.

— Excusez-moi, capitaine Addison, je ne voulais pas sous-entendre que tous les soldats... Vous êtes... vous vous êtes montré un modèle de gentleman. Si mon frère n'en est pas un, c'est plutôt à mon père qu'il faut en imputer la responsabilité.

Jeremy ne connaissait pas très bien Fitzwilliam Hopkins, mais il savait que les agents de terrain devaient jouer de nombreux rôles, et pas toujours celui de gentleman. Il connaissait aussi le poids de l'héritage paternel sur un fils.

— J'espère qu'il ne s'est pas mal comporté avec vous ? questionna-t-il.

— En tout cas, il ne s'abaisserait jamais à accompagner sa sœur au théâtre comme vous le faites.

Jeremy n'aurait su dire si la pointe de sarcasme dans sa voix lui était adressée, ou si elle était pour elle-même.

— Mais il me traite de manière correcte, continua-t-elle en se retournant pour se mettre sur le dos. Je m'inquiète pour lui.

Jeremy imagina ses yeux gris, brouillés par l'inquiétude, fixant le baldaquin au-dessus d'eux.

— Lorsqu'il m'a apporté l'argent de la vente du livre de cuisine, il avait un œil au beurre noir et une lèvre fendue. Il avait l'air de ne pas avoir dormi ou mangé depuis une semaine. Je n'ai pas pu m'empêcher de penser à papa, qui parfois se bagarrait pour une partie de cartes.

Dans un sens, Laura avait parfaitement le droit de s'inquiéter. Hopkins avait été fait prisonnier par des Français qui voulaient à tout prix retrouver le livre de codes. Il avait eu de la chance de s'en sortir vivant.

— Je n'aimerais pas du tout devoir rendre une visite à Fitz sous les traits de lady Sterling, dit-elle.

Jeremy était à peu près certain que son frère aimerait encore moins cela.

— Son officier supérieur ne tolère ni les bagarres, ni les jeux d'argent, ni l'ivrognerie, la rassura-t-il.

C'était vrai. Scott regardait tout cela avec beaucoup de sévérité, et le colonel Millrose était encore plus strict que lui.

Mais malheureusement, un officier de renseignement tel que Jeremy n'avait pas la liberté de divulguer la vérité.

Il ne pouvait, par exemple, expliquer ce qu'était réellement le livre de cuisine, ou que celui-ci avait mis la vie du frère de Laura en péril. Il ne pouvait avouer qu'il travaillait comme décrypteur. Il ne pouvait même pas lui dire ce qu'il soupçonnait concernant Thornton – du moins, pas encore. Pour l'heure, il ne savait même pas si sa théorie tenait la route.

Thornton était un débauché et un homme cruel envers ceux qui dépendaient de lui. Cela n'en faisait pas un espion pour autant.

Il y avait tant de choses que Jeremy ne pouvait révéler, alors même qu'il en avait tellement envie. Mais encore une fois, quel intérêt y avait-il à penser à des désirs sur lesquels il n'avait aucune prise ?

À peine cette pensée avait-elle traversé son esprit que les doigts de Laura vinrent se poser sur les siens. En comparaison de ce qu'elle avait accompli en tant que lady Sterling, faire glisser sa main à travers les quelques centimètres de drap qui les séparait ne pouvait être considéré comme un acte audacieux. Pourtant, ce geste émerveilla Jeremy. L'intimité de cet innocent contact, une silencieuse et extraordinaire preuve de confiance... Une femme comme elle aurait très bien pu ne jamais faire confiance à aucun homme, encore moins à un étranger.

— Merci, dit-elle dans un murmure, un souffle qui s'accordait avec la caresse de sa main.

Pendant un instant, il se demanda ce qu'il avait fait pour obtenir cette gratitude. La façon un peu dérisoire dont il l'avait rassurée à propos de son frère ? Ou était-ce l'expression de la foi qu'elle avait en lui ? Si elle avait pu lire dans ses pensées, connaître ses secrets...

Elle méritait bien plus que ce qu'il avait à lui offrir.

Aussi, il se contenterait de lui donner ce qu'il pouvait, en espérant que ce serait suffisant.

— La bibliothèque de Thornton est vaste, reprit-il. Peut-être une fouille précise pourrait-elle révéler quelque chose d'utile à lady Sterling.

*Et à l'armée britannique.*

— Nous pourrons essayer d'aller voir demain, après que le Dr Phelps aura examiné votre cheville, ajouta-t-il.

Elle serra doucement sa main.

— Pourquoi pas tout de suite ?

— Maintenant ? Mais il doit être plus de minuit.

C'était une bien piètre excuse, venant d'un agent secret qui travaillait souvent la nuit. Mais, égoïstement, il n'avait pas envie d'interrompre ce moment.

— Trop fatigué ? le taquina-t-elle, avant de lâcher sa main et de se mettre sur un coude. Plus nous attendons, plus cela laisse de temps à Thornton pour cacher ce qui pourrait nous intéresser. C'est juste en dessous : nous pouvons y aller et revenir sans que personne s'en aperçoive.

Si le laudanum avait eu un effet, il s'était clairement dissipé.

— Laissez-moi y aller, dit-il. Je vous ferai un rapport…

— Jamais de la vie ! Après ce que vous m'avez raconté de cet après-midi, il faut absolument que je voie cette collection par moi-même.

— Laura, soupira-t-il sur un ton de reproche.

— Vraiment, Jeremy… De quoi pensez-vous pouvoir me protéger ?

*De moi.*

Rien que l'idée de regarder ces sculptures et ces tableaux avec elle à son côté, ou pire, dans ses bras… Il ravala le grognement qui lui montait aux lèvres, comprenant que c'était surtout lui qu'il cherchait à protéger.

— Et si nous nous faisons surprendre ?

— Nous dirons que je n'arrivais pas à dormir – ce qui est vrai – et que je voulais trouver quelque chose à lire. Il doit bien y avoir des ouvrages inoffensifs dans cette bibliothèque, non ? Et sinon ? Eh bien, je suis une femme mariée, après tout.

Il ferma les yeux très fort, malgré l'obscurité qui les entourait.

— En effet.

— Alors, qu'attendons-nous ?

Avec un nouveau soupir, il s'assit sur le lit.

— Je vais chercher votre robe.

— Oh, non, ce n'est pas la peine, répondit-elle joyeusement. La robe de chambre fera très bien l'affaire. Cela fera plus vrai, vous ne pensez pas ?

Il ne se donna pas la peine de protester. Au lieu de cela, il alla jusqu'au dressing, alluma une bougie et revint, la robe de chambre pendue à son avant-bras.

Les yeux de la jeune femme brillaient d'excitation.

— Nous allons trouver quelque chose, j'en suis certaine. Mais vous allez devoir me porter dans l'escalier, dit-elle en prenant le vêtement de soie avant de l'enfiler. Je peux traverser la pièce à cloche-pied, mais les marches...

— Dois-je vous rappeler qu'avancer à cloche-pied a failli vous provoquer une commotion ?

Elle lâcha un grommellement dédaigneux et remonta les manches trop longues de sa robe de chambre avant de lever les bras, comme elle l'avait fait la nuit précédente, tel un enfant qui demande qu'on le porte.

— Prêt ?

Il était encore vêtu de son pantalon et de sa chemise, et ne portait pas de chaussettes.

— Vous ne pensez pas que je devrais m'habiller complètement, au moins ?

Elle le regarda de bas en haut avec un air de malice.

— Pas du tout.

Il posa le bougeoir sur la table de chevet avec plus de force que nécessaire, et la prit dans ses bras. *Mon Dieu.* Ses jolies boucles chatouillant son menton, ses biceps, tout cela était une véritable torture...

La plus douce des tortures imaginables.

Il fit un pas ; elle l'arrêta.

— La bougie ?

— Pensez-vous pouvoir la porter sans me faire flamber ?

Elle pinça les lèvres, cachant avec la plus grande difficulté un sourire.

— Très probablement.

Malgré ses réticences, il la laissa s'emparer du bougeoir de cuivre et les éclairer. Après tout, s'il était vraiment sain d'esprit, il n'aurait jamais accepté cette expédition nocturne.

Mais aurait-il été plus sage de rester allongé à côté d'elle, à tenir sa main et à rêver d'impossibles rêves ?

Le bureau de lord Thornton offrait un spectacle comme jamais Laura n'en avait vu – alors même que son attention était surtout focalisée sur Jeremy.

Il l'avait déposée sur un fauteuil près d'une fenêtre et s'était attelé à allumer d'autres bougies, marchant pieds nus en silence sur l'épais tapis oriental. Elle pouvait distinguer le duvet de poils noirs sur ses mollets et ses avant-bras, puisqu'il avait roulé les manches de sa chemise. Le fait qu'elle l'ait invité à garder une tenue si négligée aurait dû la faire rougir. Mais ce n'est que lorsqu'il pivota de nouveau vers elle qu'elle détourna le regard, baissant les yeux sur ses doigts qui jouaient avec la ceinture de sa robe de chambre.

Elle aurait pu lui trouver des défauts, si elle l'avait voulu. Bien qu'il ait un visage parfait, elle avait aperçu une petite cicatrice au-dessus de son sourcil, et son sourire était très légèrement de travers. Il était mince et à peine plus grand que la moyenne. D'où lui venait cette force qui lui permettait de la soulever et de la porter avec tant d'aisance ? Elle n'en était pas certaine, mais elle avait sa petite idée. Si elle avait un jour la chance de le voir sans rien d'autre que son pantalon, elle pourrait vérifier cette hypothèse.

Et, bien sûr, son défaut majeur était qu'il n'avait pas été entièrement honnête avec elle sur la raison pour laquelle il avait suivi la trace de lady Sterling, ou sur ce qu'il avait l'intention de faire à présent qu'il l'avait trouvée.

Elle le regarda examiner les étagères de la bibliothèque pour son compte à elle, sans bien savoir ce qu'il cherchait.

Elle n'aimait pas spécialement trouver des défauts aux hommes. Et souvent, elle se disait qu'elle préférerait qu'ils ne soient pas si faciles à repérer. Son père, tous les hommes qu'elle avait pris pour cibles – Penhurst, Thornton et les autres – étaient une raison suffisante pour expliquer son célibat.

Mais la réalité était qu'elle avait au fond du cœur le fol espoir de rencontrer un jour un homme qui la mériterait. Un homme drôle, gracieux, avec un minimum d'intelligence. Un homme qui croirait en la justice, qui soutiendrait la cause défendue par lady Sterling.

Et quelque chose chez lord Sterling – mais les dieux aiment rire à nos dépens, n'est-ce pas ? – avait ravivé cette flamme moribonde en elle.

Il tendit la main vers un livre posé sur une haute étagère et, à travers la fine batiste de sa chemise, elle observa les muscles de son dos s'étirer.

Mais peut-être que cette chaleur qui envahissait Laura, qui s'enroulait autour de ses membres, n'était pas de l'espoir. Peut-être était-ce autre chose ?

Elle se concentra de nouveau sur la vaste pièce, se grondant d'oublier la raison de leur présence ici. La lumière des bougies ne permettait pas de distinguer tous les détails, mais les goûts de Thornton n'étaient pas très subtils. Elle imagina le plaisir pervers qu'il devait prendre en demandant à une jeune fille comme Dora de lui apporter du thé dans son bureau ou en suggérant à la pauvre Mlle Godfrey de venir y chercher un livre pour la leçon de ses élèves.

— Vous n'avez pas froid, près de la fenêtre ?

— Un peu. Mais tout va bien.

Jeremy reprit son examen des étagères, passant les doigts sur le dos des livres, tirant ici ou là un volume, parcourant quelques pages avant de le remettre à sa place.

— Remarquable.

— Qu'est-ce qui est remarquable ? s'étonna-t-elle.

— C'est une collection importante, le travail de plusieurs générations. Ce qui signifie que c'est comme chercher une aiguille dans une botte de foin. L'un de ces livres pourrait-il avoir une quelconque…

*Valeur.*

Il avait arrêté sa phrase avant ce dernier mot, claquant la mâchoire si fort qu'elle l'entendit. Elle porta son regard sur lui.

Que pensait-il trouver, exactement ?

Pas quelque chose de simplement ancien. Même elle, sans un œil exercé et après un rapide examen, avait repéré des volumes qui auraient pu intéresser des antiquaires.

— Beaucoup de ces livres sont très communs et ne portent pas exactement sur les sujets qu'on imaginerait intéresser Thornton…, dit-il en embrassant la pièce d'un geste ample. Prenez celui-ci, par exemple…

Il tira un mince volume d'une étagère et le lui tendit pour lui montrer la couverture.

— *Essai sur le jeu des échecs*, lut-elle, plissant les yeux pour déchiffrer le titre dans la faible lumière.

— Oui. Écrit il y a plus de cinquante ans à Alep, par un Syrien, puis traduit du français. Mon père m'a appris à jouer avec ce même livre. J'en ai toujours un exemplaire chez moi, avoua-t-il avec une vague de nostalgie dans la voix qui émut Laura. Étrange d'imaginer que le père de Thornton a peut-être fait la même chose.

— Ou que Thornton lui-même a utilisé ce livre pour apprendre à jouer à ses fils.

— J'en doute. Et pas seulement parce que le comte ne me paraît pas avoir un instinct paternel très développé. Voyez-vous, la méthode de notation de Stamma n'a plus vraiment cours aujourd'hui, expliqua-t-il en ouvrant le livre.

Elle aperçut alors des colonnes de lettres et de chiffres.

— Cela ressemble à un code, dit-elle.

— Oui, j'imagine, répondit-il avec un étrange sourire. Il utilise une notation algébrique pour exposer une série de coups...

Laura lui montra la petite table à jouer à quelques pas d'eux, dont la surface en marqueterie dessinait un échiquier. Des pièces se trouvaient à côté.

— Montrez-moi.

Il l'aida à se lever et à parcourir en sautillant la demi-douzaine de pas qui la séparaient du fauteuil le plus proche de la table. Puis il s'assit face à elle.

— Chaque numéro correspond à une colonne spécifique sur l'échiquier, expliqua-t-il en lui montrant la page du livre, divisée entre des colonnes étiquetées Noir et Blanc. 1, 2, 3, etc. Et chaque lettre désigne une pièce. A pour la tour, B pour le cavalier. (Il plaça chaque pièce sur la case indiquée.) Puis il faut recommencer de l'autre côté pour les noirs.

— P indique-t-il un pion ? risqua-t-elle.

— Exactement. Et ces croix, dit-il en posant son pouce sur un petit symbole, signalent un coup qui met le roi en échec. C'est un système élégant qui laisse peu de place à la confusion.

Laura ne connaissant presque rien du jeu, les pages du livre n'étaient pour elle qu'un fatras de lettres et de chiffres. La facilité qu'avait Jeremy pour les déchiffrer montrait une facette de lui qu'elle n'avait pas soupçonnée jusqu'alors.

Il avait à présent placé toutes les pièces sur l'échiquier.

— Jouons !

— Je vais forcément perdre, dit-elle avec un rire gêné.

Il ne la détrompa pas.

— La première partie, oui, c'est presque sûr. Mais vous possédez un esprit qui s'accorderait très bien avec ce jeu, où il faut prévoir, anticiper les coups de l'adversaire, savoir comment cacher ses intentions jusqu'à ce qu'il soit trop tard pour que l'autre puisse réagir.

Cela aurait très bien pu décrire le travail de lady Sterling.

Elle était étonnée de constater à quel point il semblait bien la connaître. Et encore plus étonnée de voir qu'il semblait apprécier ce qu'il connaissait d'elle.

Il lui tendit le livre ouvert.

— Commencez ici. Stamma sera votre aide de camp dans cette bataille, tandis que je vais devoir me débrouiller seul. Cependant, pour être tout à fait honnête, à une époque je connaissais ces pages par cœur.

Il sourit, et ce sourire légèrement de travers fit palpiter le cœur de Laura.

Avec application, elle suivit chaque note, comptant les cases du bout des doigts et marmonnant pour elle les lettres et les noms des pièces. Elle lui était reconnaissante de sa patience : chacun de ses coups lui demandait deux fois plus de temps qu'à lui.

Après plusieurs coups, alors qu'elle s'apprêtait à soulever sa reine, il secoua la tête.

— Vous devez vous tromper, dit-il en enroulant ses doigts autour de ceux de Laura, l'incitant à reposer la pièce à l'endroit où elle se trouvait. Essayez de nouveau.

Malgré la fraîcheur de la nuit, sa main était chaude.

Distraite par ce contact, elle avait du mal à se concentrer sur la bonne ligne du tableau. Finalement, elle poussa un soupir exaspéré et lui montra la page.

— Si ce n'est pas le bon coup, alors je n'y comprends rien.

Il voulut prendre le livre, mais elle le plaça de manière qu'ils puissent le regarder tous les deux. Elle fit en sorte que leurs doigts s'effleurent.

— Il faut un peu de temps pour s'habituer à déchiffrer. Rappelez-vous, il faut lire de gauche à...

Il se tut soudain et fronça les sourcils, avant de tirer carrément le livre à lui.

— C'est une erreur. Ça devrait être un C, pas un E. Le fou de la reine, pas la reine elle-même.

— Peut-être y a-t-il une tache sur la page ?

Il fronça les sourcils de plus belle.

— C'est possible. Il nous faudrait plus de lumière pour vérifier.

Joignant le geste à la parole, il alla chercher un bougeoir et le posa sur la table, puis il plaça le livre devant la flamme.

Craignant de se faire surprendre en train de le dévisager sous ce chaleureux halo de lumière, Laura baissa les yeux vers l'échiquier. Pendant un court instant, elle supposa que les formes qu'elle voyait n'étaient que d'étranges ombres. Ou peut-être ses yeux étaient-ils fatigués – il devait être bien tard, à présent. Mais non. La lumière vacillante de la bougie sur les pièces de bois lui dévoilait certains détails qu'elle n'avait pas vus dans la quasi-pénombre.

Elle mit la main devant sa bouche pour réprimer une exclamation entre le cri de surprise et le gloussement.

— Oh, mon Dieu.

En l'entendant, Jeremy se tourna à moitié vers elle, le regard toujours fixé sur le livre.

— Hmm ? murmura-t-il.

— Que disiez-vous, tout à l'heure ? Que vous étiez étonné que lord Thornton puisse s'intéresser à quelque chose d'aussi ordinaire que les échecs ?

— Pardon ? dit-il en levant le regard sur elle, perdu dans ses pensées.

Puis une inquiétude traversa son regard quand il vit l'expression de Laura. Il baissa les yeux sur l'échiquier à son tour.

— Oh, grand Dieu.

Les pièces représentaient des hommes extraordinairement gâtés par la nature : le cavalier avait la braguette saillante, la soutane du fou était séparée en deux par une véritable matraque. Enfin, les pions n'étaient rien d'autre qu'une réplique plus ou moins fidèle du membre masculin en miniature.

Lorsque, enfin, elle arracha son regard à l'échiquier, elle s'aperçut que Jeremy, sans doute à cause de la surprise, avait relâché légèrement le livre et que ses pages commençaient à se racornir sous la flamme de la bougie.

— Jeremy, le livre !

Il referma le volume d'un coup sec, avec une telle force qu'il faillit éteindre la bougie.

— Je vous demande de me pardonner, mademoiselle Hopkins, dit-il avec raideur, évitant de baisser de nouveau le regard sur le plateau.

De merveilleuses couleurs marquaient ses pommettes parfaites. Il poursuivit :

— Connaissant les goûts de Thornton, j'aurais dû mieux regarder avant de...

— Absolument pas, le coupa-t-elle. Il n'est guère surprenant que lord Thornton possède une telle... curiosité, dit-elle en faisant un geste de la main pour désigner les pièces. Et c'est moi qui vous ai demandé de me montrer comment on jouait, rappelez-vous.

— Alors, vous ne m'en voulez pas ?

— Vous en vouloir ? Si je pense à la satisfaction de lord Thornton à voir une innocente domestique dépoussiérer et astiquer chacune de ces pièces, cela me rend furieuse, mais pas contre vous. Contre lui.

Il fronça les sourcils et murmura son accord. Elle se demanda s'il existait un autre homme dans son entourage capable de la comprendre et de partager sa légitime indignation.

— Mais, si je mets cela de côté, ajouta-t-elle sur un ton plus léger, pour une partie entre deux vieux époux comme nous, j'avoue que je trouve ça plutôt... cocasse.

Elle pencha la tête pour mieux voir certaines des pièces.

— Même la reine semble s'en moquer, finit-elle par dire.

La seule figure féminine du plateau avait ses jupes retroussées au-dessus de la taille et semblait s'adonner à des plaisirs solitaires.

— Laura !

Le ton de reproche de Jeremy était patent, mais un sourire s'était invité sur ses lèvres.

Elle avait dit *cocasse*. *Excitant* aurait été plus honnête. Ce n'étaient pas les pièces en elles-mêmes qui étaient ridicules, tel un fantasme d'adolescent. Mais la douce lumière tamisée. Le souvenir récent de la main de Jeremy guidant la sienne, leurs deux visages au-dessus de l'échiquier. L'attention qu'il portait à ce qu'elle ressentait. C'était le genre de choses qui pouvait faire fondre le cœur – et la résistance – d'une femme.

Tout comme l'idée d'un retour dans leur lit commun, quand il déclara qu'ils avaient assez fouillé pour la nuit.

Il éteignit les bougies, puis s'approcha pour la prendre dans ses bras. Ils grimpèrent l'escalier de service en silence, éclairés par l'unique bougie avec laquelle ils étaient descendus. Elle eut envie de la lâcher afin de pouvoir poser la main sur sa poitrine et la faire glisser sur ses épaules, effaçant le dernier petit espace entre eux.

Lady Sterling n'était pas habituée à ne pas voir sa curiosité satisfaite.

Une fois dans la chambre bleue, il la posa sur le bord du lit et lui prit le bougeoir des mains, afin qu'elle puisse retirer sa robe de chambre avant de s'allonger. Nerveuse, Laura batailla maladroitement avec la ceinture.

— J'ai pensé...

Il posa le bougeoir sur la table de nuit, mais ne dit rien. Il était clairement tendu. Elle l'avait senti lorsqu'elle était dans ses bras.

— Je... je vous aime bien, Jeremy. Je ne m'y attendais pas du tout, mais... c'est le cas.

Il inclina la tête en une révérence moqueuse. La lumière de la bougie montrait chaque détail de sa silhouette, mais son visage restait dans l'ombre.

— Et dois-je vous en remercier ?

— Non, je ne vous le demande pas, dit-elle en serrant très fort le ruban de soie autour de son index. Mais j'espérais que vous pourriez peut-être... m'embrasser.

Un tic fit sursauter la mâchoire de Jeremy.

— Vraiment ?

— Cela donnerait plus d'authenticité à notre numéro de couple marié.

— Même si personne ne nous voit ? s'enquit-il, sourcils arqués, incrédule.

— Nous... nous pourrions voir ça comme une répétition privée, avant de jouer notre rôle en public.

— Et vous pensez qu'un baiser serait une répétition suffisante ?

Il s'approcha lentement d'elle, jusqu'à lui faire face. Il se pencha légèrement, posant une main sur le matelas et l'autre sur la hanche de la jeune femme.

— Réfléchissez bien à votre réponse, Laura, parce que je ne peux pas vous épouser.

Son regard était implacable, presque dur.

— Vous ne serez jamais véritablement lady Sterling, la prévint-il.

Elle humecta ses lèvres avant de parler et les sentit trembler.

— Vous allez un peu trop loin, monsieur.

Instinctivement, elle s'était éloignée de lui. Assez pour qu'elle voie la vérité : ce qu'elle avait pris pour de la dureté dans la profondeur bleutée de ses yeux était en réalité de la douleur. De la douleur et du désir, qu'elle ne comprenait que trop bien.

— Un baiser, promit-elle, réduisant de nouveau la distance entre eux. Rien de plus.

— Rien de plus, répéta-t-il avant d'avancer sa bouche vers la sienne.

# 12

Douze ans s'étaient écoulés entre le premier baiser de Jeremy et celui-ci.

Douze ans s'étaient également écoulés entre son *dernier* baiser et celui-ci. Cela faisait douze ans qu'il avait hérité du titre de vicomte Sterling et était allé au pub du village, plus pour y noyer sa peine que pour fêter son titre. Sally Miller, la fille d'un propriétaire terrien, avait grimpé sur ses genoux et l'avait embrassé devant une bonne moitié des habitants du village. Il avait alors compris que plus rien ne serait comme avant.

Ce jour-là, il avait découvert que son titre, qu'il ne désirait pas et ne méritait pas, le rendait *intéressant*. Il faisait de lui un bon parti. Sachant qu'il n'avait pas les moyens de se marier, Jeremy avait gentiment repoussé Sally et s'était juré qu'il n'y aurait plus ni baiser ni boisson, ni rien de ce à quoi ces deux choses menaient.

Mais douze ans, c'était très long. Assez long en tout cas pour faire craqueler ce serment, le fragiliser. Il tomba en poussière dès que ses lèvres touchèrent celles de Laura.

Grand Dieu, avait-il déjà senti quelque chose d'aussi doux, d'aussi chaud, d'aussi merveilleux ? Il était déchiré entre le désir de dévorer cette douceur et celui de la savourer pendant des heures – elle avait certes demandé un unique baiser, mais s'il ne retirait pas sa bouche, celui-ci pourrait-il durer pour toujours ?

Faisant attention à ne pas rompre ce baiser, il fit porter son poids sur une main et glissa l'autre sous la tête de Laura, caressant ses boucles dorées couleur de miel, explorant ses courbes. Le velours de sa lèvre inférieure. Le piquant de sa lèvre supérieure. Les avancées et les retraites d'une danse qu'on ne lui avait jamais enseignée, mais qu'il connaissait pourtant par cœur.

Il était aussi timide qu'elle était audacieuse. Elle serrait ses bras autour de lui, l'attirait plus près, accueillait son poids alors qu'il la pressait contre le matelas. Il sentait sa propre poitrine s'agiter, sa respiration rapide qui faisait écho à son pouls battant la chamade.

À plusieurs reprises, sentant la pression de leurs lèvres devenir moins forte, il eut peur que le baiser ne cesse. Puis finalement, elle ouvrit la bouche et il sentit la chaleur humide de son haleine, entendit son petit murmure de plaisir, et le baiser se fit profond. Emplie de désir, elle se releva légèrement d'une main tandis que de l'autre elle se mettait à fouiller la chemise de Jeremy, griffant légèrement la peau de son dos. Il avait suffi d'une langue timide sur ses lèvres, rien qu'une pointe, pour qu'il soit perdu.

Son premier baiser ne remontait pas à douze ans. Ce qu'il avait connu la première fois n'était pas vraiment un baiser. Cela n'avait rien à voir avec ce qui était en train de se produire. S'il avait su que les baisers pouvaient être comme ça, il n'aurait jamais supporté d'attendre.

Il s'ouvrit à elle, la laissant glisser sa langue dans sa bouche. Chaque caresse était une leçon de plaisir. Lorsqu'elle pencha la tête, il prit le contrôle avec une science innée. L'arc sensible du palais. La promesse tremblante d'un gémissement.

Au cours de ses années passées dans l'armée, il avait travaillé dur pour développer ses connaissances – chiffres, lettres, mathématiques, langages divers, tout ce qui avait trait à l'art très ancien de la cryptographie.

Mais ces recherches studieuses n'avaient pas totalement effacé son intérêt pour d'autres choses, contrairement à ce qu'il croyait. Il avait passé beaucoup de temps, seul dans sa cellule monacale du Souterrain, à imaginer ce que ce serait d'échanger un baiser avec une femme comme Laura.

*Non*. Pas comme Laura.

Jamais il n'aurait osé rêver d'une femme comme elle.

*Un baiser. Rien de plus.*

Au risque de briser le baiser, et sa promesse, il fit glisser ses lèvres afin de rencontrer la douceur veloutée de ses joues, explorer le creux sous son oreille, sentir sa gorge palpiter. Et de confirmer que, sous cette coquille adamantine, se trouvait un cœur vulnérable qui bondissait comme un cheval fou.

Elle enroula une jambe par-dessus la hanche de Jeremy, pour l'attirer, comme s'ils étaient réellement mari et femme. Il frissonna. Elle avait dit de lui qu'il était un gentleman, et il entendait bien se comporter comme tel. Peu importaient les pensées lubriques qui l'habitaient à cet instant précis.

Mais *lubriques* n'était peut-être pas le terme exact pour les définir : il ne pouvait s'empêcher de penser à cette douce sensation soyeuse, où qu'il la touche, qui faisait tressaillir de désir chaque pouce de son corps.

— Je sens quelque chose qui s'enfonce, murmura-t-elle avec un petit rire.

Il laissa échapper un grognement, se disant qu'il lui faudrait s'excuser, même s'il n'était aucunement désolé. Son sexe n'avait jamais été aussi dur. S'il n'avait aucun moyen de cacher son état, il se déplaça légèrement pour répondre à l'inconfort de sa partenaire. Mais cela ne fit qu'empirer les choses.

— Oh, murmura-t-elle en se tortillant sous lui. Qu'est-ce que c'est que *ça ?*

— Je... euh...

*Oh, bon Dieu.* Est-ce qu'il n'était pas comme tout le monde ? L'excitation n'était-elle pas une réaction normale aux baisers ? Il se redressa aussi vite que les muscles tendus de ses épaules le lui permirent, mettant tout son poids sur ses bras.

— Je suis désolé. Je...

Il avait le visage en feu.

Elle s'assit à son tour, gardant les bras autour de lui.

— Pas *ça*, mon cher époux, dit-elle avec un sourire espiègle, nullement gênée. Ceci.

Elle sortit un mince volume de derrière son dos et l'approcha de la lumière.

— Pourquoi avez-vous glissé l'*Essai sur le jeu des échecs* dans votre pantalon ?

Jeremy ne sut que répondre. Tout le sang de son cerveau avait fui, et il était incapable de se souvenir de ce qui lui avait pris de partir avec le livre. Quand cela lui revint enfin – il pensait que le coup erroné n'était peut-être pas une simple coquille, et il voulait étudier les autres pages du livre au calme –, il se dit qu'il ne pouvait pas lui donner cette explication.

Mais surtout, il se demandait combien de temps cet unique baiser aurait pu durer, jusqu'où ils auraient testé les limites du *rien de plus*, si le coin du livre de Philippe Stamma ne s'était pas enfoncé dans la jambe de Laura.

À cet instant, il se dit qu'il aurait dû jeter le livre au feu.

— Hmm. Eh bien, voyez-vous...

Elle inclina la tête pour mieux le regarder dans les yeux.

— Vous avez semblé plutôt troublé par ce jeu d'échecs obscène, et dans votre précipitation à vouloir partir, vous avez sans doute accidentellement...

— Exactement, confirma-t-il, lui reprenant le livre d'une main et passant l'autre dans ses cheveux. Simple étourderie. Je vais le rapporter en bas, d'accord ?

Il cala le livre sous son bras, et rentra sa chemise dans son pantalon – quand en était-elle sortie ?

— Vous... vous devriez songer à dormir, dit-il à Laura en désignant le lit.

Il tâcha de ne pas tirer fierté de constater qu'elle avait encore le souffle court.

— En êtes-vous sûr ? s'enquit-elle avec un froncement de sourcils.

— Oui, j'en suis certain, affirma-t-il en se disant qu'il fallait bien que l'un d'eux mente. C'est mieux si... si vous... eh bien...

Elle avait soulevé les draps et glissait doucement ses jambes nues dans le lit. Oh, comme il aurait désiré les suivre et se repaître de nouveau de ses lèvres...

Il attrapa le bougeoir.

— Je pense que je vais continuer un peu à chercher dans le bureau. Ne m'attendez pas.

Elle s'enfonça dans le lit, tira la couverture jusqu'à son menton. Aussi, lorsqu'elle lui répondit, sa voix était légèrement étouffée, et il ne put juger du ton qu'elle employait. Déception ? Moquerie ?

— Vous allez attraper froid.

Il l'espérait bien. Il n'aurait pas été contre un plongeon dans un étang glacé, à cet instant précis.

Sauf que la pensée du bureau glacé et sombre lui donna follement envie de rester pelotonné dans le lit avec elle.

— Votre inquiétude maritale est particulièrement touchante, plaisanta-t-il pour chasser cette idée.

Le sourire de Laura pointa de dessous les draps.

— Vous voyez ? Je vous avais dit qu'un baiser suffirait à rendre plus crédible notre rôle de jeunes mariés.

— Je n'aurais jamais dû en douter, marmonna-t-il en inclinant la tête.

— À l'avenir, tâchez de ne plus le faire, dit-elle dans un bâillement pendant qu'elle s'installait mieux contre son oreiller.

— Non, madame, bien entendu.

Il s'éloigna du lit, prenant le bougeoir avec lui. Les ombres entre eux s'allongèrent.

— J'ai retenu la leçon, conclut-il.

Il ne pouvait croire que la passion avec laquelle elle l'avait embrassé était feinte. De son côté, il avait bien conscience que ce n'était pas le cas. Néanmoins, ce baiser fougueux était la preuve que jouer un rôle pouvait se révéler très dangereux.

Il était temps pour lui de revenir à son vrai rôle : agent de renseignement de la Couronne britannique.

Lady Sterling avait déjà été embrassée par une demi-douzaine de débauchés, avec toujours à l'esprit la manière dont elle allait leur échapper et le butin qu'elle espérait emporter avec elle. Elle oubliait ces baisers avant même qu'ils soient achevés.

Laura, quant à elle, était plutôt novice dans l'art du baiser, n'ayant jamais eu de véritable prétendant. La majeure partie ce qu'elle en savait venait des récits des domestiques, qui parlaient de mauvaise haleine et de bave, de langues forçant le passage entre leurs lèvres presque jusqu'à la gorge. Et elle s'était toujours demandé comment on pouvait prendre plaisir à cela.

Jusqu'à cette nuit. Jusqu'à ce moment, dans les bras de Jeremy où elle avait désiré… quelque chose. Une proximité encore inconnue. Un simple baiser ne pouvait pas être bien terrible, s'était-elle dit.

Mais les baisers, visiblement, n'avaient rien de simple. Ils étaient même prodigieusement compliqués. Ils étaient comme le prologue d'une pièce de Shakespeare, présentant les personnages, donnant le ton, voire révélant l'intrigue – mais sans dévoiler la pièce. Connaître la fin de l'histoire laissait tout de même largement la place à l'imagination : comment aboutissait-on à la conclusion, quels chemins pouvaient y conduire ? Ce genre de prologue ne faisait qu'aiguiser l'appétit du spectateur.

Et c'était, bien entendu, le problème. Elle avait explicitement accepté de ne faire *rien de plus*, et au moment où elle le disait, elle le pensait. Mais les baisers pouvaient être tout à fait agréables, finalement, si on appréciait la personne qui les donnait. Plus qu'agréables. Ce baiser qui avait commencé timidement, avec douceur, s'était transformé en cours de route – et il n'avait pas éteint les flammes : il les avait plutôt attisées.

Était-elle devenue cruelle ? Avec elle-même, puisque maintenant elle en voulait plus. Et avec lui, qui se retrouvait à présent empli de désir, tout seul dans le froid et obscur bureau du comte, où il avait très clairement fui plutôt que de prendre le risque de ne pas se comporter honorablement.

Non pas que les baisers – voire plus que les baisers – ne soient pas honorables, du point de vue de Laura.

Elle se rappela alors l'étrange expression dans les yeux de Jeremy. Il avait ardemment participé une fois qu'ils avaient commencé, mais elle n'aurait su dire s'il avait vraiment apprécié sa proposition. Cet éclair de… quelque chose, qui avait jailli des profondeurs bleues de son regard. Elle avait d'abord pensé à de la colère. De la frustration. De la méfiance. Comme s'il avait refoulé une douleur persistante jusqu'à ce qu'elle ne soit plus identifiable comme telle.

Et ce regard énigmatique avait été immédiatement suivi par cette déclaration où il affirmait qu'il ne l'épouserait pas. Eh bien, elle n'attendait ni ne voulait de demande en mariage. Venant de lui ou de qui que ce soit.

Elle avait cependant été un peu piquée lorsqu'il avait insisté sur le fait qu'elle ne deviendrait jamais réellement lady Sterling, qu'il ne la pensait pas digne de partager son titre.

Après réflexion, cependant, elle se demandait si les réserves du capitaine ne plongeaient pas leurs racines à la même source que sa douleur. Si cela venait non pas d'elle mais de lui, d'un événement de son passé. Qu'est-ce qui avait pu arriver pour qu'un jeune gentleman, beau et intelligent, décide de ne jamais… ?

Un rire plein d'ironie monta à ses lèvres. N'était-elle pas elle-même une jeune femme jolie et intelligente, parvenue à la même décision ? De fait, elle avait toujours considéré que le statut marital bénéficiait plus aux hommes qu'aux femmes. Sauf dans le cas où la femme était dans une situation désespérée – ce qui, Dieu merci, n'était pas son cas.

Quand avait-elle jamais laissé le désir – autre que le désir de vengeance, bien entendu – dicter sa conduite ? Aujourd'hui, plus que jamais, il fallait qu'elle soit lady Sterling, et non pas Laura. Il fallait qu'elle utilise ses qualités d'enquêtrice.

Même si cela signifiait passer plus de temps qu'elle ne le voulait à penser à Jeremy.

Très bien. Le capitaine Addison avait le même officier supérieur que son frère. Coïncidence ? Très improbable. Elle avait toujours considéré Fitz comme un paresseux, mais elle avait du mal à penser la même chose de Jeremy. Dans tous les cas, quel genre d'officier était autorisé à se promener dans Londres, à emmener sa sœur au théâtre ? Ou encore, à baguenauder dans le Kent pendant des semaines ?

Pas un soldat ordinaire, c'était certain.

Serait-ce trop narcissique d'imaginer que l'armée britannique était réellement à sa recherche ? Espéraient-ils que lady Sterling les conduirait à quelque chose d'important pour eux ?

Ou l'avait-elle déjà fait ?

Dans l'obscurité, les paroles de Jeremy lui revinrent en mémoire : « Vous me parliez d'un livre. Vous m'avez dit que votre frère était mêlé à cette histoire ? »

Elle ferma les yeux de toutes ses forces et tâcha de se rappeler tout ce que Fitz avait dit et fait le jour où il avait rendu cette visite inattendue à tante Mildred, qui n'était pas à la maison, et où il avait vu le livre sur la table près de la fenêtre – celui qu'elle avait pris à lord Thornton, avec l'aide de Mme Croft.

Il avait soulevé la couverture verte, et masqué sa curiosité sous un air désinvolte. Avait-il réagi en voyant le titre du livre ? L'avait-il feuilleté ? Avait-il fait un étrange bruit de gorge ? Ou sa mémoire était-elle en train de transformer ce souvenir ?

Elle n'en savait rien. Elle se souvenait, en revanche, de sa surprise à elle devant ce soudain intérêt, Fitz n'ayant jamais été un grand amateur de livres. Et sa surprise avait été encore plus grande lorsqu'il lui avait proposé de voir combien il pourrait en tirer, après qu'elle lui avait menti sur sa provenance et la raison pour laquelle il était en sa possession. Elle avait supposé qu'il avait tout simplement voulu se montrer gentil, rien de plus.

L'intérêt de Jeremy pour les livres semblait plus conforme à son caractère. Il avait la pâleur d'un étudiant, et il se souvenait non pas seulement des intrigues des pièces mais de scènes entières, des dialogues et des acteurs qui jouaient. Fitz, lui, aurait pu emmener sa sœur à tous les spectacles de Covent Garden pendant une saison entière et n'en garder aucun souvenir.

Bien sûr, le plus frappant, c'était l'intérêt que Jeremy portait à un livre en particulier, et le fait qu'il ait auparavant appartenu à lord Thornton. Jeremy avait peut-être seulement reçu pour mission de la suivre, elle ; toutefois, il ne semblait pas mécontent qu'elle l'ait conduit jusqu'ici.

Elle se rappela la façon dont il avait scruté attentivement les étagères de la bibliothèque, sans qu'elle comprenne les principes qui guidaient sa recherche. Après avoir entendu parler du livre de cuisine, il s'attendait clairement à trouver autre chose dans le bureau de Thornton – mais quoi ? Que pouvait bien posséder le comte que Jeremy et les autorités britanniques voulaient récupérer ? Elle toucha du bout des doigts la petite entaille laissée derrière son genou par l'*Essai sur le jeu des échecs*. Pourquoi avait-il pris ce livre ? Avait-il trouvé ce qu'il cherchait ?

Ou était-ce elle qui l'avait trouvé ?

Lentement, elle fit passer ses doigts sur l'intérieur de sa cuisse. Le désir qui avait pris sa source à la jointure de ses jambes s'était calmé, mais elle sentait encore une pulsation qui lui rappelait intensément ce qu'elle venait de vivre. Tout comme la reine des échecs, elle n'avait qu'à soulever sa chemise de nuit pour faire taire ce reliquat de désir – pour un moment, en tout cas. Avec un doigt, elle caressa la zone sensible à travers le fin coton ; un léger effleurement, qui accéléra pourtant sa respiration.

Elle ne s'était jamais posé la question de savoir si se toucher était bien ou mal. Cela ne ferait souffrir personne, et cela l'aiderait à libérer son esprit pour le consacrer à des choses plus importantes. Mais est-ce que c'était mal de se toucher en pensant à Jeremy ? Était-ce un manque de respect, d'une certaine manière, d'imaginer ses doigts à lui prendre la place des siens, relever sa chemise de nuit et écarter les boucles de son sexe ?

Et s'il rentrait à ce moment-là et la surprenait, s'il la voyait, joues en feu sous la lumière de la bougie, entendait un gémissement révélateur et voyait ses mains s'agiter sous les draps ? Il rougirait lui aussi, au début au moins, et regarderait ailleurs. Elle l'imaginait, près de la porte. Mais ensuite... ensuite... Oooh. L'homme qui l'avait embrassée avec tant d'ardeur s'approcherait certainement, les yeux emplis de désir. Se contenterait-il de la regarder, ou poserait-il son bougeoir pour la rejoindre dans le lit ? Se toucherait-il ? La toucherait-il ?

*Oooh.* Le plaisir la submergea, libre, sans remords.

La porte de la chambre était restée close.

Après quelques minutes, alors que son souffle s'était ralenti, que son pouls revenait à la normale, ses pensées emmêlées commencèrent à se remettre en ordre, comme des eaux tourmentées après une tempête.

Elle avait été émue par l'affection que Jeremy portait à sa sœur et par la peine que lui avait procurée la mort de son père. Elle avait été intriguée par l'idée qu'il connaisse son frère, qu'il la connaisse, elle, qu'il sache des choses sur elle, comme sa peur de la pluie.

Mais elle n'aurait jamais dû perdre de vue que ce qui avant tout intéressait cet homme, ce n'était pas Laura Hopkins, mais lady Sterling.

Eh bien, il l'avait retrouvée. Il l'avait accompagnée à Thornton Hall. Et à présent, à cause de sa cheville blessée et de la décision impulsive de le présenter comme son époux, elle avait besoin de son aide. Mais s'il trouvait quelque chose dans le bureau de Thornton qui pourrait compromettre le comte, cela en valait la peine.

Elle n'avait besoin de Jeremy que temporairement.

Et le désirer, se dit-elle en remettant sa chemise de nuit en place, était un léger problème auquel elle pouvait remédier facilement, et efficacement.

# 13

— Avez-vous été malade, madame ?

Assise à la coiffeuse dans le dressing, Laura aperçut le reflet de Dinah dans le miroir. Celle-ci avait penché la tête sur le côté pour observer avec une fascination gênée comment Laura humectait ses doigts et enroulait des mèches de cheveux pour leur donner de l'élasticité. La lumière du matin donnait une teinte rousse à ses boucles dorées.

— Pardon ?

— Pourquoi avez-vous coupé vos si jolis cheveux ?

— Parce que c'est très pratique, répondit Laura en souriant, tandis qu'elle arrangeait une dernière boucle. Et très à la mode.

Et cela facilitait le port d'une perruque lorsqu'elle se déguisait.

*Mais surtout, parce que mon papa m'avait interdit de le faire.*

— Si vous le dites, madame, acquiesça Dinah, dubitative.

Puisqu'on n'avait pas besoin d'elle pour arranger les cheveux de lady Sterling, elle s'occupait en rangeant quelques objets du dressing. Elle souleva une chemise d'homme pour la secouer, et plusieurs feuilles de papier tombèrent au sol.

— Oh, zut !

Laura se tourna vers elle, tendit la main. La domestique lui donna les feuilles, sans essayer de voir ce qu'elles contenaient. Lorsque Laura les observa, elle se dit que Dinah n'y aurait de toute façon rien compris, même après les avoir étudiées plusieurs heures durant. Les pages étaient couvertes d'une écriture nerveuse, masculine, qui reproduisait des colonnes de chiffres et de lettres de l'*Essai sur le jeu des échecs*, avec quelques corrections.

| | | | | | |
|---|---|---|---|---|---|
| | B. | | | N. | |
| P | ~~C~~ E | 4 | P | E | 5 |
| G | F | 3 | ~~D~~ B | C | 6 |
| F | C | ~~7~~ ? | F | C | 5 |

Cela continuait ainsi sur le reste de la page, et sur la suivante.

Laura était si absorbée par sa lecture qu'elle ne s'aperçut pas qu'elles n'étaient plus seules, jusqu'à ce que Dinah fasse une révérence.

— Bonjour, monsieur.

— C'est moi qui vais assister mon épouse, dit Jeremy d'une voix rauque. Vous pouvez nous laisser.

Dinah détala, puis hésita une fois arrivée à la porte située entre le dressing et la chambre à coucher.

— Voulez-vous… voulez-vous que je vous apporte le petit déjeuner, madame ?

— Merci, Dinah, répondit Laura en lançant un regard perçant à Jeremy. Dans un quart d'heure ?

Au brusque hochement de tête de Jeremy, la jeune fille partit, laissant à Laura toute liberté pour étudier le regard noir du capitaine. La présence de la chemise et des notes indiquait clairement qu'il était revenu dans la chambre après qu'elle s'était endormie, mais elle était certaine qu'il n'était pas venu se coucher dans leur lit. Il était à présent complètement habillé – et dans ses propres vêtements, qui avaient été nettoyés et repassés par le valet de Thornton. Il avait l'air parfaitement respectable, si on négligeait les énormes cernes sous ses yeux – qui rendaient son regard encore plus féroce – et sa mâchoire pas encore rasée qui lui donnait un air de voyou.

De très beau voyou.

— Je n'imaginais pas que vous alliez fouiner, dit-il en lui arrachant les pages des mains.

— Ces papiers n'étaient pas franchement cachés. Dinah les a trouvés en ramassant la chemise que vous portiez hier soir, répliqua Laura avant de recommencer à tripoter ses cheveux, histoire d'occuper ses mains. Je ne sais pas pour quelle raison vous êtes en colère contre moi. Ce n'est pas comme si quelqu'un pouvait comprendre quoi que ce soit à vos notes. C'est comme si elles avaient été écrites dans une sorte de...

Le débit de ses paroles ralentit à mesure qu'elle approchait de la fin de sa phrase, et bien que le mot *code* n'ait pas franchi ses lèvres, toutes les pièces du puzzle se mirent en place. Le livre de cuisine français. Le capitaine Addison, de l'armée britannique. Un jeu d'échecs.

— Vous êtes un espion, souffla-t-elle en retournant le tabouret de la coiffeuse pour faire face à Jeremy.

Il ouvrit la bouche pour nier, puis renonça et froissa les feuilles de papier dans sa main, s'adossant à l'encadrement de la porte.

— Pas un très bon, apparemment.

— Vous ne pouviez pas espérer réussir à cacher longtemps un tel secret à votre épouse.

— Laura..., dit-il sur un ton mi-suppliant, mi-réprobateur.

Il croisa les bras, redressa les épaules, comme s'il se préparait à ce qui allait suivre.

Elle pensait être guérie de la malencontreuse tentation de la nuit précédente. Mais il lui fallait admettre qu'il y avait quelque chose de fascinant à regarder ce bel homme à la barbe naissante, appuyé contre le chambranle.

Elle attrapa le bord de la coiffeuse et se leva, puis sautilla dans sa direction.

— Vous feriez aussi bien de me raconter le reste, pendant que vous m'aidez à passer dans l'autre pièce.

Il ne s'avança pas immédiatement pour la prendre dans ses bras et la porter. Et elle en fut contente. Elle n'était pas sûre de pouvoir tenir à distance les émotions qu'elle ressentait lorsqu'elle était lovée contre sa poitrine.

Mais, finalement, elle s'aperçut que le simple fait qu'il enroule un bras autour de sa taille était susceptible de provoquer des sensations similaires.

— Le lit ? demanda-t-il.

Et ce fut comme si la nuit précédente revenait d'un coup, le souvenir du corps de Jeremy contre le sien sur le matelas.

— Le sofa, plutôt, répondit-elle avec un hochement de tête, qui n'était là que pour masquer un frisson de désir. Je ne suis pas totalement invalide.

— Comme vous voulez, ma chère.

Il avait appuyé sur ces deux derniers mots, telle une taquinerie. Alors pourquoi était-elle si heureuse de l'entendre les prononcer ?

Ils venaient rappeler que tout cela – les discussions, la sollicitude et même le baiser – n'était qu'une comédie. Une comédie avec un but spécifique, important : empêcher lord Thornton de continuer à se comporter en prédateur. Lorsque Laura avait découvert Jeremy au réveil, ses cheveux ébouriffés, sa mâchoire assombrie par la naissance de sa barbe, elle avait presque oublié sa mission.

— Alors ? l'invita-t-elle à s'expliquer, espérant que ce qu'il allait lui raconter suffirait à lui faire oublier les élancements qu'elle ressentait à la cheville – et ailleurs. Vous êtes un espion.

— Ce n'est pas un terme à utiliser à la légère, la prévint-il à voix basse. D'ailleurs, ce n'est pas le mot que j'utiliserais. Je suis un décrypteur. Ou plutôt, j'ai cru en être un.

— Et lord Thornton ?

— Je n'en suis pas certain, dit-il avant de faire une longue pause. Mais j'en ai vu suffisamment pour avoir des soupçons.

— Vu quoi ?

Il pinça les lèvres, comme s'il se demandait s'il fallait en dire plus.

— Nous parlons ici d'une affaire dangereuse, pas d'une indiscrétion puérile ou d'une montre volée.

Elle le regardait fixement, attendant la suite. Il poussa un soupir, montrant sa réticence.

— Il s'agit peut-être d'un traître.

— Un traître ?

Cela ressemblait précisément au type d'information que lady Sterling pourrait utiliser.

— Laura…

Dans sa voix, toute trace de légèreté avait disparu, comme s'il avait deviné ses pensées.

— … je suis certain que même les domestiques de Thornton Hall préféreraient que leur maître ne soit pas reconnu coupable d'avoir aidé les Français. Parce que si c'est le cas, il finira au bout d'une corde.

— Mais il est comte.

— Cela pourrait changer, répliqua-t-il en posant les papiers froissés sur la table basse avant d'aider la jeune femme à s'asseoir. Pour une chose pareille, on pourrait lui retirer son titre et le faire répondre de ses crimes comme un quelconque roturier.

Il glissa la main sous le mollet de Laura et souleva son pied sans même réfléchir, tandis que de l'autre main il tapotait le coussin posé sur le tabouret.

— Mais je ne peux pas... je ne peux pas vraiment..., poursuivit-il.

— Est-ce que tout cela a à voir avec la coquille dans le livre d'échecs ? demanda-t-elle, reprenant ses notes.

— Il y en a plus d'une, si du moins je me souviens bien de mon livre de Stamma. J'ai passé la majeure partie de la nuit à jouer des coups – dans ma tête, s'empressa-t-il d'ajouter en s'affalant sur le fauteuil à côté d'elle. Et je pense qu'il ne s'agit pas de coquilles.

Il désigna du menton les feuilles de papier qu'elle tenait en main.

— Mais je n'arrive pas à comprendre la logique. J'ai essayé avec quatre langues différentes et toutes les suites algébriques que je connais, et je n'arrive toujours pas à saisir la signification de ces changements.

Laura étudia une nouvelle fois les colonnes de chiffres et de lettres qu'il avait notées, les ratures, les points d'interrogation. Quatre langues ? Des suites algébriques ? Elle avait méjugé Jeremy bien plus qu'elle ne l'avait imaginé.

— J'ai toujours pensé que les messages codés étaient brefs et allaient droit au but – une lettre, une note sur un morceau de papier. Cela me semble terriblement compliqué d'imprimer un livre entier pour, au final, le ranger sur une étagère de bibliothèque. En quoi cela pourrait-il aider les Français ? Ou qui que ce soit d'autre ?

— Le code et le modèle de cryptage dépendent du type d'information que vous devez crypter, expliqua-t-il. Mais je soupçonne que ce que Thornton a en sa possession est tout simplement la clé qui permet de déchiffrer un code.

Elle soupesa cette information, la mettant en balance avec ce qu'elle savait déjà.

— Et le livre de cuisine ?

— Ce sont les mêmes principes qui s'appliquent.

Il inclina la tête en arrière contre le fauteuil et se mit à contempler le plafond.

— J'ai passé des jours à me creuser la cervelle sur celui-là, mais je ne comprends toujours pas comment il fonctionne. Et maintenant, soupira-t-il, en voilà un autre qui surgit.

Dieu merci, la cheville de Laura était encore douloureuse ; sinon, elle aurait probablement eu l'envie subite de se lever et de lui masser les tempes en murmurant des mots rassurants pour alléger son épuisement. Comme l'aurait fait une épouse.

Il avait très clairement mis de côté l'intimité partagée la veille. Elle serait bien avisée de faire de même.

Elle se mit à replier les feuilles de papier, pour s'occuper les mains.

— Et Fitz... il savait alors ce qu'il avait trouvé ? Ou plutôt ce que *moi*, j'avais trouvé ?

La tête de Jeremy bougea contre le dossier de son siège - un vague hochement de tête.

— Je venais de décrypter un message concernant le vol d'un livre de codes inestimable, caché sous l'apparence d'un livre de cuisine français. Lui et plusieurs autres agents de terrain le cherchaient.

— Il a dû soupçonner que je mentais sur sa provenance, j'imagine ?

— Il a dû penser que quelqu'un essayait de couvrir ses traces en utilisant votre tante pour le faire parvenir à son véritable destinataire, dit-il en haussant les épaules.

Il redressa la tête et posa son regard sur elle, clair et intense en dépit de la fatigue.

— N'importe quel homme tenant un tant soit peu à vous aurait voulu vous en débarrasser le plus vite possible. L'idée de proposer de le vendre à des libraires était excellente.

— Cinquante livres, une affaire, commenta-t-elle avec un sourire ironique.

Elle hésitait entre la gratitude envers son frère et l'envie de demander pourquoi il ne lui en avait pas donné plus. Mme Croft aurait pu récupérer une petite fortune.

— Et moi qui pensais qu'il ne rapporterait pas plus de cinquante shillings, ajouta-t-elle.

— Et pourquoi, selon vous, un livre si ancien ne pouvait-il atteindre un prix plus élevé ?

— La reliure était ancienne, je vous l'accorde. Mais la valeur d'un livre de cuisine se mesure à l'usage qui en est fait, et celui-ci n'avait clairement pas été utilisé.

Jeremy fronça les sourcils, intrigué.

— Les pages étaient immaculées, expliqua-t-elle.

— Mais...

Un coup à la porte annonça l'arrivée de Dinah, apportant le plateau du petit déjeuner. Jeremy se leva d'un bond pour l'aider.

— Merci, monsieur, dit-elle, les yeux écarquillés.

— Je vous ai parlé de manière un peu brusque, tout à l'heure, et il n'y avait aucune raison. J'en suis désolé.

Ces excuses laissèrent la bonne sans voix. Elle ne devait pas entendre souvent des choses de la sorte, à Thornton Hall.

— J'étais en train d'expliquer quelque chose à lord Sterling, déclara Laura, sortant la jeune fille de son hébétude. Dites-moi, est-ce que la cuisinière s'appuie beaucoup sur des livres de cuisine ?

— Des livres de recettes, vous voulez dire ? Oh, oui. Elle utilise beaucoup celui de lady Thornton. Et un ou deux autres.

Dinah lança un regard incertain à Jeremy, qui était en train de se verser une tasse de café, et sembla hésiter entre servir le lord ou répondre aux curieuses questions de la lady.

— Et les pages de ces livres, à quoi ressemblent-elles ?

L'expression de la domestique était à peu près aussi perplexe que celle de Jeremy.

— À quoi ressemblent-elles, madame ? Qu'est-ce que vous voulez dire ?

— Les pages. Elles sont propres ?

— Oh, grand Dieu, non. Certaines pages sont tellement couvertes de taches qu'on pourrait graisser les gonds des portes avec. Et pleines de farine, de bouts de ceci ou de cela. Mais vous devez bien le savoir, madame, sinon vous ne me poseriez pas la question.

— C'est vrai.

Jeremy s'approcha de Laura et lui tendit une tasse sur une soucoupe.

— Je croyais que vous n'étiez pas versée dans les arts domestiques, dit-il à voix basse.

Elle accepta la tasse et en but une gorgée, avant de répondre sur le même ton :

— Mais j'aime manger. Au cours de ses années d'exercice, lady Sterling a rencontré de nombreuses cuisinières.

— Dites-moi, reprit Jeremy en se retournant vers Dinah, est-ce qu'il arrive à votre cuisinière de préparer des plats français ?

— Je ne saurais vous dire, monsieur. Je ne sers pas à table, et on n'a pas ce genre de choses à l'office. Vous avez envie de quelque chose en particulier, monsieur ?

— Non, j'étais juste en train de penser... Aucune importance, dit-il en secouant légèrement la tête. Merci. Et remerciez la cuisinière pour le plateau. Nous allons nous débrouiller.

— Très bien, monsieur, répondit Dinah avant de faire une révérence et de quitter la pièce.

Jeremy remplit distraitement une deuxième tasse de café et la remua vigoureusement, alors qu'il n'y avait mis ni sucre ni lait. Puis il retourna à son fauteuil. Laura regarda le contenu du plateau : des piles de toasts beurrés et une assiette d'œufs mollets d'où s'élevait encore de la fumée. Son estomac gronda.

— Mais bien sûr ! s'écria alors Jeremy, la faisant sursauter.

Il posa sa tasse de café qu'il n'avait pas encore touchée.

— Bien sûr quoi ?

Pour toute réponse, il se leva et se mit à marcher de long en large devant le feu, comme il l'avait fait le soir de leur arrivée. Le manteau de la cheminée mesurait exactement trois de ses grandes enjambées et un demi-tour. Elle le regarda répéter le processus dans les deux directions : un, deux, trois, demi-tour…

Le pantalon qu'il portait ce matin-là lui allait mieux que celui de la veille au soir.

Finalement, au quatrième passage, il ne s'arrêta pas pour faire demi-tour. Au lieu de cela, il vint s'asseoir près du sofa.

— Vous ne voyez pas ? demanda-t-il, les yeux brillants. Un vrai livre de cuisine devrait ressembler à ce que Dinah nous a décrit.

— Oui, approuva-t-elle. C'est précisément pour cela que j'ai tant douté de sa val…

— C'est une copie, dit-il en lui coupant la parole, incapable de refréner son enthousiasme. Avec des changements par rapport au livre original. La quantité d'un ingrédient, par exemple. Exactement comme…

— Comme les coups dans l'*Essai sur le jeu des échecs*, compléta-t-elle en dépliant les feuilles qui se trouvaient sur ses genoux.

— Précisément ! Et si le véritable livre est aussi répandu que le guide d'échecs de Stamma, je n'aurai aucun mal à en trouver un exemplaire, à le comparer avec celui qui est en notre possession, et peut-être à avoir ainsi une image plus complète... Je pourrai alors...

— Découvrir la clé de cryptage.

Jeremy hocha vigoureusement la tête.

— La nuit dernière, hasarda-t-elle après un instant, vous avez été surpris par la quantité de livres très communs dans le bureau de Thornton. Est-ce que vous pensez que... ?

— Qu'il y a des erreurs dans le livre de latin pour débutant, ou dans son exemplaire d'Euclide ? C'est tout à fait possible.

Il tendit la main. Laura pensa un instant que c'était pour récupérer ses notes mais, au lieu de cela, il referma les doigts sur les siens.

— Il pourrait y en avoir une bonne douzaine de plus.

— Une douzaine ? Et comment Thornton, ou qui que ce soit, peut-il savoir quelle clé de déchiffrage utiliser lorsqu'il reçoit des messages codés ?

— Ils ont probablement un code pour ça aussi. Un simple mot peut suffire. Qui soupçonnerait quoi que ce soit en lisant une lettre qui commence en mentionnant le plaisir qu'on a eu à manger tel ou tel plat ? Ou même une partie d'échecs ?

Sa main chaude reposait sur la cuisse de Laura.

— Elles ne peuvent pas toutes être aussi mémorables que la nôtre, ajouta-t-il en lui faisant un clin d'œil.

Le cœur de la jeune femme fit un bond, tel un chevreuil effrayé. C'était presque trop facile de le désirer quand il la regardait de cette manière ; pire encore, quand elle-même savourait leur succès. Elle avait découvert un autre de ses secrets, un peu comme si elle était elle-même une espionne.

« Il t'a révélé qui il est et ce qu'il est, et c'est parce qu'il a confiance en toi », souffla une voix dans sa tête.

Elle examina impitoyablement son cœur et son esprit, espérant éveiller la partie d'elle qui, plus tôt, avait trouvé Jeremy naïf, qui l'avait vu comme un moyen de parvenir à ses fins. Mais elle ne trouva que tendresse à son égard.

Ressentir du désir pour un homme aussi beau et doux – « Et brillant », ajouta l'agaçante voix – n'avait rien d'étonnant.

Laura regarda de nouveau les notes. Très bien. Jeremy était beau, doux et brillant. Désirer un homme comme lui était tout à fait compréhensible. Et avoir besoin de lui à l'instant présent était fatal.

Mais plus que cela ? Impossible.

Comme si lui aussi semblait reconnaître que c'était impossible, il pressa sa main, la relâcha et se leva.

— Il faut que je rentre à Londres. Je trouverai une excuse pour la petite sauterie et...

— Et Mlle Godfrey, Dora et les autres ? demanda Laura calmement, masquant la panique qui montait en elle devant ce changement de plan et leur inévitable séparation.

— Elles seront en sécurité, une fois que Thornton aura été mis hors d'état de nuire.

— Mais..., protesta-t-elle presque par réflexe, alors qu'elle se rendait bien compte qu'elle ne pouvait pas lutter contre cet argument.

Jeremy eut un sourire entendu et lui prit délicatement ses notes des mains.

— Cette fois-ci, ma chère, je crois c'est à *lord* Sterling de dresser un piège pour attraper le méchant.

*Ma chère.* Il la taquinait, évidemment, mais ces mots réchauffèrent tout de même son cœur. Lorsqu'il remplit une assiette de petit déjeuner et la lui tendit, comme si être attentif aux besoins de Laura était la chose la plus naturelle pour lui, elle sentit fondre les dernières particules d'acier en elle, celles sur lesquelles elle s'appuyait quand les choses devenaient trop difficiles.

Elle attrapa l'assiette, mais il ne lâcha pas immédiatement celle-ci.

— J'ai oublié le Dr Phelps, fit-il. Je suis certain qu'il va dire que vous ne pouvez pas voyager, avec votre cheville.

— Je me demandais si vous aviez l'intention de me laisser ici.

Cette remarque fit passer un air d'agacement sur le visage de Jeremy.

— C'est vous que je suis venu chercher. De plus, je vais avoir besoin de vous pour mettre sur pied une excuse pour notre départ soudain.

Ce n'était pas franchement une déclaration d'amour, mais l'idée qu'il ait besoin d'elle lui remonta un peu le moral.

— Avez-vous vu *Se repentir longtemps* ? Non ? Alors, laissez-moi faire, déclara-t-elle. Mais avant que le Dr Phelps arrive, vous devriez vous raser.

— Le rôle demande un charme enfantin, c'est cela ? demanda-t-il en passant une main sur sa mâchoire.

En voyant ce geste, Laura eut des fourmillements dans les doigts.

— Pas tout à fait.

En fait, son apparence présente, un peu canaille, était plus appropriée au rôle qu'il allait jouer.

Mais il fallait qu'elle se concentre. Pourtant, elle n'arrivait pas à penser à autre chose qu'à la sensation des lèvres de Jeremy sur sa peau.

Elle était incorrigible. Un cas désespéré.

Elle avait été complètement folle de lui demander cet unique baiser.

# 14

Jeremy essuyait les dernières traces de savon à barbe sur ses joues lorsqu'un coup à la porte annonça l'arrivée de lady Thornton et du Dr Phelps. Comme il se dépêchait de nouer sa cravate, il les entendit saluer Laura sur le ton généralement employé face aux grands malades. Il voyait d'ici son faible sourire et ses yeux levés au ciel. Mais la comtesse et le médecin ne s'en apercevraient pas. C'était une excellente actrice, comme elle l'avait dit elle-même, capable de charmer n'importe qui, n'importe quand, selon son bon plaisir.

Peut-être avait-il eu tort d'être totalement honnête avec elle.

La bataille contre Thornton avait créé un lien entre eux ; Jeremy était prêt à punir cet être méprisable avant même que Laura lui parle de son lien avec le fameux livre de cuisine français. Il était tentant de se dire que leur mission commune était une raison suffisante pour qu'il partage avec elle des informations qu'il n'aurait jamais révélées sinon.

Mais ce n'était pas la seule explication. Le baiser de la nuit précédente avait tout bouleversé. En dépit de ce qu'il lui avait dit, il désirait bien plus. Il commençait à aimer penser à elle comme à lady Sterling.

Et c'était presque aussi dangereux que de parler de clés de décryptage, d'espions ou de traîtres.

Dans la pièce à côté, le ton de la conversation avait un peu monté. Lady Thornton faisait des petits bruits inquiets, tandis que le Dr Phelps semblait protester. Il sentit en lui une montée d'adrénaline soudaine, comme s'il était réellement un acteur, attendant dans la coulisse avant d'entrer en scène. Il avait ressenti à peu près la même chose chez le général Scott, craignant d'être fort mal préparé pour le rôle que son supérieur lui demandait de jouer.

La qualité de sa représentation, qu'elle lui vaille les louanges de la critique ou une volée de tomates, dépendrait largement de sa partenaire.

Il enfila sa veste, tira sur ses manches et entra dans la chambre à coucher.

— Un problème, madame ?

Bien que ces paroles aient été adressées à sa prétendue épouse, lady Thornton fut la première à se retourner. Laura regardait résolument devant elle, l'air butée.

Le Dr Phelps, qui était accroupi à côté du sofa où se trouvait Laura, se releva en secouant la tête.

— Peut-être aurez-vous plus de chance que moi, dit-il.

— Plus de chance avec quoi ? demanda Jeremy en s'approchant du trio.

Laura tourna la tête dans sa direction et lui lança un regard noir.

— Avec moi, dit-elle sur un ton cinglant.

— Madame refuse que je l'examine, monsieur, expliqua Phelps, l'air hésitant. Elle dit que...

— Il n'y a aucun besoin de me tripoter, décréta-t-elle. Que ma cheville soit guérie ou non, vous allez refuser de me ramener à la maison.

Pendant qu'il se rasait, il avait réfléchi à ce que pouvait être le plan de Laura. La tante de la jeune femme et Julia partageaient le même goût pour la farce et la comédie ; il lui était donc facile d'imaginer dans quel genre se classait *Se repentir longtemps*, même s'il ne connaissait pas cette pièce.

Il n'avait pas songé au fait qu'il devrait être le méchant de l'histoire.

— Mon époux, expliqua lady Thornton au médecin, reçoit quelques gentlemen cette fin de semaine, pour jouer aux cartes et chasser.

— Et d'autres sports, j'en suis sûre, intervint Laura en lançant un nouveau regard chargé de colère en direction de Jeremy, avant de se tourner vers Phelps. Il a invité lord Sterling à se joindre à la fête. Pendant ce temps, je vais devoir rester ici, toute seule, sans me plaindre. Car c'est ma propre idiotie qui nous a conduits dans cette situation, et une cheville douloureuse est le minimum que je mérite.

— Mais non, mais non, lady Sterling, murmura le médecin d'une voix réconfortante. Vous reste-t-il un peu de ce remède que je vous ai prescrit ?

— Il l'a pris, dit-elle en pleurant, désignant Jeremy d'un doigt tremblant.

Et c'était vrai : il avait glissé la fiole dans sa poche après qu'elle s'était cogné la tête.

— En partant à ma recherche lorsque je me suis enfuie après le mariage, il a fait en sorte que tout le monde croie qu'il est un époux dévoué. Mais la vérité, c'est qu'il veut me voir souffrir.

Même en sachant qu'elle jouait la comédie, Jeremy dut lutter contre lui-même pour ne pas fouiller dans sa poche et lui rendre la fiole. Elle était, comme elle l'avait annoncé depuis le début, la meilleure des actrices. Cependant, il fallait qu'il s'élève à la hauteur de l'enjeu. Si elle voulait un méchant, il allait lui en donner un.

Ignorant son expression douloureuse, il s'approcha d'elle, s'arrêtant à moins d'un mètre du sofa. Il se campa sur ses deux pieds pour se donner un air dominateur.

— Vous voulez vraiment jouer à qui souffre le plus dans ce mariage, madame ? Je vous assure que j'ai des chances de gagner.

Laura se couvrit la bouche avec son mouchoir et joua des paupières, comme si elle était interloquée par sa réponse. Pendant un instant, il eut peur de s'être totalement trompé sur le rôle qu'elle entendait lui faire jouer. Puis il comprit que, bien qu'elle soit effectivement surprise par l'énergie qu'il affichait, elle cherchait en fait à cacher un sourire.

Lady Thornton agita les mains, un geste voulant montrer une forme d'empathie. Encore une fois, il eut l'impression que la comtesse naviguait dans son élément, se repaissant du drame tout en prétendant s'en inquiéter.

— Oh, mon Dieu. Mon mari m'a en effet parlé d'un… différend, mais j'ai pensé que tout cela était derrière vous. Cette histoire à propos de votre merveilleuse demande en mariage…

— Une ruse, madame, dit Laura d'une voix glacée, lançant un nouveau regard méprisant à Jeremy. Il a joué les amoureux transis, mais c'était ma dot qui l'intéressait, et il m'a poursuivie jusque dans le Kent pour s'assurer que notre mariage soit consommé et que plus aucun obstacle ne se dresse entre lui et mon argent.

Même le médecin sembla choqué par ces propos. Quant à lady Thornton, elle développa un subit intérêt pour les motifs du tapis.

— Mon Dieu, lança Laura, respirant fort puis s'éventant avec son mouchoir.

Jeremy se demanda si elle irait jusqu'à feindre l'évanouissement.

Il leva le menton et regarda la jeune femme dans les yeux, essayant de ne pas penser à quel point ils avaient été près, la nuit précédente, de faire ce que les autres pensaient qu'ils avaient fait.

— Vous voulez parler de *mon* argent, ma chère épouse.

Laura émit un bruit de gorge, curieusement semblable à celui d'un chat en colère, auquel il répondit par un rire. Puis les lèvres de la jeune femme tremblèrent d'une manière très convaincante.

— Je veux retourner à la maison.

Presque malgré lui, il s'approcha d'elle, prêt à la gratifier de paroles rassurantes. Phelps, qui interpréta ce mouvement comme une menace pour sa patiente, fit le tour du sofa pour venir se placer entre eux, main levée.

Jeremy força un nouveau rire.

— Très bien, ma chère. Nous partirons dès que la voiture des Thornton sera prête à nous emmener. Je vais descendre et expliquer moi-même la situation au comte, dit-il en allant vers la porte. Mais vous avez intérêt à laisser ce bon docteur examiner cette cheville, car je ne veux pas entendre la moindre plainte pendant le voyage. Et, ajouta-t-il en ouvrant la porte, une fois que vous serez installée à Everham, madame, n'espérez plus quitter le domaine. Pas même pour aller visiter une modiste. Je sais quels tours vous pouvez jouer, à présent. Vous ne m'échapperez plus si facilement.

Une fois dans le couloir, la porte refermée, il marqua une brève pause pour reprendre ses esprits. Avait-il dit ce qu'il fallait ? Fait ce qu'il fallait ? Puis il se rappela l'urgence de sa mission. Il fallait qu'il se rende à Londres au plus vite, quoi qu'il en coûte.

Il ne prit pas l'escalier de service, cette fois, mais descendit par le chemin officiel, marchant à pas pressés dans le vaste couloir jusqu'au grand escalier au centre de la maison. Il ne trouva pas Thornton dans son bureau. Heureux de se retrouver seul dans la pièce, il alla jusqu'à la table de travail, prit une feuille de papier vierge, trempa une plume dans l'encrier à la forme obscène et commença à écrire un message d'explication.

La première goutte d'encre révéla soudain que la page n'était pas vierge. Sa noirceur s'infiltra dans les fibres du papier, remplissant les lignes et courbes faites par le liquide incolore avec lequel le courrier avait été rédigé. Des lettres et des fragments de mots prirent forme.

*Che*

*Le*

*un ba*

*E*

Le cœur de Jeremy commença à s'emballer si fort qu'il faillit ne pas entendre les bruits de pas qui approchaient dans le couloir. Rapidement, il souffla sur la feuille pour en sécher l'encre, puis la plia et la fourra dans sa poche de poitrine.

Au moment où le comte franchissait le seuil, Jeremy s'avança à grandes enjambées vers lui.

— Ah, vous voici, Thornton ! Je pensais vous trouver ici. Je suis désolé d'avoir à vous annoncer que ma mégère d'épouse exige que nous partions sur-le-champ, et j'aimerais que vous me prêtiez votre voiture, comme vous me l'aviez proposé.

Thornton leva un sourcil.

— Que vous ai-je dit sur le fait qu'il faut lui apprendre qui est le maître, Sterling ? Vous, les jeunes, allez finir par vous laisser commander par vos femmes, si vous refusez d'écouter la voix de l'expérience.

— Croyez-moi, monsieur, j'ai pris vos conseils très au sérieux, assura Jeremy. J'ai l'intention de la ramener en ville et de l'y garder jusqu'à ce que Everham soit transformé en prison. Cela lui apprendra, je pense. Pas de compagnie, pas de divertissement.

— Pas de compagnie ? Excepté quelques visites conjugales de temps en temps, j'imagine ? demanda Thornton avec un regard lubrique.

— Si le travail des deux dernières nuits n'a pas suffi, oui, acquiesça Jeremy avec un rire vulgaire et un haussement d'épaules. Il me faudra bien un héritier.

Thornton rit à son tour et tapa sur son épaule.

— Je vous dirais bien de la renvoyer et de rester, mais…

— On ne peut pas faire confiance à lady Sterling, dit Jeremy, finissant la phrase du comte.

— Bon, mais vous pouvez revenir avec la voiture, si vous souhaitez vous joindre à moi et à mes amis. Après un voyage pareil, vous aurez sans doute cruellement besoin d'une compagnie plus raisonnable.

Jeremy ne savait que trop bien de quelle compagnie parlait Thornton, et *raisonnable* était vraiment le dernier mot qui lui venait à l'esprit pour la décrire.

— C'est une offre bien généreuse, Thornton, répondit-il avant une pause, feignant de réfléchir à la question. J'imagine que je pourrais laisser lady Sterling sous la garde de personnes de confiance… Oui, je pense revenir à Thornton Hall, dès que j'aurai pris quelques dispositions.

*Dès que j'aurai rassemblé assez d'hommes et d'armes pour vous arrêter, traître.*

— Très bien, Sterling, fit Thornton en lui serrant l'épaule.

Les papiers dans sa poche de poitrine crissèrent sous la pression du pouce du comte, mais ce dernier ne le remarqua visiblement pas.

— Je vais demander qu'on fasse venir la voiture.

— Je vous suis redevable, monsieur le comte.

Jeremy s'inclina et quitta la pièce d'un pas léger.

Avait-il laissé assez de temps à Phelps pour s'occuper de la cheville de Laura ? Assez de temps à lady Thornton pour répandre le dernier ragot concernant ses invités dans toute la maisonnée, comme Laura l'avait espéré lorsqu'elle avait décidé de jouer cette comédie ? Au bout du couloir, il crut voir Dinah se précipiter vers l'escalier de service, peut-être pour aller rassembler leurs maigres affaires. Il compta jusqu'à dix, puis la suivit.

L'escalier était presque aussi sombre que la veille au soir. Il avait porté Laura sur ces vieilles marches, se souvint-il, pour les descendre puis les remonter, n'imaginant pas...

*Non.* Dans l'intimité de ses pensées, il n'avait pas à se mentir. En réalité, il avait eu envie d'embrasser Laura dès la première fois où il l'avait prise dans ses bras.

Peut-être pas la toute première fois, à Vauxhall, quand elle l'avait percuté dans le noir. Ce soir-là, il avait seulement eu l'impression de faire une bonne action, d'aider une pauvre jeune femme coincée dans les pattes du mauvais homme.

Était-elle cependant avec lui dans les pattes du bon ?

Nul doute que le général Scott aurait répondu par l'affirmative. Mais Jeremy avait encore des doutes.

Il entendit des pas dans l'escalier et se colla contre le mur pour laisser passer la domestique qui descendait. Par chance, ce pas léger était celui de Mlle Godfrey, qui revenait de la salle de classe.

Elle posa la main sur sa poitrine en tombant nez à nez avec lui.

— Oh, lord Sterling ! Vous m'avez fait une sacrée peur. Je ne m'attendais pas à vous croiser dans l'escalier de service.

— C'est le chemin le plus court pour aller à la chambre bleue, comme vous nous l'avez gentiment expliqué le soir de notre arrivée. Et je suis heureux que nous nous croisions ici, dit-il en baissant la voix, car il y a une chose dont lady Sterling voulait vous informer. Nous partons pour Londres dès que la voiture de Thornton sera prête.

— Vous partez ? répéta-t-elle nerveusement. Mais alors, lord Thornton... ? Et ses invités... ?

— Nous avons un plan, n'ayez crainte. J'espère revenir avant l'arrivée des autres... gentlemen. Et à mon retour, vous serez parfaitement en sécurité. Il ne pourra plus faire de mal à qui que ce soit. Mais d'ici là, soyez sur vos gardes. Et gardez cette épingle à chapeau à portée de main, conclut-il avec un sourire encourageant.

Bien que n'ayant pas l'air franchement rassurée, Mlle Godfrey hocha la tête.

— Oui, je ferai ça, monsieur.

Il s'inclina et la laissa passer, puis monta jusqu'au palier. Il s'arrêta devant la porte de la chambre bleue. Tout semblait calme. Il hésita quelques secondes avant d'ouvrir.

Lady Thornton et le Dr Phelps étaient partis. Laura était toujours assise sur le sofa, les jambes sur les coussins, sa robe parfaitement disposée pour cacher sa cheville blessée, son réticule sur les genoux. Elle avait les yeux fermés et tamponnait le bout de son nez rose avec son mouchoir. Elle *pleurait*. Souffrait-elle à ce point ? Avait-il pris son rôle avec trop de sérieux et l'avait-il sincèrement bouleversée ?

Le bruit de la poignée de la porte avertit la jeune femme de la présence de Jeremy. Elle ouvrit des yeux rouges et embués. Elle froissa le mouchoir dans sa main et posa un doigt sur ses lèvres, avant de désigner le dressing.

À travers la porte ouverte, il entendit des bruits, comme si on fouillait, ainsi qu'un sifflotement.

— Dinah, prononça-t-elle en silence, avant de lui faire signe de s'approcher.

— Vous allez bien ? murmura-t-il.

Elle le gratifia d'un sourire à travers ses larmes et lui montra la petite boîte en argent qu'elle avait dans la main, à demi cachée par son mouchoir.

— Lady Thornton a insisté pour que je prenne ses sels.

Un imperceptible sourire éclaira son visage, bien que ses yeux continuent à pleurer.

— Je crois... je crois que je me suis brûlé le nez avec ces cochonneries, ajouta-t-elle.

Le soulagement de Jeremy se traduisit par un rire silencieux.

— Je n'arrive pas à trouver votre bonnet, lady Sterling ! lança Dinah depuis l'autre pièce.

Laura fit signe à Jeremy de regagner la porte. Elle semblait lui demander de faire une véritable entrée. Il acquiesça, et recula avant d'ouvrir la porte et de la claquer sèchement.

— Eh bien, madame, la voiture sera bientôt prête. Et vous pouvez me dispenser de vos larmes, car cela ne vous apportera aucune compassion de ma part.

Dinah apparut alors dans l'entrée du dressing, lançant à Jeremy un regard effronté avant de lui faire une minuscule révérence.

— Monsieur.

— Les bagages sont-ils prêts ?

— Oui, monsieur. Tout est prêt, sauf le bonnet de Madame.

— Il était fichu, expliqua Laura en reniflant. Je l'ai laissé, avec mes gants, dans cet affreux petit pub.

La réponse de Laura valut à Jeremy un nouveau regard peu amène de la domestique, comme si elle le soupçonnait d'être responsable de cette perte.

— Eh bien, parfait. Besoin d'autre chose, madame ?

Laura se moucha et secoua la tête.

— Non, Dinah, fit-elle d'une voix épuisée. Merci pour votre gentillesse, je ne l'oublierai pas.

— Je vous en prie, madame.

La bonne prit les bagages, un dans chaque main, et se dirigea vers la porte.

— J'ai parlé à Thornton, dit Jeremy à Laura, feignant d'ignorer la domestique. Il m'a invité à revenir une fois que je vous aurai déposée à la maison, et j'ai bien l'intention de le faire. Pourquoi n'aurais-je pas le droit de m'amuser… ?

Quand il fut certain que Dinah ne pouvait plus l'entendre, il s'approcha de Laura avant de s'accroupir près du sofa et baissa la voix :

— Eh bien, ça a été un sacré numéro. Nous leur avons largement donné de quoi cancaner après notre départ.

— Détourner l'attention est le maître mot, lui rappela-t-elle. Je suis désolée de vous avoir donné un rôle aussi détestable. Je le pensais contre nature, pour vous. Mais vous vous en êtes parfaitement sorti.

La légère incertitude dans la voix de Laura le poussa à se demander s'il n'avait pas joué son rôle de manière trop convaincante.

— J'ai entendu certains acteurs dire que le rôle du méchant est toujours le plus facile à jouer, mais…

Il eut un frisson de dégoût.

— … je pense que Dinah ne me pardonnera jamais, d'autant moins si elle apprend les horribles choses que je vous ai dites tout à l'heure.

Laura eut un léger sourire.

— Je n'ai aucun doute qu'elle les apprenne, vu la vitesse à laquelle les informations voyagent à Thornton Hall.

Puis son sourire s'effaça.

— Elle a d'abord pensé que vous étiez à la fois beau et charmant, vous savez. Lorsque vous vous êtes excusé auprès d'elle ce matin, vous lui avez fait espérer que certains gentlemen soient différents de ceux qu'elle a le malheur de fréquenter.

Elle baissa le regard et tritura la petite boîte contenant les sels.

— Mais je crois que la méfiance lui sera meilleure conseillère.

— Vous voulez dire qu'on ne peut pas faire confiance aux hommes ?

— Je pense que vous connaissez déjà la réponse à cette question, dit-elle en repliant son mouchoir. Parfois, les femmes n'ont d'autre choix que de faire confiance à certains hommes. Mais il n'est jamais facile de déterminer lesquels sont vraiment dignes de cet honneur… Mieux vaut envisager le pire.

Avant qu'il réponde, elle se débarrassa de son air morose et lui offrit un faible sourire.

— Elle reviendra sur l'opinion qu'elle a de vous quand vous mettrez les fers à Thornton et sauverez sa sœur d'un affreux destin.

— C'est tout ce que j'ai à faire ? Alors je ferais mieux de m'y mettre, dit-il en se donnant une claque sur la cuisse et en se levant. Vous êtes prête ?

Elle hocha la tête et lança ses jambes sur le côté du sofa, attrapant son réticule d'une main et levant l'autre pour que Jeremy l'aide à se relever.

— Le Dr Phelps m'a refait mon bandage, ma cheville me semble en meilleur état. Je pense que je peux marcher, si cela ne vous dérange pas d'avancer très lentement.

Il avait compris à quel point l'indépendance était primordiale à ses yeux. Mais il avait également compris qu'il lui fallait aller vite.

— Est-ce que cela ne ressemblerait pas plus à l'odieux lord Sterling, si je vous prenais sur mon épaule et vous jetais dans la voiture ? demanda-t-il, moqueur.

— Vous avez sans doute raison, convint-elle en riant. Mais je vais me contenter d'être portée de façon ordinaire une dernière fois, si vous le voulez bien.

Une dernière fois. Une dernière excuse pour la prendre dans ses bras et la tenir tout contre lui, pour se comporter comme si elle était vraiment sa femme. Il se pencha et tendit les mains.

— Avec grand plaisir, lady Sterling.

# 15

Ce ne fut que lorsque la voiture s'ébranla enfin et quitta Thornton Hall que Laura reprit son souffle.

— Vous étiez inquiète ? demanda Jeremy.

Il avait prononcé ces mots sans quitter la fenêtre des yeux. Il était assis face à elle, et ne pouvait avoir entendu son soupir de soulagement. Sa perspicacité, la façon dont il semblait lire ses émotions et anticiper ses réactions auraient dû la perturber. Pourtant, elle se surprit à soupirer de nouveau devant le réconfort que lui apportait sa présence.

Après plusieurs jours de temps automnal, la chaleur de l'été était revenue.

— Vous ne l'étiez pas, vous ? l'interrogea-t-elle en déboutonnant sa pelisse.

Le coin de ses lèvres se releva sans vraiment révéler un sourire.

— Je le suis toujours, affirma-t-il.

Il plongea la main dans sa poche de poitrine et en tira des feuilles de papier qu'il tendit à Laura : elle reconnut les notes qu'il avait prises, et ce qui ressemblait à l'ébauche d'une lettre.

— Je pensais laisser un message à Thornton pour expliquer notre départ, poursuivit-il. Et j'ai découvert ceci. Je ne sais pas si j'ai été très malin de le prendre, mais il fallait que je teste ma théorie sur cette histoire de clé de déchiffrage.

— Une lettre inachevée ?

Elle tourna et retourna la feuille de papier sous la lumière.

— Pas inachevée. C'est la deuxième lettre écrite à l'encre invisible que je trouve chez Thornton. Quand j'ai posé ma plume sur ce que je pensais être une feuille vierge, des mots ont commencé à apparaître. Lorsque j'aurai accès aux outils adéquats, je pourrai révéler le reste. Ce qui s'y trouve pourrait bien montrer comment le chiffrage est utilisé.

Elle sentit une hésitation dans sa voix.

— Mais... ?

— Si Thornton s'aperçoit qu'elle a disparu, s'il comprend que je l'ai prise, eh bien...

Il se pencha en arrière, posa les papiers sur le siège à côté de lui et frotta sa nuque d'une main.

— Il sera bien trop occupé par les préparatifs de sa petite sauterie pour penser à sa correspondance, dit-elle pour le rassurer.

— Espérons.

Elle se mit à jouer nerveusement avec le ruban de son réticule, sa propre incertitude oppressant sa poitrine.

— Je comprends, bien entendu, que l'affaire dans laquelle est impliqué Thornton pourrait affecter la sécurité de bien plus qu'une simple maisonnée. Néanmoins, j'ai peur de ce qui pourrait arriver à Dora dans les jours prochains, confessa-t-elle. Ou à Mlle Godfrey. Je n'ai même pas eu l'occasion de lui parler avant notre départ.

Il se pencha en avant, coudes sur les genoux, et lui tendit les mains.

— Je l'ai croisée dans l'escalier de service et lui ai expliqué la situation du mieux que je pouvais. Je lui ai même conseillé de garder son arme à portée de main, ajouta-t-il avec son sourire en coin.

Il était époustouflant, ce sourire. Et ses yeux, dans la lumière du matin, en ce premier jour de beau temps depuis leur départ de Londres... Elle cligna des paupières, à plusieurs reprises, afin qu'il ne s'aperçoive pas qu'elle le scrutait.

Puis elle prit soudain un air déconcerté.

— Qu'y a-t-il ?

— Je repensais au soir de notre arrivée, lorsque je vous ai dit que j'étais meilleure comédienne que vous. À présent... je n'en suis plus si sûre.

— Il se trouve que nous sommes, vous et moi, des menteurs professionnels, des gens du secret.

Jeremy passa son pouce sur les phalanges de Laura.

— Mais je vous accorde bien volontiers que vous avez plus d'expérience que moi. Je passe la majeure partie de mon temps en coulisses, assis devant un bureau avec une pile de livres.

*Expérience*. Oui, elle avait beaucoup d'expérience pour jouer des rôles et découvrir les choses que certaines personnes voulaient garder secrètes, et utiliser ces secrets – ou menacer de les utiliser – pour arriver à ses fins.

Mais cette expérience-là ne lui servait nullement à l'instant présent. Et elle n'en avait aucune lorsqu'il s'agissait de faire confiance à quelqu'un, de laisser une personne traverser l'armure de charme et d'intelligence derrière laquelle elle se cachait depuis des années.

— Comment va votre cheville, au fait ? demanda-t-il.

— C'est beaucoup moins douloureux. Mais je dois éviter de mettre mon poids dessus, et la garder en l'air autant que possible.

Elle regarda l'habitacle de la voiture. Le siège n'était pas assez grand pour qu'elle puisse s'y installer comme elle l'avait fait sur le sofa de la chambre bleue. Sur le plancher se trouvait un panier d'osier avec un couvercle.

— Je pourrais peut-être utiliser le panier de pique-nique de Mme Tenney comme tabouret ?

— Un peu plus haut, ce serait mieux, n'est-ce pas ? devina Jeremy.

Elle hocha la tête. Il s'empressa alors de se débarrasser de son manteau et le plia pour en faire un coussin, sans se soucier de le froisser. Il le posa ensuite sur son propre genou et donna une petite tape au coussin de fortune pour inviter la blessée à y poser son pied.

C'était un geste à la fois généreux et intime, et Laura dut se mordre la lèvre pour refouler une soudaine montée d'émotion – envie de rire ou de pleurer, elle ne savait pas. Comment un petit geste presque anodin pouvait-il la mettre dans cet état ?

— Je ne peux pas, dit-elle lorsqu'elle put enfin parler.

D'abord parce que, à l'exception du bandage, son pied était nu : elle n'avait pas voulu embêter Dinah pour qu'elle l'aide à remettre son bas après l'examen du médecin. Ensuite, parce que l'idée même de se trouver face à un homme dans une telle posture paraissait très peu convenable. Même pour elle.

Il ne protesta pas, mais laissa son manteau où il se trouvait. La voiture fit une légère embardée en passant sur une ornière, et ce cahot provoqua un élancement dans la cheville de Laura.

— Bien, dit-elle, je peux peut-être essayer pendant quelques instants…

Elle remonta légèrement sa robe et étira la jambe. Il passa sa main sous son mollet et posa délicatement son pied sur le coussin improvisé. Puis il remit sa robe en place pour recouvrir sa cheville.

Seuls ses petits orteils roses émergeaient de sous l'ourlet.

— C'est mieux ? Je m'en doutais.

— Comment avez-vous appris à… ?

« À si bien traiter une dame », faillit-elle dire. Mais ce n'était pas cela. Pas tout à fait. Les gentlemen avaient rarement l'occasion de faire ce qu'il avait fait au cours de ces trois derniers jours.

Sauf, peut-être, ce baiser stupide.

Il pencha la tête et leva les sourcils.

— Je ne peux pas répondre à votre question tant que vous n'avez pas fini de la poser. Ou plutôt, je suis assez malin pour savoir qu'il ne faut pas que j'essaie.

— Je me demandais où vous aviez appris l'art du décryptage. Mais j'imagine que la réponse est évidente : à l'armée.

Il feuilleta les papiers qu'il avait posés à côté de lui.

— J'ai appris les bases auprès de mon père. Le latin, le grec, le français, la philosophie et les mathématiques. Les échecs, aussi, ajouta-t-il avec un léger sourire.

— Ce devait être un homme très cultivé.

— Il était pasteur. Et à une époque…, commença-t-il.

Son sourire perdit un peu de sa légèreté.

— À une époque, j'ai voulu suivre ses traces.

Ce n'était pas difficile à imaginer. Il y avait en lui une telle gentillesse, une telle honnêteté, un tel désir d'aider son prochain. Il aurait été parfait pour cette vie-là.

Au lieu de cela, il était devenu soldat. Et pas totalement par choix.

Elle repensa à la dernière fois où ils s'étaient trouvés dans cette voiture, et à la conversation de Jeremy avec Thornton où il avait été question des dettes du précédent lord Sterling. Et puis, il y avait eu cette façon dont Jeremy avait insisté sur le fait qu'il ne l'épouserait pas. Elle avait toujours pensé que les hommes faisaient ce qu'ils voulaient, que rien ou presque ne se mettait en travers de leur route.

Mais ce n'était clairement pas toujours le cas.

— Dora Pratt et Emily Godfrey seront sans doute heureuses que vous ayez finalement fait le choix du décryptage, dit-elle.

Il était perdu dans ses notes, les scrutant sans vraiment les lire. Ses pensées semblaient à mille lieues. Mais il finit par relever la tête et plonger ses yeux immensément bleus dans les siens.

— Et vous, Laura ? En êtes-vous heureuse ?

Il aurait pu l'appeler *Mlle Hopkins*, puisqu'il n'y avait personne pour les entendre. Cela aurait semblé étrange, impersonnel, c'est vrai, mais logique.

— Je... je suis certaine que vous êtes très doué pour ce que vous faites, parvint-elle à bafouiller. Votre déduction concernant le livre d'échecs m'a paru tout à fait brillante et...

Il lâcha le papier qu'il avait en main, sans le regarder tomber sur la pile.

— Ce n'est pas ce que je voulais dire, et vous le savez très bien.

— Je... Oui, admit-elle en avalant sa salive, incapable de quitter son regard. Je suis heureuse que vous soyez là. Je... suis heureuse d'être là. Heureuse d'être avec vous. Plus qu'heureuse, en réalité.

Grand Dieu, quand était-elle devenue le genre de personne qui bafouille ? Elle était assise face à lui, le pied pratiquement lové sur ses cuisses, transpercée par son regard du même bleu que le ciel d'été, le *besoin* qu'elle avait de lui et son *désir* pour lui s'emmêlant en elle de façon inextricable. En réalité, elle n'avait plus envie de faire la distinction entre ce besoin et ce désir. Elle n'avait plus la volonté de continuer à nier qu'elle ressentait quelque chose de plus pour cet homme.

— Moi aussi, répondit-il.

Sa confession se perdit dans les craquements de la voiture. Mais elle avait vu les mots se former sur ses lèvres, elle était certaine de ce qu'il avait dit – sans savoir pour autant ce que cela signifiait. La nuit précédente, il lui avait paru évident qu'il la désirait. Mais avait-il besoin d'elle ?

Et y avait-il pour lui *quelque chose de plus* ?

— Je suis heureux qu'on m'ait envoyé à vos trousses, et d'avoir réussi à jouer avec un certain succès les rôles que vous m'avez donnés. Un peu d'improvisation ne fait pas de mal. Cela permet à l'esprit de rester agile. Le grenier était un peu encombré, dit-il en posant un doigt sur sa tempe. Je n'aurais peut-être jamais rien compris à ce livre de cuisine sans vous. Quand vous avez dit que les pages étaient trop propres pour qu'il s'agisse d'un vrai livre de cuisine, toutes les pièces du puzzle se sont mises en place. J'aurais pu vous embrasser, à ce moment-là...

Il s'était débarrassé de son ton solennel pour se faire plus léger. Néanmoins, lorsqu'il prit une profonde inspiration après ces dernières paroles, elle se demanda s'il ne regrettait pas de les avoir prononcées.

— Et pourquoi ne pas l'avoir fait ? s'enquit-elle en penchant la tête.

— Dinah aurait été choquée, répliqua-t-il après un raclement de gorge.

— De voir un couple de jeunes mariés s'embrasser ? J'en doute. Elle m'a l'air d'une jeune femme qui connaît un peu la vie. Mais si c'était vraiment la raison, dit-elle en jouant avec le ruban de son réticule, qu'est-ce qui vous en empêche maintenant ?

Jeremy dirigea son regard sur la fenêtre.

— La nuit dernière, nous sommes tombés d'accord sur le fait que c'était mal.

— J'imagine que vos réticences sont d'ordre moral ?

Il tiqua.

— Non, pas franchement, non.

— De ce que je sais, il n'est pas rare que les couples s'étant disputés – même lorsqu'il s'agit d'une fausse dispute – s'embrassent pour se réconcilier.

Il se tourna vers elle et ouvrit la bouche pour répondre, mais elle leva un doigt pour lui enjoindre de se taire avant de continuer :

— Vous ne devez pas vous inquiéter de ma réputation. Vous avez déjà été très clair sur le fait que vous ne m'épouserez pas, et je pense en comprendre les raisons. Mais vous devez également me croire lorsque je vous dis que je ne veux pas abandonner mon indépendance. Ou mon travail.

Son doigt levé se transforma en geste dédaigneux.

— Où pourrais-je trouver un époux qui me laisserait continuer à être lady Sterling ?

Il ouvrit de nouveau la bouche, mais pendant un moment resta muet. Et quand il se lança enfin, elle eut la nette impression que les phrases qu'il prononçait n'étaient pas celles qu'il avait prévues.

— *Mal* était peut-être un mot trop fort. Disons que ce n'est pas *sage*, si vous préférez, dit-il en se retournant vers la fenêtre. Parce que je ne suis pas certain que je pourrais me contenter d'un simple baiser.

Elle inspira profondément, attendant que sa petite voix intérieure vienne l'avertir de ne pas plonger dans ce précipice. Mais avant que la voix puisse s'exprimer, ce fut Laura qui parla :

— Alors ne vous en contentez pas.

Comme s'il avait peur d'hésiter, il posa son chapeau à côté de lui et se pencha vers elle dans un seul et unique mouvement.

Sa main puissante attrapa la nuque de Laura et l'attira à lui. Ils reprirent leur baiser là où ils l'avaient laissé la veille : bouches entrouvertes, vrillés de désir.

Elle attrapa les revers de sa veste pour le rapprocher d'elle. Le manteau de Jeremy tomba en tas sur le plancher, tandis qu'ils bataillaient pour trouver la meilleure posture dans le petit habitacle de la voiture.

Il la rejoignit sur sa banquette et glissa un bras autour de ses épaules tandis qu'elle passait les jambes par-dessus les siennes, sa cheville en l'air, ses orteils touchant pratiquement la fenêtre.

— Cela aurait été plus facile hier soir, dit-elle en repensant à la vaste chambre bleue, aux draps frais et aux coussins bien rembourrés.

— Trop facile, rétorqua-t-il. Nous aurions pu être tentés d'aller trop loin.

*Trop loin.* Le sens de ces mots était clair. Elle s'était attendue à ce qu'il soit raisonnable, y compris dans cette situation, mais elle ne pouvait nier une certaine déception.

Il lut ses pensées sur son visage avec une facilité confondante.

— Si vous tombiez enceinte, Laura, ce n'est pas seulement votre réputation qui en pâtirait, mais aussi mon honneur et l'avenir d'un enfant innocent. Je ne veux pas prendre ce risque.

— Très bien, concéda-t-elle. D'après ce que j'ai entendu, il y a plus d'une façon de profiter de la compagnie de l'autre.

Elle sentit le sourire de Jeremy s'élargir contre sa propre joue, comme il passait les lèvres de sa bouche à son oreille.

— Oui, plusieurs façons. Mais je dois vous prévenir : j'ai peu – pas – d'expérience pratique en la matière, avoua-t-il.

Tout en parlant, il passa une large main sur sa jambe, par-dessus sa robe, doigts écartés, comme s'il n'arrivait pas à croire à sa bonne fortune et craignait que toucher Laura puisse briser la magie.

Elle aurait été moins étonnée s'il lui avait annoncé que, finalement, il était un débauché.

— Vous n'embrassez pas comme un homme sans expérience, gloussa-t-elle lorsqu'il déposa un baiser sur la partie sensible sous son oreille.

— Eh bien, je crois que quand un homme veut vraiment apprendre quelque chose, il doit se lancer corps et âme dans son étude. Et j'ai toujours appris très vite, déclara-t-il en semant une enfilade de baisers dans son cou.

Il fut un temps où elle aurait dit la même chose d'elle-même. Mais elle était surprise de découvrir que les baisers pouvaient être joyeux et passionnés, que la simple promesse du plaisir suffisait presque à la faire basculer dans l'extase.

La main de Jeremy glissa sur sa hanche et vint se poser au niveau de ses côtes, sous son sein droit. Elle voulut l'exhorter à continuer, mais sa bouche était alors occupée par un autre baiser, plus doux, un rappel qu'ils avaient des heures avant que la réalité s'immisce de nouveau entre eux.

Jeremy passa les doigts dans ses boucles, suivant le contour de sa tête, envoyant des étincelles à travers son cuir chevelu. Sans bonnet, elle ne pouvait cacher ses cheveux en pagaille, et quiconque la verrait ainsi pourrait aisément deviner quoi – ou qui – l'avait mise dans cet état. Mais elle se moquait de son apparence. Elle lui murmura un encouragement tout contre ses lèvres.

— Vous aimez cela ? Dites-moi que ça vous plaît.

— Vous le savez déjà.

Les doigts emmêlés dans les cheveux de Laura, il descendit le long de sa gorge en de petits baisers.

— Je m'efforce d'être un bon élève, chuchota-t-il.

Il repoussa doucement le col de sa pelisse pour dévoiler un autre point sensible, à la jonction de son cou et de son épaule, ce qui la fit haleter.

— Mais j'aimerais vous entendre me dire ce que vous désirez, ajouta-t-il.

Elle ne savait pas ce qu'elle préférait : sa détermination à lui offrir exactement ce qu'elle désirait, ou la possibilité qu'il aime entendre des mots choquants sortir de sa bouche. Peut-être un peu des deux.

De sa main gauche, elle se mit à jouer avec les cheveux soyeux qui titillaient son cou. Elle posa sa main droite dans la main gauche de Jeremy, enroulant les doigts autour des siens.

— Je dois vous avouer que je n'ai pas non plus beaucoup d'expérience.

*En tout cas, pas ainsi.*

— Mais ce que je sais, poursuivit-elle, c'est que j'aime vos baisers. Sur mes lèvres, sur mon cou, sur mes…

Elle essaya de l'inciter à remonter sa main, mais il résista.

— Dites-moi…

— Parfois, je touche mes seins. Ils sont très sensibles, murmura-t-elle tandis que la langue de Jeremy courait sur ses clavicules. Je joue parfois avec mes tétons et…

Il passa le pouce sous la courbe de sa poitrine. Une torture, mais aussi une récompense.

— Et ?

— Je les p… pince.

— Et vous avez envie que je le fasse ?

— Oui, dit-elle précipitamment. Et que vous les embrassiez, s'il vous plaît.

Comment pouvait-elle avoir autant envie d'une sensation qu'elle ne connaissait pas ?

Cette fois-ci, quand elle guida sa main, il la laissa faire, posant la paume sur le petit renflement. Elle fut traversée par une vague de chaleur et sentit son téton gonfler jusqu'à frotter contre le tissu de sa chemise. Il caressa doucement sa poitrine du plat de la main, puis se fit plus ferme, et finalement se mit à dessiner des cercles autour de son téton tandis que sa bouche arrivait au bord de son corsage.

— Dites-moi, Laura, à quels autres endroits vous touchez-vous ?

— Entre... entre les jambes, dit-elle, et ses joues s'embrasèrent.

Mais elle ne regretta pas son honnêteté lorsqu'il pinça son téton entre le pouce et l'index, encore et encore. Elle ressentit une délicieuse douleur.

— Jusqu'à jouir ?

— Oui.

Elle sentait la chaude haleine de Jeremy contre ses seins, à travers la mousseline de sa robe. Puis il vint poser les lèvres sur ses tétons. Bien que la barrière du tissu soit légère, elle eut envie d'arracher sa robe pour offrir à sa bouche ses seins nus.

— Montrez-moi.

*Oh, mon Dieu*. Sa seule voix aurait pu la faire voler en éclats. Elle n'avait aucune envie de désobéir.

Comme la reine du jeu d'échecs, elle rassembla sa robe et son jupon d'une main pour les remonter pratiquement jusqu'à la taille. Elle s'immobilisa une seconde lorsque les doigts agiles de Jeremy parvinrent à baisser son corsage suffisamment pour libérer un sein. Elle entendit le grognement de triomphe qu'il poussa, avant qu'il embrasse délicatement son aréole et capture son téton dans sa bouche.

Il commença à le sucer, lui offrant un plaisir qu'elle n'avait jamais connu, et ses hanches se soulevèrent malgré elle. Le plaisir se répercutait jusqu'à son sexe, comme si un ruban de soie reliait ces deux parties de son corps.

Comme elle l'avait fait la nuit précédente, elle passa le bout de ses doigts à travers les poils dorés qui gardaient son sexe. Jeremy releva la tête et posa la main sur sa jambe avant de la pousser légèrement, voulant voir cette partie d'elle si secrète. Pendant qu'il regardait, elle glissa les doigts entre ses replis roses et se mit à tourner autour de son petit bouton.

— Laura, soupira-t-il avec respect. C'est si beau. Partout.

Elle bougea les doigts plus rapidement.

— Vous ne vous caressez jamais réellement ? Pour amplifier la sensation ?

— Si, parfois. Mais là, tout de suite, je... je...

— Chut, dit-il en posant de nouveau la bouche sur la sienne avant de la regarder droit dans les yeux. Puis-je ?

Elle acquiesça et voulut retirer sa main, mais il avait déjà posé la sienne. Il caressa doucement ses phalanges, puis glissa vers son sexe, essayant d'apprendre tout ce qu'il pouvait. Et, oui, il apprenait vite. Doux, curieux, sûr de lui, prenant le relais quand le désir la faisait fléchir, la titillant quand elle se serait précipitée pour arriver au point culminant, dessinant des cercles à l'entrée de son corps jusqu'à ce qu'elle demande grâce, en d'incohérents gémissements, pour finalement l'amener à l'orgasme, lui faisant voir mille étoiles.

Doucement, il la fit revenir sur terre en l'embrassant avec délicatesse, ramenant sa robe sur ses jambes avant de poser une main possessive sur sa hanche.

Elle n'avait pas imaginé qu'un plaisir partagé serait si différent, que le toucher d'un homme éveillerait des sensations qu'elle n'avait pas découvertes par elle-même. Cette conscience nouvelle que le désirer et avoir besoin de lui étaient une seule et même chose, la mènerait à sa perte.

Pire encore était la pensée qu'elle souhaitait quelque part cette perdition.

— Jeremy, murmura-t-elle contre ses lèvres. Puis-je vous regarder ? Vous toucher ?

Son petit rire fit voleter les boucles sur son front.

— Vous le savez bien, à présent : je ne peux rien vous refuser.

Elle se releva légèrement et s'agenouilla à côté de lui, sur la banquette. Elle avait oublié sa cheville et le regardait avec des yeux affamés. Le manteau de Jeremy était trop serré pour qu'elle puisse l'enlever facilement dans un espace aussi étroit. Les nombreux boutons de son gilet croisé et le nœud de son foulard étaient également des obstacles. Elle voulait voir et toucher les bras, le torse, le dos de celui qui l'avait portée sans effort au cours des derniers jours.

— Les vêtements des messieurs ne sont pas adaptés aux rendez-vous galants, déclara-t-elle avec une moue.

— Considérez qu'une partie du plaisir réside dans le déballage, répliqua-t-il en souriant.

Il attrapa la main qu'elle avait posée sur son épaule pour maintenir son équilibre et planta un baiser dans sa paume, avant de la placer sur sa poitrine.

La main de Laura glissa aisément sous la soie du gilet, jusqu'à se trouver contre le cœur de Jeremy. Sous le fin tissu de la chemise, elle traça le contour de ses muscles puissants.

— Pouvez-vous..., commença-t-elle, la bouche sèche. Pouvez-vous nouer votre foulard sans l'aide d'un miroir ?

— Je me débrouillerai.

Laura, trop pressée, serra le nœud au lieu de le dénouer, et elle poussa un soupir exaspéré devant sa maladresse. Il y répondit, sans la quitter des yeux, en attrapant ses mains et en embrassant ses doigts un à un, avant de les laisser retourner à leur tâche. Après cela, comme par magie, le morceau de batiste sembla se dénouer tout seul. Elle le mit de côté et défit le petit bouton du haut de sa chemise, ouvrit son col, révélant cette délicieuse encoche à la base de sa gorge et un coin de peau couvert de poils noirs.

Elle avait déjà entraperçu cet endroit la nuit précédente, mais cette fois-ci elle pouvait le toucher, faire connaissance avec toutes les textures qui le composaient, douces, soyeuses et...

— Je n'aurais pas dû vous demander de vous raser, dit-elle en passant le dos de sa main sur ses joues et sa mâchoire.

Il effleura sa gorge et le décolleté de sa robe.

— Vous êtes aussi délicate qu'un pétale de rose, ma chère. Ma barbe aurait laissé des traces partout où je vous ai embrassée.

— Oui, admit-elle, souffle coupé.

Elle l'embrassa de nouveau, avec la peur d'en avoir trop dit, la peur d'en dire plus. À présent elle était en position dominante, légèrement au-dessus de lui. Il attrapa sa taille de ses deux mains, sous la pelisse, et la maintint fermement.

Sous la chemise, les doigts de Laura erraient sur sa poitrine, et quand ses ongles virent légèrement le griffer, elle sentit un nouveau grognement le traverser, qu'elle adora. Il la lâcha un court instant, le temps de dégager sa chemise, afin qu'elle puisse passer les mains partout, parcourir son ventre, tracer les contours de ses muscles, lui procurant au passage des frissons de plaisir.

Lorsqu'elle glissa un doigt dans son pantalon, ses hanches eurent un sursaut.

— Doucement, se moqua-t-elle, reculant pour étudier la bosse qui tendait son pantalon. Tss... encore des boutons...

— Je vais vous aider, dit-il, haletant.

Et sa main se porta sur sa braguette, l'ouvrant à toute vitesse.

Sa virilité surgit alors, s'échappant de sa prison de coton, gorgée de désir, entourée d'un nid de poils frisottants.

— Oh ! s'exclama-t-elle en se penchant en avant, fascinée et quelque peu impressionnée par ce qu'elle découvrait. À présent, je comprends.

— Que comprenez-vous ? parvint-il à articuler, fébrile.

— Le jeu d'échecs de Thornton. Vous ressemblez beaucoup au roi, dit-elle, curieuse de savoir comment une chose de cette taille pourrait pénétrer en elle...

Il rosit.

— Vous me complimenterez une autre fois. Maintenant caressez-moi, je vous en supplie, avant que je me déshonore.

À la fois avide et peu sûre d'elle-même, elle fit courir le bout d'un doigt sur la longueur de son sexe. C'était comme du velours recouvrant de l'acier.

— Prenez mon membre dans votre main.

Elle fit ce qu'il demandait sans hésiter, se brûlant presque à sa chaleur.

— Oui, c'est ça... plus fort. À présent, faites-la monter et descendre, dit-il en posant une main sur celle de Laura, comme il l'avait fait pendant leur partie d'échecs. Oh, mon Dieu, c'est tellement bon...

Il enleva sa main quand elle eut trouvé le rythme, découvert la vitesse et la pression qui lui donnaient le plus de plaisir, chaque sensation rendue plus intense par le mouvement de la voiture.

Il étira les jambes, les tendit jusqu'à ce que le bout de ses bottes touche la banquette d'en face. En reconnaissant le rictus du plaisir qui arrivait, le corps de Laura y répondit ; instinctivement, elle serra les cuisses pour renforcer la palpitation qui explosait en elle.

— Je vais...

— Oui.

Il jouit, envoyant plusieurs giclées qui la surprirent et la ravirent. Quand son corps retomba, comme épuisé, les yeux clos, elle se pencha vers lui et passa les lèvres sur les siennes, tâchant de graver cet instant dans sa mémoire.

« Une autre fois », avait-il dit. Y aurait-il une autre fois ? C'était sans doute une façon de parler, dans l'urgence du désir.

Et quelques instants plus tard, comme il fouillait dans sa poche pour en tirer son mouchoir et essuyer la preuve de ce qu'ils venaient de faire, elle devina qu'il pensait la même chose. Après un coup d'œil à la vitre, il annonça qu'ils approchaient d'un village et commença à se rhabiller correctement, remettant sa chemise dans son pantalon, reboutonnant sa braguette et essayant de renouer son foulard, avant de se tourner vers elle avec un sourire en coin.

— J'imagine que nouer un foulard ne figure pas parmi vos innombrables compétences ?

Elle haussa une épaule.

— Je peux essayer.

Elle commença à batailler avec le nœud, tandis qu'il lissait ses boucles désordonnées.

— C'était merveilleux, Laura. Bien mieux que tout ce que j'avais imaginé, déclara-t-il après un moment. Mais était-ce vraiment sage ?

— Quelle question ! répondit-elle en arrangeant les plis de son foulard, avant de poser une main calme sur sa poitrine.

Heureusement, avant qu'elle puisse ajouter quoi que ce soit, la voiture s'arrêta à Dartford, où les chevaux allaient pouvoir prendre un peu de repos. Ils pique-niquèrent sur la place du village, se délectant du panier préparé par Mme Tenney, et parlèrent de tout autre chose. Ensuite, Jeremy alla faire un tour pour se dégourdir les jambes, et revint avec un joli bonnet et une paire de gants en chevreau, dont elle doutait qu'il ait vraiment les moyens de les acheter. Elle savait qu'elle n'aurait pas dû les accepter, mais elle le fit tout de même.

Lorsqu'ils reprirent la route, il l'invita à poser la tête contre sa poitrine. Elle s'endormit dans ses bras, ne se réveillant que pour découvrir que le soleil était sur le point de se coucher.

Bien sûr que ce n'était pas sage. Rien de tout cela n'était sage.

Mais elle refusait de laisser les remords gâcher ces instants.

# 16

— Nous sommes presque arrivés à Londres, murmura Jeremy contre ses cheveux, la réveillant à contrecœur.

L'embrasser, la toucher, la garder dans ses bras pendant son sommeil, tout cela avait été une erreur.

Mais une erreur qu'il referait sans la moindre hésitation.

Cependant, Londres déjà se profilait à l'horizon, et cela signifiait qu'il n'en aurait plus l'occasion. Il allait redevenir le capitaine Addison ; il serait bientôt de nouveau absorbé par ses tâches habituelles. Il allait inventer une excuse pour expliquer son absence à sa mère et Julia, qui le croiraient.

Et Laura allait reprendre son dangereux travail. Il continuerait à écouter Julia lui lire les exploits de lady Sterling dans les journaux, et s'efforcerait de ne pas s'inquiéter.

Il échouerait.

Sans pouvoir rien y faire.

Laura se redressa, boutonna sa pelisse et se passa les doigts dans les cheveux avant de mettre son bonnet et ses gants, retrouvant une allure respectable.

Il plongea la main dans sa poche et en sortit les bas qu'il lui avait enlevés la veille au soir. Il les avait bêtement gardés sur lui... et avait espéré les garder pour toujours.

— Tenez. Comme ça, vous ne serez pas pieds nus.
— Merci, dit-elle en tendant la jambe.
Il s'empressa de passer un bas sur sa cheville intacte, n'osant pas aller plus loin que le mollet. Il posa le deuxième bas sur ses genoux. Pendant ce temps, elle regardait par la fenêtre, comme si elle cherchait un repère familier.
— Où m'emmenez-vous ?
— Chez le général Zebadiah Scott.
Elle se tourna brusquement vers lui.
— Mais c'est l'officier supérieur de Fitz ! Et le vôtre également, je crois.
Sachant qu'elle n'avait pas vraiment besoin de réponse, il se tut.
— C'est lui qui vous a envoyé à la poursuite de lady Sterling, n'est-ce pas ? devina-t-elle. Pour comprendre clairement quelles étaient mes motivations. Mais pourquoi ? ajouta-t-elle après une pause.
— Il a l'intention de vous demander de devenir une espionne.
— Pour la Couronne ? Ou pour lui ? s'enquit-elle, l'air pensive.
— C'est la même chose.
— Vraiment ? Vous allez donc me livrer à lui ce soir, ajouta-t-elle d'une voix neutre, sans émotion. Après que nous...
— Il n'est pas chez lui. Il est à Brighton, en vacances, la coupa Jeremy, espérant que ce détail la rassure.
La distance était rarement un obstacle pour le général Scott.
— Vous vous souvenez peut-être que lord Sterling n'a pas de maison en ville, poursuivit-il. Je ne voulais pas que le cocher de lord Thornton sache où vous vivez, et je ne crois pas que le modeste cottage de ma mère convienne aux personnages que nous avons joués.

Elle ouvrit son réticule et y fourra son bas inutilisé, ne donnant aucune indication sur ce qu'elle ressentait.

— Vous ne pensez pas que les domestiques du général vont protester ?

— Espérons-le.

Lorsqu'ils arrivèrent à Audley Street, des lumières embrasaient les fenêtres du bureau du général, qui donnait sur la rue, et pendant un moment Jeremy ressentit un pincement d'angoisse. Avait-il conduit Laura dans un piège ?

Il attendit avec impatience que le laquais déplie les marches de la voiture, puis il descendit rapidement pour pouvoir aider la jeune femme à faire de même, alors que le domestique s'occupait des bagages.

— Veuillez frapper à la porte, mon bon, demanda-t-il à l'homme en désignant la porte d'entrée. Je n'ai pas eu le temps de prévenir les domestiques de notre arrivée.

Le laquais fit ce qu'on lui demandait, pendant que Jeremy prêtait main-forte à Laura qui montait les marches du perron en boitillant. Après une attente interminable, la porte s'ouvrit sur un valet de pied.

— Attention, dit le laquais de Thornton en lui tendant les bagages, votre maître et votre maîtresse sont rentrés.

Le cœur de Jeremy s'arrêta lorsqu'il vit le valet du général ouvrir de grands yeux et secouer la tête, incrédule. Trois jours de mensonges et de subterfuges étaient sur le point d'être anéantis en quelques secondes.

Puis une voix s'éleva dans la maison :

— Veuillez porter les bagages à l'intérieur.

Une fois le valet parti, le majordome s'approcha.

— Monsieur, dit-il à Jeremy avant de s'incliner. Madame, quel plaisir de vous revoir à la maison.

L'équipage de la voiture fut envoyé à la pension pour chevaux la plus proche, sous prétexte que le palefrenier de la maison avait dû partir visiter sa mère malade. Sentant que Laura commençait à fatiguer, Jeremy la prit dans ses bras pour passer le seuil. Le majordome referma la porte derrière lui.

— Capitaine Addison, n'est-ce pas ?

— Oui, euh...

— Mon nom est Highsmith, monsieur. Vous savez que le général n'est pas présent ?

— Oui. Et je vous remercie d'avoir joué le jeu de notre petite comédie. J'ai... eh bien, voici...

— Laura Hopkins, l'interrompit la jeune femme. La sœur du lieutenant Fitzwilliam Hopkins. Et si cela ne vous ennuie pas, je pense que le capitaine Addison aimerait beaucoup me poser quelque part.

— Bien sûr, madame, dit Highsmith avant de les conduire jusqu'au bureau du général Scott.

— Voyez-vous, je me suis foulé la cheville pendant mon voyage, expliqua Laura tandis que Jeremy l'installait sur un fauteuil près de la cheminée et tirait un tabouret brodé. Le général a envoyé le capitaine Addison en mission à la campagne, mais lorsqu'il m'a découverte, il a tout lâché pour me ramener à Londres.

— Je ne pouvais pas laisser la sœur d'un de mes camarades officiers en plein désarroi.

Highsmith les regarda à tour de rôle, ne sachant visiblement que faire de cette histoire, ni pourquoi ils la lui racontaient. Jeremy décela une once de scepticisme dans ce visage par ailleurs impassible.

— Madame aura-t-elle besoin d'une chambre pour la nuit ? demanda-t-il.

Jeremy nota que le domestique l'avait omis dans sa question ; mais, bien sûr, le majordome du général Scott savait forcément qu'il avait un endroit à lui où dormir.

— Non, dit-elle avant que Jeremy puisse répondre. Merci de m'appeler un fiacre, je vais rentrer chez ma tante à Clapham.

— Très bien, madame. En attendant, je vous fais porter du thé.

— Il ne nous croit pas, fit remarquer Laura lorsque Highsmith eut quitté la pièce. Nous avons été bien plus convaincants dans le Kent.

Jeremy étira les lèvres, espérant que cela passe pour un sourire. En réalité, il en avait assez de jouer des rôles. Ni la froideur aristocratique ni une inquiétude fraternelle ne pouvaient s'accorder avec les sentiments qu'il ressentait pour Laura.

— Vous étiez profondément endormie quand j'ai échafaudé ce plan et je n'ai rien trouvé, parmi les plus mauvaises pièces de la saison dernière, qui aurait pu m'aider.

— Même les meilleures pièces ne sont pas d'une grande utilité aux gens qui se retrouvent dans des situations aussi improbables que la nôtre, convint-elle.

La douleur, ou peut-être la fatigue, ou les deux, semblaient avoir vidé les yeux de Laura de leurs habituelles étincelles.

— Votre cheville vous fait mal.

Il plongea de nouveau la main dans sa poche et en sortit cette fois-ci la petite fiole que lui avait confiée le Dr Phelps. Il s'accroupit pour la lui donner.

— Quand vous serez rentrée, prenez une goutte ou deux avant d'aller vous coucher, lui conseilla-t-il.

Elle prit la fiole, sans acquiescer ni protester.

— Une nuit sans rêve me ferait le plus grand bien.

Elle glissa la bouteille dans son réticule, qui tinta doucement contre la montre de Penhurst.

— Il faut que j'aille travailler, dit Jeremy en tapotant sa poche de poitrine où se trouvaient ses notes et la lettre de Thornton. Pour ma part, je ne pense pas dormir beaucoup au cours des prochaines nuits, ni beaucoup rêver.

— Vous me tiendrez informée ? demanda-t-elle en attrapant sa main. Vous me direz comment tout cela s'est terminé ?

— Si mes soupçons sont justifiés et si Thornton a trahi, vous en trouverez des échos dans tous les journaux. Mais oui, bien sûr, je vous raconterai ce que je pourrai divulguer.

— Et le général Scott ? Qu'allez-vous lui dire ?

— Qu'en ce qui concerne lady Sterling, ma mission a été un échec.

Incapable de soutenir le regard de Laura, il passa son pouce sur les délicates phalanges de la jeune femme, se disant qu'il n'aurait jamais dû acheter ces maudits gants. Il aurait voulu que rien ne se dresse entre eux.

— Si c'est bien ce que vous voulez que je dise, ajouta-t-il.

— Vous prendriez le risque de déplaire à votre officier supérieur ? Pour me protéger ?

Jeremy regarda autour de lui, se rappelant ce qu'il avait ressenti lorsqu'il s'était retrouvé devant ce bureau. Finalement, il leva les yeux vers elle.

— Ne vous ai-je pas déjà montré que j'étais capable de prendre des risques pour vous ?

— C'est vrai, concéda-t-elle, un sourire malicieux au bord des lèvres. Avec certaines exceptions notables, cependant.

— Laura...

Il était tenté, soudain, de faire fi de toute prudence, de scandaliser les domestiques de Scott et de la faire sienne à jamais, ici, sur le tapis devant la cheminée. De lui dire la vérité. De tout gâcher.

Elle avala sa salive.

— Au moins, donnez-moi un dernier baiser, Jeremy, dit-elle en penchant son visage vers lui.

Il ne pouvait lui refuser cette requête. Ou, plutôt, c'est à lui-même qu'il ne pouvait la refuser. Mais son baiser allait sans doute porter en lui la vérité qu'il ne pouvait exprimer. Lorsque leurs lèvres se rencontrèrent, il sentit son cœur au bord de l'explosion. Il ressentait de la peur, oui, mais aussi de l'espoir et du désir, tout ce qu'il voulait lui offrir sans être en mesure de le faire.

Elle fit glisser sa bouche contre sa joue, lui offrant son cou. Sa barbe d'un jour grattait sa peau douce, exactement comme il l'en avait avertie dans la voiture.

— Faites attention…, dit-il.

— Trop tard, rétorqua-t-elle avec un petit rire.

Des bruits de pas dans le hall d'entrée le ramenèrent à la réalité. Il mit fin au baiser, lâcha sa main et se leva.

— Je dois partir, ma chère.

— Je sais, répondit-elle en hochant la tête.

En passant la porte, il croisa le majordome qui portait un plateau avec le thé. Il supposa qu'on avait donné son congé à une partie du personnel pendant l'absence du général.

— Le devoir m'appelle, expliqua Jeremy à Highsmith, qui acquiesça. Vous vous assurerez que Mlle Hopkins rentre bien chez elle ?

— Bien entendu, capitaine. Je vais demander à Searle de s'occuper d'elle.

Il faillit demander à Highsmith de ne pas dire au général Scott qu'ils étaient venus. Mais il aurait été déplacé d'exiger une chose pareille d'un honnête et loyal serviteur.

— Merci.

Il ouvrit la porte d'entrée et s'enfonça dans la nuit.

Dans le fiacre qui la conduisait à Clapham, Laura s'aperçut que sa douleur à la cheville avait été totalement remplacée par une autre douleur. Quelle étrangeté.

Elle avait toujours cru qu'*avoir le cœur brisé* était une expression à prendre au figuré.

Depuis des années, elle s'était consacrée à protéger les autres. Elle n'avait jamais pensé – ne s'était jamais autorisée à penser – que, peut-être, c'était en réalité elle-même qu'elle protégeait. Plus elle voyait à quel point les hommes étaient dépravés, plus elle était déterminée à ne pas se mettre en situation de faiblesse vis-à-vis de l'un d'entre eux.

À ne pas se laisser blesser.

— Trop tard, soupira-t-elle dans l'obscurité de la voiture tandis que défilaient les rues de Londres, indifférentes à sa peine.

Elle avait la ferme intention de continuer à aider les femmes maltraitées, à essayer d'obtenir justice. Lady Sterling serait à tout jamais leur alliée dans ce monde qui semblait peuplé d'ennemis.

Mais elle savait au fond d'elle-même qu'elle voulait également autre chose. Quelque chose de plus. Elle voulait un avenir avec un homme qui ne chercherait pas à la limiter dans ce qu'elle était ou ce qu'elle pourrait devenir.

Sauf que, bien entendu, elle ne serait jamais la véritable lady Sterling.

D'une certaine façon, elle comprenait ses réticences. Elle-même avait passé beaucoup de temps à penser à ce qu'elle perdrait si jamais elle se mariait : son indépendance, sa liberté, la plus grosse partie de sa fortune. Et elle ne s'était pas autorisée à rêver à ce qu'elle y gagnerait : un vrai soutien, un compagnonnage, un véritable amour. Mais elle avait eu un aperçu de tout cela avec Jeremy.

Qu'est-ce qui l'empêchait, lui, de rêver d'un avenir avec elle ? Quelque chose ou quelqu'un l'avait conduit dans les ténèbres, où il avait appris à résider, et oublié de vivre. Si elle parvenait à le persuader d'être totalement honnête avec elle sur ce qui le troublait tant, oserait-il la regarder dans les yeux et affirmer qu'ils n'étaient pas faits l'un pour l'autre ? Qu'il n'était pas plus heureux quand elle était à ses côtés ? Qu'ils étaient mieux séparés qu'ensemble ?

Il était trop sensé et sensible pour se mentir très longtemps, si seulement elle trouvait un moyen de l'aider à voir la vérité.

Il s'apercevrait alors que lord Sterling n'avait pas besoin de continuer à avancer seul...

Trois jours plus tard, elle n'avait toujours pas entendu ou lu la moindre nouvelle concernant lord Thornton. Elle s'installa à la table du petit déjeuner et se consacra au courrier de lady Sterling, qu'elle avait négligé depuis quelque temps. Il n'y avait rien de mieux qu'une bonne grosse pile d'appels à l'aide, gorgés de larmes, pour lui rappeler ce qu'elle pensait des hommes.

En réalité, seules quelques lettres l'attendaient. La première était une critique cinglante du mal qu'elle avait fait aux « meilleurs et plus distingués gentlemen » du pays. Le courrier était accompagné de coupures de presse ; Laura jeta le tout au feu.

La deuxième venait de l'intendante d'un pasteur qui avait, selon ses propres mots, « surpris le maître en train de malmener la fille de cuisine ». Laura considéra la façon de faire honte à un homme comme celui-là. Un pasteur ne voulait certainement pas que ses paroissiens ou l'évêque découvrent un tel comportement. Elle écrivit une lettre en ce sens à l'intendante. Avec un post-scriptum, indiquant qu'il ne fallait pas hésiter à lui écrire de nouveau si le pasteur osait renvoyer la jeune fille ou si l'une des deux femmes souhaitait de l'aide pour trouver un nouveau poste. Avant de sceller la lettre, elle glissa une de ses cartes de visite dans l'enveloppe, suggérant qu'il serait bon de la laisser traîner dans un endroit où l'employeur pourrait la trouver.

La simple vue des mots *Lady Sterling, chasseuse de bandits* en avait calmé plus d'un.

Lorsqu'elle décacheta la troisième lettre, elle pensait encore à la tête du pasteur lorsqu'il découvrirait la carte, délicatement posée sur sa cheminée. Il lui fallut un temps avant de s'apercevoir qu'elle tenait en main une nouvelle missive d'Emily Godfrey.

*Ma chère lady,*

*Il sait. En nettoyant la chambre bleue avant l'arrivée des nouveaux invités, une des domestiques a trouvé une carte de visite. Ne sachant pas lire, et pensant qu'il pouvait s'agir d'un papier important, elle l'a montrée à lady Thornton, qui l'a dit à son mari. Et il est entré dans une rage folle. Il a parlé à toutes les domestiques, cherchant à déterminer qui vous avait contactée. Je suis, à mon grand regret, une piètre menteuse. Il a immédiatement écrit à ses amis pour reporter leur visite et est retourné à Londres pour vous chercher, vous et votre époux. Ma chère, faites attention à vous !*

*E.G.*

Laura se refusa à laisser sa main trembler. Thornton se délectait de la peur des femmes, et elle ne voulait pas lui donner cette satisfaction.

Elle se leva, retourna dans la chambre à coucher et sortit son réticule, à présent tout abîmé, de sa cachette, derrière le miroir de sa coiffeuse. Elle en vida le contenu sur son lit. La montre de Penhurst rebondit sur les couvertures, cognant contre la petite fiole en verre de Phelps et quelques pièces de monnaie.

Elle secoua encore le sac, faisant alors apparaître le bas orphelin et un mouchoir froissé.

La carte qu'elle avait mise dans la poche de Penhurst, la carte que Jeremy lui avait rendue, ne se trouvait nulle part. Elle avait dû tomber par terre en même temps que la lettre de Mlle Godfrey sans qu'elle s'en aperçoive.

Elle replaça tous ces objets, puis glissa la deuxième lettre de Mlle Godfrey dans un réticule propre, ainsi qu'un mouchoir et quelques autres objets. Enfin, elle enfila sa pelisse et son bonnet, attrapa ses gants et descendit à la cuisine où elle trouva Betty en compagnie des autres domestiques de tante Mildred : Mme Whyte, qui était à la fois la cuisinière et l'intendante, et son fils Daniel, un joli garçon de douze ans qui s'acquittait des petites tâches dans la maison et qui rêvait de devenir un jour valet de pied dans une des élégantes demeures du quartier de Grosvenor Square.

Betty était assise en train de couper des légumes. Elle se leva d'un bond.

— Grand Dieu, mademoiselle Hopkins, que se passe-t-il ?

Laura, qui avait noué le ruban de son bonnet en se regardant dans le miroir, savait qu'elle devait paraître bouleversée.

— Avez-vous reçu une mauvaise nouvelle venant de Mme Hayes ? insista Betty.

— Non. Ce ne sont pas des nouvelles de ma tante, mais ce ne sont pas de bonnes nouvelles, répondit-elle en regardant les trois paires d'yeux inquiets qui la dévisageaient. Je dois sortir. Ne quittez pas la maison pendant mon absence. Si on frappe à la porte, n'ouvrez pas. Ne dites pas un mot nous concernant moi ou ma tante à qui que ce soit, pas même à quelqu'un en qui vous avez confiance, ajouta-t-elle en lançant un regard appuyé à Betty, repensant au domestique de Penhurst. Et surtout, ne faites rien de téméraire. Je dois m'occuper de quelque chose, mais j'ai besoin que vous me promettiez de ne pas intervenir.

Mme Whyte et son fils se regardèrent, puis opinèrent avec gravité.

Betty, au bord des larmes, suivit Laura jusqu'à la porte.

— Est-ce que cela a à voir avec...

— Oui, confirma Laura avant qu'elle prononce le nom de lady Sterling. Quelqu'un la cherche. Me cherche. Et, comme vous pouvez l'imaginer, c'est un homme qui n'aura aucun scrupule à me faire du mal.

— Ce n'est p... pas le capitaine Addison ? demanda Betty.

— Non. En fait, il est peut-être encore plus en danger que moi.

Et c'était précisément la raison pour laquelle il fallait qu'elle le retrouve. Pour le prévenir.

— À présent, apportez-moi l'une des cannes de tante Mildred, s'il vous plaît. Et rappelez-vous...

Elle posa un doigt sur ses lèvres. Betty répondit par un simple hochement de tête.

Moins d'une heure plus tard, Laura se trouvait dans un fiacre, traversant la Tamise. À Audley Street, elle demanda au cocher de l'attendre pendant qu'elle montait le perron de la maison du général Scott à petits pas prudents. Elle cogna à la porte avec le pommeau d'ébène de la canne de tante Mildred.

Ce fut M. Highsmith qui ouvrit la porte.

— Mademoiselle Hopkins ! Je suis ravi de voir que votre blessure va mieux.

— Puis-je entrer ?

— Le général Scott et son épouse ne sont toujours pas rentrés.

— Je m'en doutais. Mais c'est à vous que je désirais parler.

Un éclair de surprise passa dans les yeux noirs du majordome, mais rien d'autre dans son expression ne trahit une quelconque émotion. Il s'inclina et la fit entrer dans le hall, puis lui montra la direction du bureau. Elle secoua la tête, refusant d'aller plus loin.

— En quoi puis-je vous aider ? s'enquit-il.

— Je voudrais que vous m'indiquiez où je peux trouver le capitaine Addison, s'il vous plaît.

— J'ai bien peur de ne pas pouvoir, mademoiselle.

— Vous ne pouvez pas, ou vous ne voulez pas ? demanda-t-elle en posant les deux mains sur le pommeau de la canne.

— Cela revient à peu près au même.

— Mais, l'autre soir, vous sembliez le connaître, dit-elle, tâchant de ne pas laisser monter sa voix dans les aigus.

— J'ai reconnu le capitaine Addison parce qu'il est un des officiers qui servent sous le commandement du général Scott, oui. Mais le général se donne pour règle d'en dire très peu sur son travail. Il est très attentif à maintenir une séparation nette entre sa vie privée et sa vie professionnelle. Et quand bien même ce ne serait pas le cas, il serait fort déplacé pour un homme dans ma position de parler des affaires de son employeur.

Elle eut soudain la conscience aiguë de l'ironie de la situation : elle venait d'exhorter les domestiques de sa tante à ne rien dire à personne, mais avait désespérément besoin que le majordome du général commette une indiscrétion.

— Certes, convint-elle.

D'ordinaire, elle aurait utilisé son charme pour désarmer son interlocuteur, mais elle n'y arrivait pas. Elle se sentait découragée, abattue. Puis, du fin fond de sa conscience, quelque chose vint la chiffonner. Une incohérence dans le discours de Highsmith.

— Mais, si le général fait à ce point attention à ne pas mélanger le privé et le professionnel, comment se fait-il que vous ayez reconnu le capitaine Addison ?

— Eh bien, dit Highsmith en pinçant les lèvres, visiblement peu habitué aux interrogatoires, la veille de son départ pour Brighton, le général a donné ordre au capitaine Addison de venir le voir ici, chez lui. Ce qui est très inhabituel. C'est moi qui l'ai fait entrer dans la maison.

Et pourtant, le majordome avait été prompt à s'engouffrer dans l'histoire de Jeremy l'autre soir, avait-elle remarqué. Comme s'il était plus habitué qu'il ne voulait l'admettre à voir des espions se présenter à la porte.

— Donné ordre de venir ? répéta-t-elle. Et comment cet ordre a-t-il été délivré ?

— Je ne sais pas, répondit Highsmith en se raidissant légèrement.

— Aucun message n'est parti d'ici ?

— Seulement au marchand de tabac du général.

Il donna le nom d'une boutique du côté de Whitehall, dans une rue malfamée, qu'elle savait truffée de cercles de jeu et de maisons de passe. Fitz avait parlé de cette rue, une fois, n'imaginant pas qu'elle connaissait cette partie de la ville.

*Fitz* en avait parlé.

Cela pouvait, bien entendu, n'être qu'une coïncidence. Peut-être le général, si méticuleux dans l'organisation de son bureau, était-il également pointilleux lorsqu'il s'agissait de la personne qui préparait ses mélanges de tabac.

Mais elle en doutait.

— Merci, monsieur Highsmith, dit-elle en faisant une petite révérence. Je ne vais pas abuser de votre temps. Pourriez-vous cependant donner ceci au général à son retour ? ajouta-t-elle en plongeant la main dans son réticule pour en sortir une carte de visite.

Le majordome prit la carte, l'observa, puis la lut. Ses yeux sortirent de leurs orbites. Ils passèrent de la carte à Laura, puis revinrent à la carte.

— Bien entendu, mademoiselle, dit-il en s'inclinant.

# 17

Coudes sur la table, Jeremy prit sa tête entre ses mains et attrapa deux grosses poignées de cheveux sur lesquels il tira, espérant que la douleur l'aiderait à mieux se concentrer.

Non pas qu'il ait baigné dans un confort absolu avant cela. Le Souterrain – ces quartiers où vivaient et travaillaient les meilleurs officiers de renseignement au service de Scott – était un lieu froid et humide. Le mobilier, dans ces salles de travail sans fenêtres, consistait en quelques chaises au dossier droit et quelques simples tables. Le couchage – cela faisait un moment que le capitaine n'en avait pas eu l'usage – était un lit de camp dans une cellule tout juste assez grande pour l'accueillir.

Personne ne s'en plaignait, Jeremy pas plus que les autres. Ici, c'était le travail qui importait, et il avait à disposition tout ce dont il avait besoin : des crayons, du papier, des livres dans une douzaine de langues, une loupe qui permettait de faire la distinction entre une tache d'encre et une crotte de mouche. Quelqu'un lui avait rapidement trouvé un exemplaire du *Pâtissier français,* aussi usé que devait l'être un livre de cuisine souvent utilisé, si on en croyait la description de Dinah. En deux jours, il était parvenu à faire la liste d'un nombre important de différences entre le livre original et la version de Thornton, et il avait commencé à chercher comment cela pouvait fonctionner comme clé de décryptage, bien qu'il n'ait, pour l'heure, aucun texte à décoder. La lettre qu'il avait volée à Thornton n'était pas cryptée, ou alors selon une méthode inconnue.

Heureusement, son esprit avait été trop occupé pour lui permettre de penser à autre chose... ou à quelqu'un d'autre. Et lorsqu'il s'autorisait à s'effondrer sur son lit pendant une heure ou deux, il s'assurait d'être trop fatigué pour pouvoir rêver. Ce plan fonctionnait à merveille, jusqu'à ce qu'il se retrouve à analyser l'*Essai sur le jeu des échecs*.

Comparer le livre original avec les notes qu'il avait prises dans l'exemplaire de Thornton, caractère par caractère, ligne par ligne, page par page, était un travail pour le moins fastidieux. Il ne pouvait laisser son esprit divaguer. Pourtant, dans chaque page se trouvait le souvenir d'un échiquier, de mains qui se touchent, d'un baiser. Il lui était impossible de ne pas voir les yeux brillants de Laura, de ne pas entendre son rire chaque fois que ses notes faisaient mention du roi ou de la reine. Impossible de ne pas se demander ce qu'elle devenait, ou si elle pensait à lui.

Il desserra les poings et écarta les cheveux devant ses yeux. Il les avait trop laissés pousser. Étonnant que le colonel Millrose ne l'ait pas rappelé à l'ordre à ce propos. Mais sa mère le ferait certainement lorsqu'ils se verraient.

Laura semblait les aimer comme ça. Elle avait joué avec, même si c'était distraitement, quand il l'avait portée et qu'elle avait passé un bras autour de son cou. S'il fermait les yeux, il pouvait presque sentir ses doigts...

— Capitaine Addison ?

Mme Drummond, qui était chargée de toutes les affaires domestiques du Souterrain et qui, à l'occasion, vendait du tabac dans la boutique au-dessus, dut l'interpeller à trois reprises avant qu'il s'extraie de ses pensées et revienne à l'instant présent. Il se leva rapidement, enfilant son manteau.

— Excusez-moi, madame.

C'était une jolie veuve, à peine plus âgée que lui. Elle plaisait à de nombreux officiers. Mais ses éternelles robes noires, son attitude réservée et ses yeux d'un bleu de glace les gardaient à distance.

Elle l'étudia avec un sourcil étrangement levé. Le colonel Millrose lui avait ordonné de porter une perruque, craignant que ses cheveux extraordinairement blonds n'attirent l'attention, mais de ce que voyait Jeremy, le postiche brun ne servait pas à grand-chose.

— Il y a une jeune femme en haut qui vous demande, dit-elle.

— Moi ?

Son cœur se mit à cogner, et les paumes de ses mains devinrent moites.

— Je ne... Qui ?

Mme Drummond pencha la tête. Et ne répondit pas.

— Je vais... J'arrive.

Il marqua rapidement sa page et commença à rassembler les livres en pile. Les travaux de déchiffrage devaient toujours rester à l'abri des regards indiscrets, même à l'intérieur du Souterrain.

Mme Drummond était déjà en haut des escaliers quand il termina de mettre ses papiers sous clé. Il se précipita pour la suivre mais s'arrêta à mi-chemin, tandis que Mme Drummond ouvrait la porte qui donnait sur la boutique. La lumière du jour pénétra dans l'étroite cage d'escalier, faisant danser des ronds de couleur devant ses yeux. Était-ce le matin ? Il avait perdu la notion du temps. Passant une main dans ses cheveux de nouveau, il tenta de se rappeler quand pour la dernière fois il avait changé de chemise ou s'était rasé. Finalement, il entra dans la boutique, inspirant profondément l'air épicé, ne sachant pas qui il allait trouver, et osant à peine espérer.

La seule cliente de la boutique se tenait devant une vitrine renfermant des tabatières en émail. Elle avait la tête penchée et il ne distinguait que le haut de son bonnet. Un bonnet qu'il connaissait, pour lequel il avait dépensé son dernier sou.

Il ouvrit la bouche pour parler, puis hésita. Il ne pouvait pas l'appeler *Laura*. Il valait mieux qu'il ne se laisse pas aller à cette familiarité. Pas en public, en tout cas. Pas ici. Mais il doutait qu'elle soit ravie de l'entendre utiliser les noms de Sterling ou Hopkins. Il décida de simplement s'éclaircir la gorge.

Lorsqu'elle releva la tête, elle fit semblant, de manière très convaincante, d'être tirée d'une réflexion concernant un achat important. Agacement. Hésitation. Surprise.

Finalement, son visage s'éclaira, et elle gratifia Jeremy d'un sourire presque imperceptible.

— Ah, bonjour. Merci, madame, dit-elle à Mme Drummond qui, en l'absence d'autres clients, s'attela à noter des choses sur un registre.

Puis elle baissa la voix en s'adressant à Jeremy :

— Peut-on parler ?

— Oui, bien sûr.

Il souleva la partie amovible du comptoir et passa du côté réservé aux clients.

— Comment avez-vous… ?

— Pas maintenant, murmura-t-elle. Thornton est au courant.

Sous le bonnet, Jeremy aperçut une lueur d'inquiétude dans les yeux de la jeune femme.

Thornton pouvait être au courant de diverses choses, toutes dangereuses pour leur sécurité. Mais avant que Jeremy ait le temps de demander des précisions, la clochette de la boutique tinta, signalant l'arrivée d'un nouveau client. Deux gentlemen empestant le tabac et le brandy entrèrent en titubant. Ils sortaient visiblement de l'un des cercles de jeu de la rue.

— Où est Billy ? demanda l'un d'eux.

— M. Millrose est en bas, répondit Mme Drummond.

— Eh bien, allez le chercher. J'ai promis à mes amis de leur offrir deux onces de ce mélange qu'il m'a vendu la semaine dernière. Mais que je sois damné si j'arrive à me rappeler comment il s'appelait.

— Bien sûr, monsieur, dit Mme Drummond d'une voix tranquille. J'en ai pour un instant.

Pendant son absence, les deux hommes s'appuyèrent au comptoir et commencèrent à spéculer sur les chances d'un certain Kilburn de rentrer chez lui avec sa bourse et sans la vérole. Laura tripotait nerveusement son réticule. Ce n'était pas celui qu'elle avait apporté dans le Kent, constata Jeremy. Et, apparemment, celui-ci ne contenait plus la montre de Penhurst. Les doigts de la jeune femme semblaient suivre une forme longue et fine. Peut-être une épingle à chapeau. Les deux gentlemen auraient pu s'estimer heureux, bien plus qu'ils ne l'imaginaient, lorsque la porte derrière le comptoir s'ouvrit pour laisser passer Millrose.

Le colonel William Millrose était l'homme de confiance du général Scott ; il commandait le Souterrain et, pour les gens du quartier, était vendeur de tabac de qualité, à fumer ou à priser. Lorsque le général Scott avait créé ce repaire secret pour abriter ses officiers et leur travail des regards indiscrets, il avait insisté pour que la boutique continue à fonctionner normalement, afin de ne pas éveiller les soupçons. Ce qui avait forcé le colonel Millrose et quelques autres pensionnaires du Souterrain

– y compris récemment Mme Drummond – à devenir des spécialistes des tabacs du monde entier.

Un sourire amical éclairait le visage noir de Millrose lorsqu'il s'approcha des deux hommes.

— Vous m'avez pris en plein petit déjeuner, messieurs, dit-il avec un rire franc. Comment puis-je vous aider ?

Pendant que les hommes discutaient, Laura retourna étudier les tabatières. Jeremy ne voyait pas son profil par-delà le bord de son bonnet, et se surprit à regretter de ne pas avoir plutôt opté pour le petit chapeau que lui avait montré la modiste.

Après que Millrose s'était affairé à attraper sur les hautes étagères divers bocaux, les deux gentlemen les reniflèrent, débattant au point de friser la dispute avant de se décider à acheter, puis la clochette de la boutique tinta de nouveau, signalant leur départ.

— Il est au courant de quoi ? demanda Jeremy à peine la porte refermée.

— Pas ici, intervint le colonel Millrose avant qu'elle puisse répondre.

Il jeta un œil à la vitrine qui donnait sur la rue, leva la partie amovible du comptoir et, d'un signe de tête en direction du Souterrain, invita Laura à passer de l'autre côté.

— Mademoiselle Hopkins, dit-il lorsqu'elle passa devant lui.

Jeremy ne sut qui, de lui ou de la jeune femme, fut le plus abasourdi en entendant le colonel l'appeler par son nom.

Une fois en bas de l'escalier, Laura hésita, ne sachant quelle direction prendre. Jeremy lui indiqua la salle de travail. Un instant plus tard, le colonel Millrose les y rejoignait.

— La quantité de femmes qui ont trouvé le chemin du Souterrain ces derniers temps commence sérieusement à m'inquiéter, commenta-t-il, s'adossant à la porte après l'avoir refermée, bras croisés.

Jeremy savait qu'il ne faisait pas seulement référence à Mme Drummond, qui avait été envoyée au Souterrain pour sa propre sécurité, mais aussi à l'incident qui s'était déroulé pendant l'été impliquant le major Stanhope et lady Kingston. Stanhope, un des officiers favoris du général Scott, pouvait espérer se voir pardonner de n'avoir pas suivi le protocole. Jeremy doutait que ce soit le cas pour lui.

— Comment se fait-il que vous connaissiez Mlle Hopkins ? demanda-t-il au colonel.

Laura, qui jusque-là avait scruté la pièce dans laquelle ils se trouvaient, se tourna vers Millrose, visiblement curieuse elle aussi de la réponse.

— Vous êtes l'unique sœur de Fitzwilliam Hopkins, commença-t-il en s'adressant à elle. Vous êtes son aînée de onze mois. Vous vivez avec votre tante à Clapham et avez un intérêt marqué pour diverses entreprises philanthropiques. Je considère que connaître les... vulnérabilités de mes hommes fait partie de mon travail. Et avant que vous me posiez la question, Addison, dit-il en se tournant vers celui-ci, je connais les vôtres aussi.

« Toutes ? » se demanda Jeremy, sans pour autant formuler la question à voix haute.

— Ce que je ne sais pas, c'est pourquoi vous êtes ici, continua Millrose, s'adressant de nouveau à Laura.

— Ce n'est pas Hopkins qui a découvert le livre de codes, expliqua Jeremy. C'est elle. Elle pensait que c'était un véritable livre de cuisine, évidemment, et son frère ne l'a pas détrompée. J'ai fait le lien dans le Kent, quand elle... c'est-à-dire, quand nous...

— Vous étiez aussi dans le Kent ? demanda brusquement Millrose à Laura, l'air tellement surpris que ses sourcils se retrouvèrent au milieu de son front.

Laura acquiesça.

— Et puis-je savoir pourquoi ?

— Parce que la gouvernante des enfants de lord Thornton m'a écrit pour réclamer mon aide. Voyez-vous, monsieur, je suis aussi connue sous le nom de lady Sterling et…

— *La* lady Sterling ? s'exclama Millrose, les yeux écarquillés. Celle des journaux ?

— Celle-là même. Visiblement, votre général Scott s'est intéressé à mon travail et a missionné le capitaine Addison pour qu'il découvre la véritable identité de lady Sterling.

Pourquoi, se demanda le capitaine, était-elle en train de raconter cela à Millrose ? Certes, entre ces murs, les secrets étaient bien gardés, mais c'était comme si elle venait de prendre une décision concernant son avenir sans qu'elle lui ait parlé de quoi que ce soit.

Non pas, bien entendu, qu'il soit en droit d'attendre qu'elle le consulte. N'avait-il pas lui-même, comme un idiot, exclu la possibilité d'un avenir avec elle ?

— Le capitaine Addison et moi-même nous sommes découvert un but commun : nous voulons tous les deux voir lord Thornton traduit en justice, bien que ce soit pour des crimes différents. Au vu des circonstances, nous avons convenu qu'il serait bénéfique pour l'un et pour l'autre de… nous entraider.

Jeremy hésita un instant avant d'intervenir :

— Thornton croit que nous sommes mariés. Lord et lady Sterling. Ou plutôt le croyait.

Les sourcils de Millrose montèrent encore d'un cran.

— Lord et lady Sterling…, répéta-t-il en les regardant tous les deux.

— C'était, euh… une idée du général, monsieur.

À ces mots, le regard gris de Laura transperça Jeremy ; elle était stupéfaite. Mais le visage de Millrose se détendit.

— Évidemment, dit-il en laissant échapper un rire qui lui secoua les épaules.

— Est-ce que Thornton sait ce que j'ai pris dans son bureau ? demanda alors Jeremy à Laura.

— Je n'en suis pas sûre.

Elle posa sa canne contre une chaise et sortit une lettre du réticule qui pendait à son poignet.

— Mlle Godfrey me dit seulement qu'il a découvert que nous mentions sur notre… ou plutôt sur *mon* identité… et qu'il a quitté le Kent pour Londres en fureur.

— Et comment a-t-il découvert cela ? demanda Jeremy tandis que Millrose s'emparait de la lettre pour la consulter.

Après l'avoir rapidement lue, il leva les yeux.

— Qu'est-ce que c'est que cette carte ? demanda-t-il.

— Oh, mon Dieu ! s'exclama Jeremy en comprenant immédiatement. La carte de visite que j'ai prise à Penhurst. Elle est tombée par terre avec la lettre, sous le lit ? Je ne l'ai pas vue…

Laura fit un geste de la main pour écarter ces récriminations du capitaine contre lui-même, puis plongea une nouvelle fois la main dans le petit sac de soie avant de tendre au colonel sa carte de visite.

— Les domestiques, jeunes filles et femmes, contactent lady Sterling lorsque leurs employeurs se sentent autorisés à… leur demander plus que ce qui devrait entrer dans le cadre de leurs fonctions, dirons-nous. Dans ces cas-là, je vole un objet de valeur, quelque chose qui couvrira les besoins matériels de ces jeunes femmes – et souvent de leur enfant – et tel que les gentlemen en question ne soient plus tentés d'avoir ce genre de comportement à l'avenir. Je leur laisse une carte comme celle-ci, pour leur rappeler que je sais quelque chose qu'ils préféreraient garder secret.

— Vous faites du trafic de secrets, résuma Millrose en jouant avec le coin de la carte.

— Oui, admit Laura dont les lèvres se retroussèrent, sans vraiment former un sourire. Un peu comme un espion.

— Un peu, convint Millrose, les observant de nouveau tous les deux. Cette lettre ne nous dit pas clairement lequel de ses secrets Thornton sait que vous avez découvert. Nous avons peut-être encore l'avantage. Néanmoins, continua-t-il en repliant la lettre avant de la rendre à Laura, mais en gardant la carte, il n'aura pas beaucoup de mal à retrouver la trace d'Addison – ou, devrais-je dire, de lord Sterling. Un vicomte ne se cache pas aussi facilement qu'on le voudrait.

Il n'avait pas tort. Thornton avait énormément de relations. Quelques questions posées aux bonnes personnes, et il en saurait suffisamment – trop, même : le nom des créanciers de Jeremy, l'emplacement précis d'un certain cottage à Fulham…

— Ma mère et ma sœur, monsieur ! Elles sont peut-être déjà en danger. Il faut que j'aille les voir, dit Jeremy.

— Seulement si vous prenez votre épouse avec vous.

Jeremy ouvrit la bouche pour répliquer, mais avant qu'il puisse prononcer un mot, Laura protestait déjà :

— Non, non, je dois retourner chez ma tante. J'y ai laissé ses domestiques sans défense.

— Écrivez-leur un mot, proposa Millrose en lui désignant une plume et une feuille de papier. Je le ferai porter et enverrai deux hommes pour garder un œil sur elles. Mais nous savons où Thornton risque de se rendre en premier. Lorsqu'il se montrera chez les Addison, nous serons prêts à l'accueillir.

— Vous pouvez envoyer la moitié de l'armée britannique à Fulham si ça vous chante, dit Jeremy, mais je ne vais pas rester ici à attendre de savoir si ma mère et ma sœur sont en sécurité.

— Mais oui, allez les voir, approuva Millrose. Mais je veux que tous les deux...

Il pointa le coin de la carte d'abord sur Laura, puis sur Jeremy.

— ... vous restiez ensemble.

— Pourquoi ? demanda Laura.

Jeremy pensait savoir pourquoi. Et il eut envie de maudire Millrose pour cette idée.

— Il nous veut comme appâts pour son piège.

Mais ce piège était une folie. Jeremy devinait d'avance ce que sa mère et Julia, qui n'avaient jamais compris son refus du mariage, diraient en le voyant arriver à Briar Cottage au bras de Laura, et en l'entendant leur expliquer qu'ils avaient fait semblant d'être mariés.

Millrose inclina la tête en forme d'acquiescement.

— En partie, oui. Mais aussi parce qu'il sera plus facile de vous protéger si vous êtes ensemble. Si Thornton parvient à vous séparer, il pourrait menacer de faire du mal à l'un pour attirer l'autre dans ses filets.

Jeremy eut envie de nier qu'une telle chose puisse fonctionner. Mais cela aurait été un pur mensonge, et Millrose le savait. « Connaître les vulnérabilités de mes hommes fait partie de mon travail », avait-il dit.

Jeremy ne pouvait nier à quel point Laura l'avait rendu vulnérable.

Le rose monta aux joues de la jeune femme.

— Je me suis efforcée, à Thornton Hall, de ne laisser personne croire que j'étais attachée au capitaine Addison.

— Et pourtant, quand vous avez reçu cette lettre, vous vous êtes précipitée ici pour l'avertir, répondit Millrose en haussant les épaules.

Au milieu de la frustration et de la peur qui envahissaient Jeremy, apparut soudain une petite lumière. Le colonel avait raison. Laura était venue le chercher. Et, intelligente comme elle l'était, elle l'avait rapidement retrouvé.

Et lui, serait-il assez intelligent pour ne pas la perdre une nouvelle fois ?

Laura se leva et donna à Millrose le message qu'elle venait d'écrire.

— J'ai également noté le nom et l'adresse de mon perruquier pour la dame, là-haut. S'il lui faut un déguisement, ce qui semble être le cas, elle en mérite un qui soit mieux que celui qu'elle porte.

— Merci, lady Sterling, répondit Millrose avec un sourire amusé.

— Très bien, allons-y à présent, décréta Jeremy.

Lorsque Laura posa la main sur son bras, il dut étouffer l'égoïste regret qu'elle n'ait plus besoin qu'il la porte.

— Il faut que nous arrivions à Fulham avant Thornton, dit-il.

# 18

Laura s'effondra sur le siège d'un fiacre apparemment ordinaire – mais qui ne l'était probablement pas. Sa douleur à la cheville, qui l'avait laissée tranquille depuis le début de la journée, se manifestait de nouveau après tous ces escaliers descendus, remontés, tous ces couloirs empruntés et toutes ces voitures.

Jeremy apparut un instant plus tard, portant la canne de la tante Mildred.

— Vous avez failli oublier ceci.

Elle enroula les doigts autour du pommeau.

— Merci.

Il s'assit à côté d'elle et n'ajouta rien. Le fiacre se mit en route. Les rues aux maisons entassées laissèrent peu à peu la place à des espaces plus ouverts. À sa périphérie, Londres aurait pu passer pour un village.

— Vous avez grandi à Fulham ? demanda-t-elle.

— Non, j'ai été élevé dans l'Oxfordshire. Quand je... Quand le général Scott m'a fait venir à Londres, j'ai voulu trouver pour ma mère et ma sœur un endroit agréable qui ressemble un peu à la maison, pas trop loin de mon lieu de travail. Mais je pense que Julia aurait préféré habiter dans un endroit plus animé.

Il parlait en regardant par la fenêtre. Le soleil de la mi-journée, bien qu'un peu pâle, dessinait sa silhouette avec un étonnant relief. Ce n'était pas la première fois qu'elle était frappée par ce profil ; elle trouvait quelque chose de familier dans les angles parfaits de ses pommettes et de son nez.

— Julia..., répéta-t-elle, pensive.

— Ma sœur, oui.

— Celle qui aime le théâtre.

Il avait parlé d'elle à de nombreuses reprises à Thornton Hall, mais Laura ne se rappelait l'avoir entendu prononcer son prénom qu'une fois.

— Je me demandais... Apprécie-t-elle d'aller de temps en temps à Vauxhall ?

Il se tourna brusquement vers elle. Il savait pourquoi elle avait posé cette question.

— À l'occasion, oui, admit-il après un moment.

— Mon Dieu. C'était *vous* ce soir-là.

Elle frissonna, sentant de nouveau la poigne de Penhurst dans ses cheveux et se souvenant de Jeremy lui prenant le bras, de son soulagement lorsqu'il l'avait relâchée.

— Étiez-vous à ma recherche ?

— Non. C'est un simple... un simple hasard, allais-je dire. Ce n'est que le lendemain matin que le général Scott m'a annoncé qu'il voulait retrouver lady Sterling, et qu'il m'avait choisi pour la mission. La coïncidence de nos noms respectifs l'amusait, m'a-t-il dit.

Son regard se perdit dans le vague, son expression se fit ironique.

— Mais lorsque, une heure plus tard, j'ai parlé avec lord Penhurst, j'ai compris que nous nous étions déjà rencontrés.

— Hasard ou non, vous avez dû vous maudire. Vous m'aviez à portée de main et vous m'avez laissée partir.

Il chercha son regard, et dans le bleu profond de ses yeux apparut un étrange mélange d'émotions.

— Oui, j'ai fait ça. Quel idiot. Vous ne m'en voulez pas trop de ne pas vous l'avoir dit plus tôt ?

Elle aurait dû lui en vouloir, mais elle n'y arrivait pas.

Pendant plusieurs jours, elle avait été déroutée par son propre empressement à faire confiance à un inconnu, pour découvrir finalement qu'elle le connaissait depuis le début. Du moins, qu'elle savait quel genre d'homme il était. Dans les allées sombres de Vauxhall, il avait – au regard de ce qu'il savait – croisé une prostituée et une voleuse. Pourtant, il n'avait pas pris le parti de Penhurst et de tous ces hommes qui considèrent qu'une telle femme n'a que ce qu'elle mérite. Il l'avait laissée partir. Et quand ils s'étaient revus dans le Kent, une partie d'elle – une femme portée sur les sentiments, aurait été tenté de dire son cœur – l'avait reconnu et avait tout de suite su qu'elle était en sécurité dans ses bras.

Peut-être le choix de son pseudonyme n'était-il pas une coïncidence. Peut-être était-ce quelque chose de plus grand que cela. Peut-être était-ce le destin.

— Je peux faire semblant d'être fâchée contre vous, si vous voulez, le taquina-t-elle.

Il sourit et leva une main ouverte, comme pour plaider la clémence.

— En aucun cas. Je suis encore effrayé par votre performance à Thornton Hall.

— J'ai pourtant essayé de me faire pardonner, répondit-elle avec un regard espiègle.

Sa réaction ne la déçut pas. Il murmura son prénom, avec cette voix qui hésitait entre un ton scandalisé et une réprimande, mais toujours tempérée par un sourire et une rougeur sur ses pommettes ciselées.

Elle décida de changer de sujet.

— Vous vivez vous aussi à Briar Cottage ?

— J'ai une chambre là-bas. J'y vais quand je peux. Mais dernièrement, j'ai passé la plupart de mon temps au Souterrain. C'est comme ça qu'on appelle nos quartiers sous la boutique de tabac.

— Le nom est parfaitement trouvé. Une cachette adéquate pour un nid d'espions.

— Officiers de renseignement, la corrigea-t-il gentiment. Maman et Julia ne savent pas grand-chose de la nature de mon travail.

Laura posa un doigt sur ses lèvres.

— Avec moi, votre secret est en sécurité.

Il s'apprêta à parler, puis se ravisa, les sourcils légèrement froncés.

— Et le vôtre l'est avec moi, dit-il finalement.

Et si son secret le plus important n'était pas son pseudonyme ?

S'il s'agissait en fait de la profondeur des sentiments qu'elle éprouvait pour lui ?

Il s'était retourné vers la vitre afin de jauger de leur progression.

— Votre dévouement pour votre mère et votre sœur est tout à fait charmant, reprit-elle.

— Je n'ai pas grand-chose d'autre à leur offrir.

Elle eut envie de le rassurer. De lui dire que cela suffisait amplement. Recevoir une telle attention l'aurait emplie de joie, pour sa part.

Le fiacre finit par ralentir et s'arrêter. Jeremy se pencha à la fenêtre et scruta les alentours avant d'ouvrir la porte et de descendre. Laura ne vit rien qui sortait de l'ordinaire. Pas âme qui vive en vue. La rue en elle-même était parfaitement quelconque. Certaines maisons étaient en piteux état, d'autres avaient un charme suranné. Des rosiers et du lierre grimpaient le long des murs de brique de Briar Cottage, lui donnant l'air d'une illustration de livre pour enfants.

Elle accepta le bras que Jeremy lui tendait et s'appuya sur lui bien plus que sur sa canne pour atteindre la maison. Un visage apparut derrière un rideau, puis disparut aussitôt.

— Avez-vous l'histoire d'une pièce en tête qu'il nous faudrait suivre ? demanda-t-il.

— Je pense que j'en ai fini avec le théâtre pour le moment. J'en ai assez de jouer la comédie, en tout cas.

Encore une fois, elle eut l'impression qu'il avait envie de lui parler, mais qu'il se retenait. Avant qu'elle puisse l'y encourager, la porte s'ouvrit.

— Jeremy ! Pourquoi ne pas m'avoir dit que tu venais ?

Le visage entraperçu à la fenêtre appartenait visiblement à Julia, dont les cheveux bruns, pas aussi foncés que ceux de son frère, encadraient un visage rond et souriant. Laura lui donnait environ dix-sept ans.

— Et à qui ai-je l'honneur ? demanda Julia en voyant Laura.

— Si tu nous laisses entrer, elle te le dira volontiers.

Julia recula d'un pas, et Jeremy lâcha le bras de Laura pour la laisser passer le seuil. Puis il retira son chapeau, mais dut tout de même se pencher pour passer sous le linteau.

— Maman est-elle au salon ?

Julia secoua la tête.

— Non, elle est au jardin.

— Veux-tu bien lui dire de rentrer à l'intérieur ?

Laura nota le regard lancé par Jeremy par-dessus son épaule, avant qu'il ferme la porte derrière lui et la verrouille.

Une fois Julia sortie, elle s'adressa à lui à voix basse :

— Je suis sûre que le colonel Millrose va envoyer la protection qu'il vous a promise.

— Il l'a déjà fait. Si vous pouviez les voir, c'est qu'ils ne feraient pas leur travail correctement. Mais quand Thornton arrivera, je ne veux pas être pris par surprise.

La maison était parfaitement carrée, avec un escalier en son centre. À droite se trouvait une pièce dont la porte était fermée, tandis qu'à gauche, une seconde pièce aux murs tapissés de fenêtres combinait visiblement les fonctions de salle à manger et de salon. Laura trouva la maison charmante, même si sa taille modeste lui rappelait ce que Jeremy avait dit à Thornton à propos de ses problèmes financiers.

Elle le suivit dans le salon. À peine eut-elle le temps de s'asseoir sur le fauteuil qu'il lui avait indiqué, qu'il lui apportait un petit tabouret.

— J'ai vu que votre cheville vous pose encore problème.

— Je me suis plus agitée que je ne l'avais prévu aujourd'hui, répondit-elle avec un sourire reconnaissant.

L'instant d'après, cependant, elle était de nouveau debout. Car pénétrèrent dans la pièce Julia et la mère de Jeremy, qui d'une main dénouait son tablier, de l'autre arrangeait ses cheveux. Elle se pressa pour embrasser son fils… avant d'apercevoir Laura.

— Oh, Julia ne m'a pas dit que nous avions une invitée.

Elle rougit de la même façon qu'elle avait si souvent vu Jeremy le faire. Il était facile de deviner d'où il tenait sa silhouette et sa beauté, bien que sa mère soit blonde. C'était une très belle femme, et si Laura n'avait pas su qu'elle avait environ cinquante ans, elle ne l'aurait jamais deviné.

— Je t'ai dit qu'il y avait une surprise, rétorqua Julia. Et je ne peux pas décemment appeler Jeremy une « surprise », même si, la prochaine fois, il pourrait nous prévenir, surtout s'il compte rester déjeuner.

— Je vais peut-être même rester plus longtemps que cela, juste pour avoir le plaisir d'embêter ma chère petite sœur, dit-il en lui offrant un sourire amusé.

Personne n'aurait pu imaginer ce qui se cachait derrière ce sourire.

— Bien, à présent, continua-t-il, puis-je vous présenter Mlle Laura Hopkins, qui est la sœur d'un confrère officier ? Il s'avère que nous avons...

— Que *j'ai*, l'interrompit Laura. J'ai mis votre frère en mauvaise posture. J'espère que vous pardonnerez mon intrusion, madame Addison, mademoiselle Addison.

Elle fit une révérence, mais sa cheville se déroba sous elle. Elle parvint cependant à le cacher et à étouffer le petit cri qui lui monta aux lèvres. Jeremy vint aussitôt l'aider. Un peu trop rapidement pour que cela passe pour de la simple politesse, à en croire le regard qu'échangèrent la mère et la sœur.

— Les amis de mon fils sont toujours les bienvenus à la maison, assura Mme Addison en aidant Laura à se rasseoir sur le fauteuil.

La jeune femme lissa sa robe.

— Je me demande si vous diriez la même chose de son épouse.

Mme Addison s'assit brusquement sur le fauteuil à côté de la cheminée. Les yeux de Julia s'illuminèrent et elle réprima une exclamation de surprise – à moins que ce ne soit un gloussement – derrière sa main avant de venir s'asseoir près de sa mère.

Jeremy, qui se tenait debout à côté de Laura, lui lança un regard sévère.

— Ce que Mlle Hopkins veut dire, c'est que... eh bien, nous avons, enfin *j'ai* été envoyé sur une mission par mon officier supérieur. Pour retrouver quelqu'un. Et je suis tombé sur Mlle Hopkins, qui était en difficulté.

Laura agita ses orteils, ce qui raviva la douleur à sa cheville.

— Et, une chose en entraînant une autre, il nous a semblé utile de nous faire passer pour un couple marié, compléta-t-elle.

Julia étouffa un nouveau bruit, clairement un gloussement cette fois-ci.

— Nous avons prétendu être de jeunes mariés ayant un problème…

— Nous avons raconté que j'avais fui, le coupa-t-elle. Que j'avais pris peur, en tant qu'épouse de lord Sterling, qu'on m'associe avec la femme qui se fait appeler *lady Sterling*.

— La dame des journaux ? demanda la mère de Jeremy.

Julia hocha vigoureusement la tête.

— Je l'embête avec ça depuis des lustres. Je pense que c'est la raison pour laquelle il ne s'est toujours pas marié.

Jeremy lança un regard d'avertissement à sa sœur.

— Ce *n'est pas* la raison. À présent, tu permets que je continue ?

Sans que sa sœur paraisse particulièrement intimidée par ses gros yeux, il poursuivit :

— Un gentleman nous a emmenés chez lui et a fait appeler le médecin pour qu'il soigne Mlle Hopkins. Mais il s'avère que cet homme a très mauvaise réputation. Il maltraite ses domestiques. Il est… eh bien, c'est un genre de débauché, si vous voulez.

Cette description sembla piquer l'intérêt de Julia, ce qui lui valut un nouveau regard noir.

— En outre, il est en possession d'informations qu'il ne devrait absolument pas détenir, selon l'armée britannique.

— Ce qui est sans doute la raison pour laquelle on t'a envoyé à sa recherche, intervint la mère de Jeremy, le visage rayonnant de fierté.

Ce dernier ne la détrompa pas.

— Ça semble être une importante responsabilité, mon chéri, continua Mme Addison. Je suis très fière de toi – bien que ça ait l'air plutôt dangereux.

— Ça l'est, confirma Laura. Et c'est pourquoi nous sommes ici.

— Le gentleman en question, lord Thornton, a percé le tour que nous lui avons joué pour gagner sa sympathie et avoir accès à sa maison, reprit Jeremy. J'ignore s'il sait exactement ce que nous avons découvert de ses méfaits. Mais je suis sûr qu'il a peur, et qu'il n'hésitera pas à faire du mal à quelqu'un pour sauver sa peau. Il est venu à Londres, à notre recherche, conclut-il.

— Eh bien, dit Mme Addison, il est fort peu probable qu'il vienne ici.

Jeremy s'approcha de sa mère et prit une voix apaisante :

— En fait... malheureusement, si. Il n'aura aucune difficulté à découvrir que lord Sterling, très endetté, a dû se mettre à la solde du roi et s'enrôler dans l'armée britannique. Et qu'il n'a pu faire mieux que de louer un cottage à Fulham pour sa mère et sa sœur.

— Jeremy, fit Mme Addison.

Laura comprit soudain d'où venait le talent de Jeremy à prononcer son prénom en lui donnant une demi-douzaine de significations. Elle perçut de l'exaspération, de l'inquiétude et de l'amour mêlés dans la voix de sa mère.

— Ce n'est pas le moment de parler de tout cela, maman, dit-il.

— Mais pourquoi, s'il est si dangereux, l'avoir attiré jusqu'à nous ? demanda Julia, dont les yeux n'étaient pas aussi bleus que ceux de son frère mais recelaient autant d'intelligence.

— La question n'était pas de l'attirer jusqu'ici – il aurait trouvé Briar Cottage de toute façon. Mon officier supérieur m'a suggéré que la chose la plus sûre à faire était de nous réunir, afin qu'une surveillance puisse être mise en place pour nous protéger.

Julia se précipita à la fenêtre, et tira le rideau pour regarder à l'extérieur.

— Je ne vois personne.

— Et vous ne verrez jamais personne, dit Laura. En tout cas, d'après votre frère.

Déçue, Julia scruta de nouveau la rue, à droite et à gauche, avant de lâcher le rideau et de retourner s'asseoir.

— Combien de temps va-t-on rester coincés ici ? demanda-t-elle.

— Tu avais quelque chose de prévu ? rétorqua Jeremy sur un ton tranchant inhabituel pour lui – qu'il regretta aussitôt. Je suis désolé. C'est simplement que… je suis inquiet, moi aussi. C'est une chose d'être en danger lorsqu'on est un soldat. C'est tout autre chose de savoir que je vous ai mises en danger.

— Ton officier supérieur doit bien te connaître, déclara Mme Addison. Visiblement, ce lord Thornton n'aurait aucun scrupule à se servir de nous pour te faire sortir de ta tanière. Et ton officier savait parfaitement que tu voudrais à tout prix protéger les femmes auxquelles tu tiens… *Toutes* les femmes auxquelles tu tiens.

En disant cela, elle lança un regard appuyé à Laura.

Pendant un instant, celle-ci pensa que Jeremy, qui avait commencé à marcher de long en large comme à son habitude, avait raté ce regard.

Puis il s'arrêta.

— Maman, tu comprends bien que Mlle Hopkins et moi-même ne sommes pas vraiment...

— Mais vous le pourriez...

— Non. Nous...

— Je n'étais pas partie à la chasse au mari, madame, intervint Laura. Et le capitaine Addison a été très clair dès le début sur le fait qu'il ne pouvait pas m'épouser. Il aurait été insensé de ma part d'avoir ce genre d'attente. Ou de céder à n'importe quel...

À ce moment, Laura commit l'erreur de lever les yeux vers Jeremy et de croiser ce regard capable de voir à travers les rôles qu'elle était susceptible de jouer.

— ... type d'attachement, termina-t-elle avec difficulté.

Il soupira profondément, mais elle n'aurait su dire s'il s'agissait de soulagement ou de désespoir.

— Vous ne pouvez pas dire..., commença-t-il. Vous ne...

— Julia, intervint alors Mme Addison, pourquoi n'emmènes-tu pas Mlle Hopkins là-haut ? Je suis sûre qu'elle aimerait...

La mère de Jeremy eut un vague geste de la main.

— Faire un brin de toilette ? suggéra Julia.

— Oui, exactement. Faire un brin de toilette avant le déjeuner.

Jeremy semblait nerveux. Comme s'il n'arrivait pas à décider s'il avait envie ou non d'entendre ce que sa mère avait à lui dire. Laura ouvrit la bouche, s'apprêtant à refuser cette invitation, prête à le soutenir. Mais avant qu'elle puisse s'exprimer, il acquiesça en indiquant la porte du menton, lui enjoignant de suivre sa sœur.

Elle attrapa le pommeau de sa canne et se leva pour quitter la pièce.

Dieu merci, l'escalier n'était pas trop raide. Le cottage n'avait que deux chambres au premier, une de chaque côté de la maison, sous l'avant-toit. Laura regretta de voir Julia la conduire dans la chambre de droite plutôt que dans celle qui se situait au-dessus du salon, où elle aurait peut-être pu entendre la conversation entre Mme Addison et son fils.

— C'est ma chambre, expliqua Julia. Si vous devez passer la nuit ici, et j'ai le sentiment que ça va être le cas, vous pourrez dormir ici. J'irai dormir de l'autre côté du palier, avec ma mère.

— Vous êtes très gentille. Je suis désolée de vous causer tant de souci.

— Ce n'est pas un souci, assura Julia.

Elle commença à rassembler des chemises de nuit, l'une pour l'emporter dans la chambre de sa mère, l'autre pour Laura puisque celle-ci n'avait d'autre bagage avec elle que son réticule.

— Il y a des serviettes propres et un peigne sur le lavabo, et des livres sur la table de nuit au cas où vous auriez besoin d'un peu de distraction.

Pendant que la sœur de Jeremy s'affairait, Laura fit de son mieux pour s'installer confortablement sur le petit banc rembourré au pied du lit, allongeant sa jambe blessée sur le siège.

— Votre frère m'a dit que vous aimiez le théâtre ?

— Oui, en effet. Et si ce n'était pas considéré comme scandaleux, j'aimerais devenir actrice. Qu'y a-t-il de si scandaleux là-dedans ? demanda-t-elle, l'air pensive.

Laura ne répondit pas. Le théâtre, depuis toujours, bousculait les frontières entre les diverses couches de la société, une hiérarchie que les privilégiés tenaient à garder intacte. L'affirmation selon laquelle les actrices étaient pratiquement des prostituées, vendant le spectacle de leur corps, n'était qu'une émanation de ce conservatisme. Tout cela était ridicule. Si le théâtre était un divertissement respectable pour les dames, pourquoi ne serait-il pas un métier respectable pour ces mêmes dames ?

Mais ce n'était pas à elle d'avoir ce genre de conversation avec la jeune sœur de Jeremy.

— Vraiment, insista Julia. Si on y regarde bien, chaque moment de la vie d'une femme est une performance théâtrale. Je ne vois pas pourquoi jouer sur une scène devrait être regardé avec mépris, tandis que faire semblant de s'intéresser aux opinions d'un gentleman dans une salle de bal ou d'être pieuse à l'église ne l'est pas.

Laura ne put masquer son sourire. Elle aimait décidément beaucoup Julia.

— Voici qui est très bien dit, mademoiselle Addison. Je suis d'accord avec vous. On attend des femmes qu'elles jouent un rôle qui ne leur offre aucun avantage et, bien trop souvent, aucune rémunération.

— Ne serait-il pas merveilleux de ne pas avoir à se préoccuper de ces histoires d'argent ? dit Julia avec un soupir. Nous pourrions alors faire ce que bon nous semble. Je pourrais être actrice sans avoir à penser à ma réputation et à l'opinion de futurs prétendants. Et mon frère, quant à lui, pourrait...

Elle se retourna et se mit à fouiller dans un tiroir, donnant à Laura l'impression qu'elle ne voulait pas en dire trop.

— Je suppose qu'il pourrait faire beaucoup de choses, commenta-t-elle. Comme quitter l'armée. Ou se marier.

La jeune fille regarda par-dessus son épaule, à la fois embarrassée et surprise par la franchise de Laura.

— Je suis désolée que maman et lui aient décidé d'avoir une nouvelle conversation sur le sujet aujourd'hui. Ils ont dû en parler au moins cinquante fois déjà, sans que cela serve à quoi que ce soit. Il a un sens du devoir exagéré, à mon humble avis. Il est déterminé à rembourser des dettes qui ne sont pas les siennes. Je pensais que maman avait renoncé à le ramener à la raison, mais je suppose que votre arrivée...

Elle soupira et se tourna de nouveau vers le tiroir.

— Il n'a jamais prononcé le nom d'une femme devant nous. Il ne voulait pas nous donner de faux espoirs, j'imagine. C'est pour ça que j'ai commencé à le taquiner avec cette lady Sterling dont parlent les journaux. Et j'ai fini par penser qu'il ne s'intéressait peut-être pas aux femmes...

Laura fut surprise d'entendre une si jeune femme parler de ces choses de façon à ce point ouverte.

— Je vous ai choquée, mademoiselle Hopkins ? Maman dit que ça vient des romans que je lis et des pièces que je vais voir. Elle n'a sans doute pas tort. Mais je veux juste que... que mon frère soit heureux.

Elle marqua une pause et se cala un petit paquet sous le bras.

— Votre frère est-il aussi obstiné et têtu, mademoiselle Hopkins ?

— Je dirais que mon frère est bien pire. Le vôtre est excessivement gentil et attentionné.

— Ça, c'est assez facile à expliquer, répliqua Julia avec un nouveau gloussement, alors qu'elle se dirigeait vers la porte pour porter ses affaires dans la chambre de sa mère. Vous lui plaisez... Et moi, pour ma part, j'en suis ravie. Même si, j'imagine, la question la plus importante est de savoir s'il vous plaît à vous.

La première intention de Laura fut de nier, même si cela aurait été un mensonge.

*Duper, c'est se protéger*. C'était là sa philosophie depuis si longtemps. Elle avait refusé d'en percevoir le danger. C'était une chose de mentir à sa tante pour lui éviter de trop s'inquiéter, ou de jouer un rôle pour obtenir des informations susceptibles de ruiner la réputation d'hommes comme Penhurst ou Thornton...

... mais pour ce qui était de ses sentiments envers Jeremy, elle était prête à arrêter de se mentir à elle-même. Elle voulait plus qu'un mariage factice avec lui, plus que quelques heures volées dans une voiture cahotante.

Julia n'attendit pas la réponse à sa question et sortit de la chambre. Lorsqu'elle ouvrit la porte, un murmure monta dans la cage d'escalier, mais Laura ne put percevoir ce qui se disait. La mère de Jeremy parviendrait-elle à le convaincre qu'il avait droit au bonheur ?

Malgré ce que lui avait dit Julia, Laura sentait bien que ce qui retenait Jeremy n'était pas seulement en lien avec l'argent. Quel secret gardait-il au fond de lui ?

Ou de quel secret avait-il été tenu à l'écart ?

# 19

Jeremy s'assit dans le fauteuil que sa sœur venait de quitter.

— Je ne suis pas certain que le moment soit très bien choisi pour un tête-à-tête, maman.

— J'espère seulement qu'il n'est pas trop tard, répliqua-t-elle sur un ton acerbe dont elle n'était pas coutumière. Jeremy, mon chéri, il suffit de regarder Mlle Hopkins pour se rendre compte qu'elle est éprise de toi...

*Est-ce vrai ?*

— Je ne dirais pas...

— Et, coupa-t-elle, tu tiens clairement à elle. Est-il vrai que vous ne vous connaissez que depuis quelques jours ?

Il ne répondit pas immédiatement. Avouer à sa mère qu'il avait donné son cœur à une femme qu'il connaissait depuis moins d'une semaine serait une humiliation qu'il préférait s'épargner.

— Je l'ai rencontrée à Noël dernier. Le lieutenant Hopkins, son frère, l'avait conviée au bal des officiers.

— Mais c'est bien au cours de cette dernière... mission, comme tu as dit, que vous avez eu l'occasion de faire réellement connaissance, n'est-ce pas ?

— Oui. Enfin, non. Je ne dirais pas que je la connais réellement. Notre prétendue relation était seulement...

— Une comédie, l'interrompit-elle avant de faire une pause et de réfléchir un instant. Et tu es sûr de ne pas lui avoir donné de faux espoirs ? Malgré ses fanfaronnades, je ne pense pas qu'elle faisait semblant.

— Qu'est-ce qui te faire dire ça ?

Il s'en voulut de ne pas parvenir à masquer une note d'espoir dans sa voix.

— Les femmes savent ce genre de choses, mon chéri, dit-elle en lui prenant la main. J'aimerais tellement comprendre ce qui te cause tant de souci. Pourquoi tu persistes à croire que quelques dettes t'empêchent de te marier et de t'installer, d'être heureux.

— C'est bien plus que quelques dettes, maman.

Il avait essayé de cacher l'étendue de ses difficultés à sa mère et à sa sœur, au fil des années. Peut-être le temps était-il venu de dire la vérité.

— Les loyers d'Everham ne permettraient même pas de lever l'hypothèque du domaine. Tous les bâtiments ont besoin de réparations. Les terres arables sont épuisées... Parfois, je me demande si M. Gilly ne les loue pas par bonté d'âme. En tout cas, elles ne rapportent pas plus que l'investissement qu'il y met en semences et en travail. Et la paie d'un officier est loin d'être suffisante pour nous sortir de cette impasse.

Sa mère n'eut pas l'air surprise, mais elle resta silencieuse un moment, comme si elle s'interrogeait sur la façon dont le problème pouvait être surmonté.

— Tu es beau garçon, avenant, vicomte. Tu pourrais aisément épouser une femme fortunée.

Ce n'était pas la première fois qu'elle suggérait cela.

— Oui. Certains riches marchands peuvent fournir des filles et des dots assez importantes pour satisfaire les besoins des aristocrates, même les plus impécunieux, convint-il, répétant la phrase sarcastique qu'avait dite Laura tandis qu'ils étaient en route pour Thornton Hall.

Sa mère secoua la tête, maussade.

— Cela ne ressemble pas vraiment à une recette du bonheur, j'imagine.

— Et je ne parle pas des autres dettes, poursuivit-il. Les dettes contractées sous le nom de Sterling.

— Des dettes d'honneur chez des boutiquiers, se moqua-t-elle. Tu n'as aucune obligation de tenir les promesses d'un autre homme.

— Au risque d'affamer les familles de personnes qui ne pouvaient en aucun cas savoir quel genre d'homme était Sterling ? objecta-t-il. Si le titre avait incombé à papa, penses-tu qu'il aurait vu les choses différemment de moi ?

À la façon dont elle pinça les lèvres, il devina que la réponse était non.

— Mais ton père aurait aussi voulu que tu sois heureux, lui signala-t-elle. Il n'aurait en aucun cas voulu que tu t'escrimes à tout réparer tout seul.

Jeremy grimaça, et elle enchaîna :

— Je viens de la rencontrer, aussi je ne me risquerais pas à dire que Mlle Hopkins est la femme la plus à même de t'apporter le bonheur. Mais je pense que tu sais aussi que ton père n'aurait pas voulu te voir déshonorer une jeune femme en jouant avec ses sentiments et en mettant en danger sa réputation.

Incapable de rester impassible devant le regard aiguisé de sa mère, Jeremy se leva et alla à la fenêtre. Un chien passa, trottinant joyeusement. Aucun signe de son maître. Aucun signe, en fait, du moindre être humain. Il espérait ne pas s'être trompé en disant à Laura qu'il y avait des hommes qui surveillaient la maison.

— C'est à cause de papa que je ne peux pas m'engager auprès d'elle, avoua-t-il finalement.

Derrière lui, sa mère émit un petit bruit.

— Qu'entends-tu par là ?

— Avant de mourir, il m'a pris à part et m'a dit...

Il se détourna de la fenêtre, mais ne croisa pas le regard de sa mère. Elle savait très certainement ce qu'il s'apprêtait à révéler.

— Il m'a dit que je n'étais pas son fils.

— Oh, je vois, murmura-t-elle en lissant nerveusement sa robe. Je me demandais s'il l'avait fait ou non.

Pendant un instant, il eut l'impression qu'elle s'armait de courage contre les mots violents qui risquaient de suivre. Mais elle leva le menton et le regarda droit dans les yeux. Comment avait-il pu douter de sa force ?

— Est-ce parce que le sang de Richard Addison ne court pas dans tes veines que tu ressens cette... cette culpabilité d'avoir hérité du titre ? Penses-tu que quelqu'un d'autre aurait mieux supporté ce fardeau ?

— Peut-être. À l'époque j'avais dix-sept ans et ne connaissais pas le monde. À présent, je me demande si ce fardeau n'est pas venu à moi parce que je le mérite.

Il rejoignit sa mère en deux enjambées et posa un genou au sol pour se mettre à sa hauteur.

— Je suis désolé, maman, terriblement désolé d'avoir été la cause involontaire de tant de peine et de douleur.

Elle plissa les yeux, secoua la tête de droite à gauche, incrédule et confuse.

— De la peine et de la douleur, dis-tu ? Il t'aimait avec le cœur d'un père. Il était fier du garçon que tu étais, assura-t-elle en passant la main sur la joue de Jeremy, et il serait fier de l'homme que tu es devenu.

— Mais *toi*, maman, ta propre peine ? Chaque fois que tu me vois, tu dois te rappeler...

Il détourna son visage de la main de sa mère.

— ... que ce n'est pas *son* sang que je transmettrai à mes enfants, ajouta-t-il. Et en ce qui concerne Laura, elle risque sa vie et sa réputation pour venger des jeunes femmes maltraitées et abandonnées, exactement comme tu l'as été. Comment pourrais-je lui proposer de se lier au fils d'un...

— Jeremy, le coupa sa mère, d'un ton à la fois sévère et abasourdi. Que t'a dit ton père ?

— As-tu vraiment envie de le savoir ?

— Je crois qu'il le faut.

Jeremy portait en lui le souvenir de cette conversation comme si elle avait eu lieu la veille, et non pas une douzaine d'années plus tôt. Il voyait encore le soleil brillant de cet après-midi d'été, incapable pourtant de réchauffer la sombre maison dans laquelle la mort commençait à s'immiscer. Dans la minuscule chambre de ses parents, son père était assis sur le lit, visage décharné mais voix ferme. Il parlait avec la même assurance que lorsqu'il faisait ses sermons en chaire.

— Il m'a dit que lorsque tu avais l'âge de Julia aujourd'hui, tu vivais à Philadelphie avec ta famille, et qu'un soldat britannique..., dit-il en détournant les yeux, incapable de croiser son regard. Tu dois me croire, maman, j'aurais fait n'importe quoi plutôt que d'enfiler cet uniforme qui doit te faire horreur. Mais quel autre choix avais-je ? Homme de loi ? Homme d'Église ? Tout autre chemin m'aurait pris des années – un temps que je n'avais pas – pour générer un revenu suffisant pour mettre un toit au-dessus de nos têtes.

— Que t'a dit exactement ton père sur ce qu'a fait ce soldat britannique ? demanda Mme Addison d'une voix calme.

Jeremy dut avaler sa salive deux fois avant de répondre :

— Qu'il a abusé de toi.

— Abusé de moi..., répéta-t-elle, comme si ces mots avaient quelque chose d'étrange. Tu veux dire qu'il m'aurait forcée. C'est ce que t'a dit ton père.

Ce n'étaient pas des questions, elle affirmait, mais Jeremy hocha tout de même la tête.

— Es-tu en train de me dire que pendant tout ce temps, poursuivit-elle, son ton se faisant plus dur mais restant toujours calme, tu t'es imaginé être le produit de la violence et de la haine ? Non de la passion et de l'amour ?

Il se tourna lentement vers elle ; son sang s'était glacé.

— Maman ?

— Et ton père, quand il t'a dit cela, n'était pas... désorienté ?

Ses mouvements étaient raides, comme si elle venait de subir un choc.

— Non, dit-il, c'était un mois au moins avant son décès.

La maladie qui avait emporté son père avait progressé de manière dévastatrice, mais elle lui avait laissé un esprit clair presque jusqu'à la fin.

— Oh, mon Dieu, dit-elle en frémissant. A-t-il vraiment cru... ?

Elle posa une main devant sa bouche, réprimant un sanglot.

— Je suppose que c'est ce que lui a raconté mon père... Et il n'a jamais osé demander... et je n'ai rien dit... Oh...

Elle bégayait des phrases incomplètes, prise par une sorte d'hystérie. Il n'arrivait pas vraiment à les lier les unes aux autres, mais il en avait compris suffisamment.

— Que s'est-il passé exactement ?

Pendant un long moment, elle regarda la cheminée sans feu. Lorsqu'elle reprit la parole, sa voix était distante, comme perdue dans le passé.

— Nous vivions à Philadelphie – cette partie est exacte – quand la guerre a éclaté. Ton grand-père était médecin, et fidèle à la Couronne britannique. Après la bataille de Germantown, trois officiers anglais blessés ont été hébergés à la maison. Ma sœur et moi devions nous en occuper. L'un d'eux, un sergent, nécessitait des soins constants. Pendant un temps, nous avons pensé qu'il ne survivrait pas. Cependant il était jeune, à peu près l'âge que tu as aujourd'hui, et de bonne constitution. Il a guéri, mais cela a pris des mois. Et au cours de ces mois, nous...

Elle rougit.

— ... nous sommes tombés amoureux. Lorsqu'il a été considéré comme suffisamment rétabli pour rentrer en Angleterre, il m'a parlé de ses projets de quitter l'armée et de revenir me chercher. Il disait que nous allions nous marier...

— Mais il n'est jamais revenu ?

Elle leva les yeux vers son fils, appuyé contre le manteau de la cheminée.

— Il est revenu, moins d'un an après. Mais à son retour, je n'étais plus là, et j'étais déjà mariée. Nous ne savions ni l'un ni l'autre, lors de son départ, que je portais un enfant. *Toi*.

Jeremy hocha la tête et retourna à la fenêtre.

— Lorsque mon père a découvert ma situation, il était très mécontent, évidemment. *Furieux* serait le terme approprié. Il a pris la décision d'emmener toute la famille en Angleterre : c'était la meilleure façon de cacher ce qu'il voyait comme un terrible secret. Pendant le voyage, il a développé une amitié avec le pasteur Addison, à qui on venait d'accorder une paroisse dans l'Oxfordshire et qui était en chemin pour en prendre possession. Il cherchait une femme et, bien qu'il ait deux fois mon âge, il a commencé à me faire la cour. J'étais la seule jeune femme épousable sur le navire. Peu après notre arrivée, il a parlé à mon père. Papa a dû lui parler de mon état – ce ne serait pas resté un secret bien longtemps, de toute façon. Il a dû penser que dire que je n'avais pas commis de faute morale était plus acceptable.

Comme elle avait dû être perdue, effrayée, songea Jeremy, le cœur serré. Échanger un monde familier pour un monde inconnu, le rêve d'un amour partagé pour une union contrainte, arrangée par un père voulant couvrir ce qu'il voyait comme une atteinte à son honneur...

— Oh, mon cher, cher Richard, murmura-t-elle, les yeux brillants de larmes. Il ne m'a jamais demandé la vérité. Il ne m'a jamais rien reproché. Il t'aimait, n'en doute pas un instant. Mais j'imagine que les secrets du passé ont dû lui peser. Il a sans doute pensé que tu avais droit à la vérité, ou plutôt à ce qu'il croyait être la vérité. Oh, j'aurais tellement aimé savoir, durant toutes ces années...

— Et est-ce que...

Jeremy s'interrompit, accusant le coup après ces révélations, et sachant déjà que la question à laquelle il voulait une réponse ne le regardait pas vraiment. Il avança jusqu'à l'étagère près de la fenêtre, couverte de bibelots. Il passa un doigt sur le visage de porcelaine d'une bergère, réminiscence de leur vie au presbytère, bien des années auparavant.

— L'aimais-tu ?

— Ton papa ? J'ai appris à l'aimer, avec le temps. Il était trop bon, trop gentil, pour ne pas m'inspirer de l'affection. Pas la même que celle de mon premier amour, c'est vrai. Mais à sa mort, ma peine a été bien réelle, crois-moi.

Jeremy savait que c'était vrai ; il avait été témoin de leur dévouement l'un pour l'autre. Il s'approcha de sa mère et s'assit sur le fauteuil en face d'elle.

— Et le soldat ? Puis-je connaître son nom ?

— Il s'appelle Arthur Remington.

— Il est toujours en vie ?

— Tout à fait, répondit-elle avec un sourire. À la fin de mon deuil, j'ai pris la liberté de faire quelques recherches, et à ma grande surprise, j'ai découvert qu'il habitait à Londres. Nous avons… repris le cours de notre amitié.

Une vague rose envahit ses joues, et il se dit que cela expliquait pourquoi elle était si vivante, si animée ces derniers temps. Pas un cheveu gris ne venait ternir sa blondeur. Et elle avait à peine plus de rides qu'une femme de trente-cinq ans.

— D'ailleurs, il a prévu de venir me rendre visite demain matin.

Jeremy regarda par la fenêtre. Il n'était pas certain d'être capable de se confronter à cet homme.

— Julia est-elle au courant ?

— Pas de notre histoire, évidemment. Mais elle le connaît. Et ils s'entendent bien, dit-elle avec ce même sourire. Il a quelque chose… Certains appelleraient ça du « charme », je pense, bien que ce mot suggère une certaine fausseté, alors qu'il s'agit d'un homme d'une franchise absolue. Il est aussi très intelligent. Avec tout le respect que je dois à ton père, je crois que tu as hérité d'Arthur certains de tes dons.

Jeremy se contenta de hocher la tête.

— Est-il toujours militaire ?

— Non, mais il y a quelques années, il est retourné travailler comme aide de camp, en tant que civil, pour… Oh, comment s'appelait ce gentleman ? Le major Laurens, je crois.

— Le duc de Raynham ?

Jeremy connaissait ce nom. Jusqu'à ce qu'il abandonne sa charge d'officier pour se consacrer à son duché, cinq ou six ans plus tôt, Raynham avait été l'un des meilleurs agents du général Scott.

Ce qui signifiait que cet Arthur Remington avait eu l'approbation de Scott.

— Oui, dit-elle, c'est ça. Et avant, il s'était occupé des affaires du marquis de Ashborough... celui dont on dit qu'il est si méchant, ajouta-t-elle avec un soupir. Bien entendu, Arthur n'était pas d'accord. Et puis, d'après lui, la marquise garde son mari sous contrôle à présent. Il est irlandais, tu sais.

— Son épouse est aussi un célèbre écrivain, ajouta Jeremy sans cacher sa surprise. M. Remington fraie avec les hautes sphères, à ce que je vois.

Ce n'était pas vraiment un compliment. Il s'était toujours méfié des gens qui aimaient s'attirer les faveurs des nantis et des puissants.

— Toi aussi, tu le pourrais, si tu acceptais le fait d'être vicomte, lui rappela-t-elle. Mais *capitaine Addison* est aussi un très beau titre, ajouta-t-elle avec un sourire bienveillant.

Jeremy baissa les yeux. Son esprit bourdonnait de toutes les révélations que venait de lui faire sa mère. Douze ans qu'il se disait qu'il ne devait penser ni à l'amour ni au mariage, parce que c'était le sang d'un soudard qui coulait dans ses veines et qu'il ne méritait aucun honneur. Tout ce qu'il pensait savoir de lui-même – qui il était, ce qu'il était – venait de s'écrouler en quelques minutes.

À présent, il lui fallait choisir quoi faire de ces informations. Décider de ce qu'il voulait devenir.

Sa mère se leva, déposa un baiser sur sa joue, puis se dirigea vers la porte.

— Je te laisse seul avec toi-même, à présent. Tu as été très bon avec ta mère pendant toutes ces années, mais il te faut penser à toi et à ce que tu souhaites. J'aimerais ne pas être la seule Mme Addison dans ta vie. À moins que...

Elle regarda par-dessus son épaule et un éclair de malice traversa ses yeux.

— Tu préférerais peut-être une lady Sterling ?

# 20

Lorsque Mme Addison s'attabla pour le déjeuner, elle avait les yeux rouges. Et Jeremy ne se montra pas. Laura imaginait aisément que la conversation avait dû être compliquée. À quel point ? Impossible à déterminer. Mme Addison se retira dans sa chambre juste après le repas, prétextant « un petit mal de tête ». Jeremy, lui, resta caché.

— Il fait souvent ça, expliqua Julia en levant la tête de son travail d'aiguille pour désigner la porte fermée de l'autre côté du couloir, donnant dans la chambre de Jeremy. Mary lui apporte juste un plateau-repas.

— Je n'étais pas inquiète, se défendit Laura, retournant au livre qu'elle avait sur les genoux – et découvrant qu'il était à l'envers.

Briar Cottage était comme une bulle pour elle. Elle s'y sentait, alternativement, en sécurité et prisonnière. Son envie de savoir ce qui se déroulait en dehors de la maison, ou même simplement en dehors du salon, fit divaguer son attention tout l'après-midi.

Finalement, Mme Addison descendit pour écrire une lettre. Jeremy apparut quelques instants plus tard, vêtements légèrement froissés. Laura était presque sûre qu'il avait dormi, et elle eut envie de passer les mains dans ses cheveux pour les recoiffer.

Malgré la menace qui rôdait au-dehors, un étrange sentiment de normalité prévalait.

Toutefois, Laura fit un bond lorsque Mary, la domestique, leur annonça que le dîner était prêt.

— Ne vous inquiétez pas, Thornton ne va pas faire irruption comme ça. Vous êtes en sécurité ici, je vous le promets, lui dit Jeremy à voix basse en l'accompagnant à table.

La soirée se déroula de la même manière que l'après-midi : conversations polies et occupations domestiques. On alluma les lampes et on tira les rideaux lorsque le crépuscule céda la place à la nuit. Finalement, Mme Addison annonça qu'elle allait se coucher, et fut suivie peu de temps après par Julia.

Laura posa le livre qu'elle n'avait pas lu et commença à se lever.

— Comment pourrais-je vous convaincre de rester ? demanda Jeremy d'une voix séductrice.

Elle se rassit dans son fauteuil.

— Je n'ai pas besoin que vous me convainquiez. Si tel est votre souhait, je reste.

Il était installé près du feu, qui une heure plus tôt crépitait joyeusement mais qui, à présent, se consumait lentement. Il avait allongé ses jambes bottées devant lui et croisé les pieds, l'air parfaitement détendu.

Lorsqu'il leva enfin les yeux sur elle, l'intensité de son regard lui coupa le souffle.

— Vous êtes d'humeur conciliante, à ce que je vois. Je me demande si je n'aurais pas dû vous demander quelque chose de plus que votre seule compagnie.

— C'est-à-dire ? s'enquit-elle d'un murmure qui couvrait à peine les battements de son cœur.

Il ne répondit pas. Il s'extirpa de son fauteuil, se dirigea vers l'étagère couverte de bibelots et revint avec une jolie boîte en marqueterie.

Il ouvrit la boîte, qui contenait des pièces d'échecs. Des pièces classiques cette fois, en ivoire, et dont les détails s'étaient en partie effacés avec le temps.

— Voulez-vous jouer ? proposa-t-il.

— Je ne connais toujours rien à ce jeu, le prévint-elle pendant qu'il faisait de la place sur la table à côté d'elle et commençait à sortir les pièces de la boîte. Même avec l'aide de Stamma, j'étais perdue.

— Je vais vous apprendre.

Une fois la boîte vidée, il l'ouvrit en grand, et le travail de marqueterie à l'extérieur s'avéra être un échiquier. Elle observa les longs doigts de Jeremy poser les pièces à leur place. Ensuite, il tira un fauteuil près de la table et s'installa tout au bord, afin que leurs genoux se touchent presque.

Elle s'était attendue à ce que le jeu serve de prétexte à une conversation, mais durant un bon quart d'heure il ne fit que lui expliquer les déplacements des pièces, quand les prendre, quand les sacrifier. Il avait posé les noirs devant elle, pour la familiariser avec les stratégies défensives, avait-il dit, même si à cet instant précis c'était lui qui semblait se cacher derrière un bouclier.

En secouant la tête, il captura un cavalier avec l'un de ses fous. Il l'attrapa alors, mais plutôt que de le poser près des autres pièces noires gagnées, il l'étudia à la lumière de la lampe. Les naseaux du cheval prirent soudain du relief avant de revenir dans l'ombre.

— J'ai tout construit sur la base d'un malentendu, dit-il.

— Dans cette partie ?

— Non, dans ma vie, répondit-il en refermant la main sur la pièce. J'ai planifié une défense très sophistiquée contre un adversaire qui n'a jamais existé. Et à présent que je suis libre de choisir mes prochains coups, je suis... un peu perdu. Je pensais savoir qui j'étais... mais apparemment je me trompais.

Instinctivement, elle prit sa main dans la sienne.

— Moi, je ne me suis pas trompée, affirma-t-elle. J'ai su dès notre première rencontre que vous étiez un homme gentil, bienveillant et intelligent. Moi, j'ai toujours été un... esprit libre, comme dit ma tante.

Elle sourit à cette évocation, puis ajouta :

— Je m'en suis voulu un temps de vous accorder ma confiance – à vous, parfait inconnu. Mais j'ai eu raison de le faire. En tout cas, je ne me trompais pas sur vous.

Elle avait parlé avec beaucoup d'assurance. Elle se demandait, bien entendu, ce que la mère de Jeremy lui avait dit plus tôt dans la journée et qui avait changé sa façon de voir son avenir. Elle n'avait cependant pas besoin de connaître les détails. Elle savait exactement quel genre d'homme il était... Le genre d'homme qu'elle n'avait jamais osé rêver rencontrer.

— Merci, dit-il en posant sa main sur celle de Laura. Même si, j'imagine, cela ne change pas grand-chose. Je reste pauvre comme Job. Et vous êtes toujours... un esprit libre ? C'était bien le terme ?

Le sourire de Jeremy, teinté d'autodérision, s'élargit et Laura se mordit la lèvre.

— Je sais que ce genre de liberté est un luxe que peu de femmes peuvent s'offrir.

— S'offrir..., répéta-t-il.

Un rire moqueur monta de sa poitrine.

— Vous allez aussi me dire que vous êtes incroyablement riche, peut-être ?

— Eh bien, je ne dirais pas *incroyablement*. Mais tante Mildred n'a pas d'autre héri... Quoi qu'il en soit, cela n'a pas grande importance, comme vous dites, puisque la plus grosse partie de l'argent est bloquée pour ma dot, et que vous m'avez déjà dit que je ne serais jamais lady Sterling pour de vrai.

— Laura...

Encore cette voix, faussement scandalisée, laissant entendre un rire caché.

— ... vous m'avez dit que vous ne souhaitiez pas vous marier.

— Non, souvenez-vous : je vous ai dit que je ne pensais jamais trouver un homme qui accepterait de me laisser être lady Sterling. Autrement dit, un homme qui me laisserait être... moi-même.

— Aussi changeante qu'un vent de printemps, en d'autres mots.

— Oui, convint-elle.

Il appuya sa main contre sa joue, et l'attira à lui.

— C'est ma saison favorite, murmura-t-il.

Et il l'embrassa. Laura posa sa paume contre la poitrine de Jeremy, puis remonta jusqu'à sa chevelure. Le cavalier glissa des mains du jeune homme et tomba à terre. Elle se pencha encore un peu vers lui, de plus en plus près, jusqu'à se retrouver – prise par l'élan – sur ses genoux.

— Je suis toujours convaincu que tout cela est une folie, souffla-t-il en passant ses lèvres sur le lobe de son oreille.

— Pourquoi ? Dans la brève histoire de notre prétendu mariage, nous avons déjà dû affronter les principaux défis d'une union classique : richesse, pauvreté, maladie ou pleine santé, dit-elle en comptant sur ses doigts. Je dirais que nous avons commencé très fort.

— Un vrai mariage pourrait entraîner quelques complications supplémentaires.

— Mais pourrait aussi engendrer quelques bénéfices, répliqua-t-elle en jouant malicieusement avec les boutons de son gilet.

— Lady Sterling, êtes-vous en train de suggérer ce que je pense ?

— Tout à fait.

— Je crois qu'il vaudrait mieux que nous ayons officialisé, avant cela.

— Oh, dit-elle sans parvenir à masquer sa déception. Oui, vous avez raison, bien entendu. Mieux vaut attendre que nous soyons mar...

D'un baiser, il lui coupa la parole.

— Après tout ce que nous avons traversé, même moi, je ne suis pas à ce point à cheval sur les convenances... Je me contenterai d'une réponse à cette question : Laura, voulez-vous m'épouser ? Parce que vous avez volé mon cœur, exactement comme vous avez volé mon titre. Vous avez mis mon monde rangé, raisonnable, sens dessus dessous, et je ne voudrais pas qu'il en soit autrement. C'est peut-être une folie, mais je suis tombé amoureux de vous, et rien ne me rendrait plus heureux que de passer le reste de mes jours à me demander ce qui va suivre.

Des larmes piquèrent les yeux et la gorge de Laura.

— Jeremy, je n'ai jamais rien entendu de plus beau, même dans une pièce de théâtre. Oui. Oui, je veux vous épouser, déclara-t-elle en pleurant, faisant pleuvoir des baisers sur ses lèvres, ses joues, ses sourcils. J'ai tout fait pour m'empêcher de vous désirer, m'empêcher d'avoir besoin de vous. Mais je n'y suis pas parvenue. Et à présent, je sais pourquoi. Moi aussi, je suis tombée amoureuse de vous.

— Cela sonne comme le début d'un mariage scandaleux, commenta-t-il.

Elle reconnut immédiatement la référence à la pièce dont elle avait choisi de s'inspirer lors de leur performance dans le Kent. L'histoire de deux personnes qui essaient de masquer les sentiments qu'ils ont l'un pour l'autre, sans y parvenir.

— Je nous prédis un grand succès et d'excellentes critiques.

— D'ici là, puis-je vous suggérer le préambule à cette histoire ? Cela s'appelle *De scandaleuses fiançailles*, dit-il en embrassant le creux derrière son oreille. L'action se déroule dans la chambre d'un petit cottage, dans la périphérie de Londres.

— C'est intrigant. Dites-m'en plus.

Elle sentit les muscles de ses épaules et de ses jambes se raidir tandis qu'il l'attirait à lui puis se levait, la gardant lovée dans ses bras.

— Je vais plutôt vous montrer.

Jeremy ouvrit la porte de sa chambre d'un coup de hanche. La seule lumière qui y régnait était celle de la lune, s'insinuant tel du vif-argent à travers les fentes entre les rideaux. Lorsqu'il se baissa pour déposer la jeune femme sur le lit, il frissonna, la tension et l'inquiétude laissant la place au désir.

Rapidement, il se débarrassa de sa veste et de ses bottes, avant de la rejoindre.

— Vous êtes sûre, Laura ? murmura-t-il en se penchant au-dessus d'elle.

Après des années d'abnégation, de solitude, l'idée d'un avenir avec elle était encore si nouvelle, si fragile, comme les premiers bourgeons d'une plante restée en hibernation…

— Sûre de quoi ? demanda-t-elle sur un ton moqueur. Que je vous aime ? Que je veux vous épouser ? Que je veux faire l'amour avec vous, ce soir ?

Dans la pâle lueur venant de la fenêtre, il vit ses yeux briller.

— Oui. Oui. Et oui, conclut-elle avant de passer les bras autour de son cou et de l'embrasser.

Ses lèvres étaient chaudes et douces. Il s'était presque convaincu qu'il les avait rêvées, le désir qu'elles exprimaient, les petits bruits qui en sortaient, la façon dont un simple effleurement de langue éveillait en lui un désir foudroyant.

Il l'embrassa à son tour, plus fort, cherchant à refréner sa boulimie, celle d'un homme affamé qui se retrouve soudain à la table d'un banquet. Nier qu'il pouvait ressentir du désir était devenu chez lui une seconde nature. Mais il ne pouvait nier, désormais, ce qu'il ressentait pour elle.

— Je vous veux, Laura. J'ai besoin de vous.

— Oui, dit-elle dans un sifflement qui transperça l'obscurité, cherchant maladroitement à défaire les boutons de son gilet. Moi aussi, j'ai besoin de vous.

— Laissez-moi faire.

Il se redressa et arracha son gilet et sa chemise, avant de les jeter au hasard dans la pièce. Laura fit courir ses mains sur son dos et sa poitrine, puis s'attaqua fiévreusement à son pantalon.

— Doucement, ma chère, murmura-t-il en arrêtant ses doigts. J'ai peur que tout cela n'aille un peu trop vite.

— Eh bien, nous recommencerons, rétorqua-t-elle.

Il respirait fort, entre ses dents, tandis que les mains de Laura effleuraient son membre dans sa hâte d'ouvrir sa braguette. Le plaisir était si fort qu'il en était presque douloureux.

— Peut-être. Commençons par vous déshabiller, dit-il en reculant juste assez pour être hors de sa portée.

Sans masquer son impatience, elle se leva et lui présenta son dos.

— Dépêchez-vous, souffla-t-elle.

L'obscurité empêchait Jeremy de la distinguer clairement, mais à mesure qu'il dénouait les rubans, le souvenir de sa peau délicate et parfaite lui revint en mémoire. Il posa les lèvres sur son épaule. Puis il descendit tout en délaçant son corset et en la débarrassant peu à peu de ses couches de mousseline et de coton. Il revit ses seins aux pointes roses en les prenant dans ses mains. Les tremblements de plaisir de Laura, alors qu'il passait son pouce sur le bout de ses tétons, firent durcir encore un peu plus son sexe.

Il la relâcha un instant pour faire passer sa robe et son jupon sous ses hanches graciles. Il entendit les vêtements tomber au sol dans un froissement, et se débarrassa de son pantalon. Puis il la prit dans ses bras, collant son corps à celui de la jeune femme, son sexe chaud venant se loger tout contre ses fesses fraîches.

Lorsqu'il entendit un gémissement de désir monter de la gorge de Laura, il posa les lèvres contre son oreille.

— Votre cheville, vous fait-elle mal quand vous restez debout ?

Elle secoua la tête, faisant danser ses boucles blondes sur son visage.

— Bien, alors écartez les jambes, dit-il, passant sa main de son ventre au haut de ses cuisses.

Elle s'exécuta, l'invitant à pénétrer dans sa chaleur, dans son humidité. Il ferma les yeux afin de faire revenir à sa mémoire le souvenir de son pubis aux boucles brun doré, de ses replis roses et luisants, le souvenir de la façon dont elle s'était caressée et lui avait appris comment lui donner du plaisir.

Elle s'arqua contre lui, faisant passer un bras derrière elle, autour de lui, pour le contraindre à s'approcher encore.

— S'il vous plaît. Je vous veux en moi. Je veux être à vous.

— Vous êtes déjà mienne, lui rappela-t-il en accompagnant cette douce réprimande d'un pincement de son téton. Et je sais que vous sentez à quel point je vous désire.

Du majeur, il commença à jouer avec son bouton de rose.

— Mais je veux vous sentir jouir avant.

— Oui. C'est si bon..., fit-elle, haletante, tandis qu'il la menait au plaisir.

— J'ai eu un excellent professeur.

Le corps entier de Laura tremblait à mesure qu'elle approchait de l'apothéose, puis elle se raidit, transportée par l'extase, avant de retomber mollement dans les bras de son amant. Avec aisance, il la coucha sur le lit et posa un genou sur le matelas, juste à côté d'elle.

Quoi qu'il ait pu fantasmer lorsqu'il était adolescent, quoi qu'il ait pensé s'interdire pendant toutes ces années, cela n'avait rien de commun avec ceci : la vision de Laura, qui deviendrait bientôt sa femme, les contours de son visage à peine visibles à la lumière de la lune, emplie de désir pour lui.

— À quoi pensez-vous ? murmura-t-elle.

— Il y a des moments, que tous les décrypteurs connaissent, où une chose qui vous apparaissait comme un mystère complet s'ouvre soudainement et révèle ses secrets, dit-il en passant le bout de ses doigts sur les lèvres de Laura. C'est un moment à la fois terrifiant et magnifique. Exactement comme celui-ci.

Il sentit, plutôt qu'il ne vit, un froncement de sourcils amusé.

— Terrifiant ?

— Je ne veux pas vous faire mal. Je ne veux pas vous décevoir. Mais j'ai peur de faire les deux, à cause de mon désir et de mon inexpérience.

Le froncement de sourcils disparut.

— Oh, mon amour, la seule chose qui pourrait me décevoir, ou me faire mal, serait que vous me disiez que vous n'avez pas envie de moi comme j'ai envie de vous.

Elle encercla ses épaules pour l'attirer un peu plus contre elle.

Il glissa sur son corps, sentant les tétons durcis frotter contre sa poitrine. Elle écarta les jambes pour laisser la place à ses hanches.

— Guidez-moi, murmura-t-il.

Les doigts fins de Laura enserrèrent son sexe palpitant, le guidèrent vers ses replis humides, et le posèrent à l'entrée. Puis elle leva les hanches en forme d'invitation.

Aussi lentement qu'il le pouvait, il la pénétra, poussant peu à peu, laissant le corps de la jeune femme s'habituer à cette intrusion. Après un temps, il sentit la tension baisser, alors il s'enfonça profondément, jusqu'à la garde.

— Oh, soupira-t-elle, remuant les hanches. Comme c'est agréable...

*Agréable* ? Même lui, qui pourtant parlait couramment une demi-douzaine de langues, n'avait pas de mot pour décrire l'enivrante sensation d'être en elle, entouré par elle. La découverte qu'une chose pouvait être aussi parfaite et aussi primitive, tout à la fois...

— Il faut que je...

Ses hanches se mirent à bouger avant même qu'il ait pu en former la pensée.

— Oui, siffla-t-elle en se relevant légèrement. Je vous veux tout entier. N'essayez pas de vous retenir.

Il n'était pas sûr de pouvoir le faire, de toute façon. Et il n'avait pas vraiment besoin d'encouragements. Il s'abandonna au moment présent, à l'envie brûlante de la posséder, tout en craignant que l'acte ne se termine trop vite, mais savourant l'idée qu'ils auraient une vie entière pour corriger cela et construire leur amour. Un profond gémissement roula dans sa poitrine quand il la sentit frissonner sous lui, la puissance de l'orgasme de Laura provoquant le sien.

Très vite, il s'apprêta à la libérer, mais elle s'accrocha à lui.

— J'espère que cela valait la peine de m'attendre.

Les mots de Laura avaient été tout juste murmurés contre son épaule, presque étouffés, mais Jeremy perçut une inhabituelle hésitation dans sa voix.

Il se redressa, en appui sur un coude, et lui embrassa le front.

— Mon amour, déclara-t-il, trouver la seule et unique lady Sterling valait toutes les peines du monde.

Puis il s'allongea à son côté et sourit, tandis qu'elle venait se coller contre lui, satisfaite et ensommeillée. Leurs corps ainsi emmêlés, il se laissa aller à somnoler un temps. Jusqu'à ce qu'il trouve les forces suffisantes pour lui montrer de nouveau à quel point il l'aimait.

# 21

Lorsque Laura se réveilla, la lumière grise du petit matin perçait derrière les rideaux. Elle s'étira avec précaution afin de ne pas réveiller Jeremy et se tourna pour regarder ce que l'obscurité de la nuit précédente lui avait caché : une petite chambre très simplement meublée, le lit poussé dans un coin pour laisser le plus de place possible à un bureau, une chaise et une bibliothèque croulant sous les livres. Elle sourit, se disant qu'elle ne pouvait imaginer synthèse plus parfaite de l'homme étendu à côté d'elle.

Si on lui avait demandé de dessiner un compagnon idéal, il n'aurait pas ressemblé à Jeremy Addison. Le destin – en la personne du général Scott, qui avait propulsé Jeremy dans sa vie sur un coup de tête – avait vu les choses autrement.

Elle se moquait toujours de cette idée qui voulait qu'une femme ait besoin d'un homme pour la compléter ou la combler. Cependant, à plusieurs reprises au cours des derniers jours, elle avait découvert qu'accepter d'avoir besoin de quelqu'un, de la bonne personne, n'était pas un signe de faiblesse mais de force.

Elle tenait toute seule, avant de le rencontrer. Mais elle était plus forte à ses côtés.

Comme s'il avait perçu ses pensées, Jeremy remua légèrement mais ne se réveilla pas. Elle posa la tête contre sa poitrine, pour le simple plaisir d'entendre battre son cœur. Tous les matins commenceraient-ils ainsi ?

Toutes les nuits se passeraient-elles comme la nuit précédente ?

Elle supposait que, dans une vie à deux, il y aurait nombre de nuits et de matinées moins agréables, du fait des aléas de l'existence. Mais elle était intriguée par la possibilité que certains matins et certaines nuits puissent être encore plus agréables. Que les quelques moments de gêne ou de malaise de la première nuit cèdent la place à des cœurs et des corps partageant un degré d'intimité que seul le passage du temps rendait possible.

Elle était sur le point de le réveiller pour tester cette idée, quand on cogna à la porte.

Non pas à la porte de la chambre, mais à la porte de la maison. Le son, bien qu'étouffé, était caractéristique.

— Jeremy, murmura-t-elle, soudain inquiète. Jeremy, mon chéri, il y a quelqu'un.

Il se réveilla instantanément au son de sa voix, en alerte. Il n'avait jamais autant ressemblé à un soldat qu'à cet instant précis, s'asseyant sur le lit sans se soucier de sa nudité et scrutant la chambre à la recherche d'une menace invisible.

— On a frappé à la porte d'entrée, expliqua-t-elle, tirant les draps sur elle. Je suppose qu'il doit s'agir d'un des gardes du colonel Millrose. Qui d'autre pourrait… ?

Il leva un doigt, lui intimant le silence, tendant l'oreille pour savoir si on frapperait de nouveau.

Ce ne fut pas le cas.

Passant au-dessus d'elle, il s'arrêta en chemin pour l'embrasser.

— Vous avez probablement raison, mais je vais vérifier. Ne bougez pas.

Il enfila son pantalon et quitta la pièce, laissant la porte entrouverte.

Bien que l'injonction de Jeremy à ne pas bouger soit certainement venue d'un désir de la protéger, elle fut tentée d'imaginer qu'il voulait en fait lui donner de nouveau du plaisir à son retour. Mais comme le jour était levé, que sa mère et sa sœur pouvaient se réveiller à tout moment, elle décida de se lever aussi.

Elle attrapa le premier vêtement qui lui tomba sous la main – la chemise de Jeremy –, l'enfila et s'approcha de la porte pour regarder ce qu'il se passait. L'entrée était encore dans l'ombre, mais elle vit Jeremy déverrouiller la porte et tirer sur la poignée.

— Il y a quelqu'un ? demanda-t-il en ouvrant. Mademoiselle Godfrey ? Mais que faites-vous ici ?

Laura étouffa un cri en entendant la voix de la gouvernante.

— Je suis désolée, monsieur.

Puis ce fut une voix d'homme, une voix grave.

— Laissez-nous entrer, et je ne lui ferai aucun mal.

Emily Godfrey pénétra dans la maison, suivie par le comte de Thornton qui, un pas derrière elle, la tenait en joue avec un pistolet.

Il fallut toute la force de sa volonté à Laura pour s'empêcher de courir auprès de Jeremy. D'instinct, elle savait qu'elle aurait beaucoup plus de chances de l'aider si elle parvenait à prendre Thornton par surprise.

— Ah, dit Jeremy d'une voix parfaitement détendue, comme s'il attendait cette visite. Comme c'est chevaleresque, mon cher Thornton. Prendre une femme en otage pour passer les gardes.

— Je savais que ces imbéciles n'allaient pas lui tirer dessus. Une faiblesse qui leur sera fatale.

— Une faiblesse que les Français ne partagent pas, j'imagine ?

Thornton répondit par un rire lugubre.

— Je me doutais bien que vous aviez compris, quand vous avez vu la lettre que cette idiote a trempée de café. Mais que les choses soient claires : je n'aime pas ces satanés mangeurs de grenouilles. Je n'aime que leur argent. Et pour l'obtenir, j'ai besoin de ce que vous m'avez dérobé. La lettre, le livre de cuisine, tout.

— Ou vous abattrez Mlle Godfrey, je suppose.

— Mlle Godfrey va m'aider à partir comme elle m'a aidé à entrer. Mais je tuerais avec plaisir cette catin, cette voleuse qui prétendait être votre épouse. Où est-elle ? demanda-t-il, poussant Mlle Godfrey contre Jeremy.

Ce dernier faillit perdre l'équilibre, et Thornton se mit à chercher du regard dans les pièces attenantes, pistolet pointé devant lui.

Laura ne savait pas s'il l'avait vue ou s'il avait simplement remarqué que la porte était ouverte. Quoi qu'il en soit, il fit un pas dans sa direction, puis s'arrêta et regarda l'escalier.

Du haut des marches, Julia poussa un cri strident.

— Jeremy, un homme avec un pistolet !

— Cachez-vous ! lui lança Laura.

Jeremy profita du bref moment de distraction de Thornton pour pousser Mlle Godfrey jusqu'à la porte en lui ordonnant de courir.

Une porte claqua au-dessus d'eux. Thornton se retourna alors pour pointer son arme sur Jeremy.

— Je sais que vous pensez avoir la preuve de ma trahison. Mais l'accusation ne tiendra pas. J'ai des amis très haut placés, *capitaine Addison*, dit-il en crachant presque le grade de Jeremy.

— Il se trouve que moi aussi, répondit celui-ci.

Ses mouvements étaient rapides. Laura entendit le pistolet tomber au sol. Les poings commencèrent à voler : le premier, envoyé par Thornton, atteignit Jeremy en pleine mâchoire, mais ce dernier répondit par un coup au ventre si puissant qu'il coupa le souffle du comte.

Jeremy était plus rapide, plus fort – en le voyant ainsi, torse nu, elle ne se demandait plus comment il faisait pour la porter sans le moindre effort. Mais Thornton était plus lourd, et surtout il était acculé. Usant de son poids, il attira Jeremy au sol. Il fouilla autour de lui pour récupérer son arme, mais elle avait glissé jusqu'au salon, sous le fauteuil sur lequel Laura était assise la veille.

La jeune femme ne prit pas le temps de réfléchir. Elle s'élança aussi rapidement et silencieusement que le lui permettait sa cheville toujours douloureuse. Attrapant dans le salon la canne d'ébène de sa tante, elle l'abattit sur l'arrière du crâne de Thornton. Une fois. Deux fois. L'homme s'effondra avec un grognement et ne bougea plus.

— Vous allez bien ? demanda Jeremy en se remettant debout et se précipitant vers elle.

Elle ne pouvait s'arrêter de trembler, même lorsque Jeremy l'enveloppa de ses bras.

— Est-il... mort ?

— Un diable pareil ? J'en doute fort. Mais quand il se réveillera, il regrettera que vous ne l'ayez pas plutôt attaqué avec votre épingle à chapeau.

Elle tremblait, riait, pleurait tout à la fois. Des soldats, certains en uniforme, d'autres en civil, arrivèrent, s'excusant auprès de Jeremy.

Julia descendit l'escalier en trombe.

— Jeremy, Mlle Hopkins n'a pas dormi dans son lit, je n'arrive pas à comprendre où elle a pu... Oh.

Jeremy se tourna vers sa sœur, lui montrant ainsi que Laura était dans ses bras.

— Bien, dit Julia en regardant Laura, puis ses jambes nues sous la chemise de son frère, puis enfin son frère. Elle a l'air d'aller bien.

— Oui, je vais bien, confirma la jeune femme, la voix étouffée par la poitrine de Jeremy.

Pendant que Julia remontait l'escalier, Jeremy et Laura se décalèrent pour laisser le passage, afin que deux soldats puissent faire sortir Thornton. L'un portait les épaules, l'autre les jambes, et aucun d'eux ne semblait enclin à la moindre délicatesse.

Comme ils passaient la porte, deux autres personnes entrèrent : Mlle Godfrey, accompagnée d'un fringant gentleman un peu âgé, aux cheveux ébouriffés et au regard vif.

— Oh, Arthur ! cria Mme Addison depuis le haut des marches. Je suppose que vous n'avez pas reçu mon message…

Elle accueillit les nouveaux arrivants aimablement, comme si l'irruption chez elle, à l'aube, d'un intrus maintenant inanimé et tiré hors de la maison par deux soldats était une chose parfaitement ordinaire.

Jeremy relâcha Laura et fit un pas en arrière. À présent, elle pouvait voir la peau éraflée de son menton, la marque laissée par le poing de Thornton. Elle se remit à trembler de plus belle.

Le gentleman âgé retira son manteau et le posa sur les épaules de Laura.

— La jeune dame qui m'accompagnait s'appelle Emily Godfrey, elle était en train de me raconter son histoire, dit-il alors. Elle a été conduite ici de force depuis le Kent par ce Thornton, qui l'a surprise en train d'écrire une lettre et qui a supposé qu'elle pouvait le conduire jusqu'à…

— Moi, dit Jeremy d'une voix tranchante.

— Ah, vous êtes lord Sterling, donc, fit l'homme en tendant la main.

Jeremy ne la prit pas immédiatement, au grand étonnement de Laura.

— Et vous devez être M. Remington.

Ils se jaugeaient clairement l'un l'autre, sans que Laura puisse en comprendre la raison. Elle commença à se demander s'il n'y avait pas un autre règlement de comptes dans l'air. Après ce qui parut une éternité, Jeremy hocha brusquement la tête et serra la main du gentleman.

— Je suis heureux de vous connaître, monsieur.

Les yeux de M. Remington brillèrent, comme s'il retenait des larmes.

— Moi aussi, jeune homme, répondit-il avant de se tourner vers Laura. Et vous devez être...

— Son épouse, intervint Mlle Godfrey avant de mettre sa main devant sa bouche.

Mme Addison la prit par le bras.

— Venez avec moi, mademoiselle, je vais demander à Mary de nous préparer un peu de thé, dit-elle en la conduisant à la table du salon.

— Je vous présente Mlle Laura Hopkins, fit Jeremy, s'adressant à Remington. Bientôt lady Sterling ajouta-t-il, les joues presque aussi rouges que sa mâchoire endolorie.

M. Remington s'inclina.

— Ravi de faire votre connaissance, mademoiselle.

Puis il se tourna de nouveau vers Jeremy, se penchant pour lui parler à voix basse :

— À mon avis, vous devriez faire au plus vite. Pourquoi pas aujourd'hui ?

— Aujourd'hui ? répéta Laura. Comment pourrions-nous... ?

— Une autorisation spéciale, précisa l'homme, comme si ce genre de chose tombait des arbres.

— D'après ce que ma mère m'a dit, M. Remington a de nombreuses relations et compte le duc de Raynham au nombre de ses amis, expliqua Jeremy.

— Oui, en effet, confirma l'intéressé. Même si, pour des histoires impliquant un possible scandale...

Son visage s'anima d'un sourire entendu.

— ... c'est plutôt de lord Ashborough que vous avez besoin.

Laura prit une grande inspiration. Même si son heure de gloire datait de quelques années, tout le monde avait entendu parler de lord Ash.

— Il est en ville pour assister à je ne sais quelle réception donnée pour le dernier livre de lady Ashborough. Je pense qu'il serait ravi d'avoir un peu de distraction. Tout sera réglé d'ici une heure.

— C'est une généreuse proposition, bien sûr, admit Laura. Mais j'espérais avoir assez de temps pour au moins acheter une robe.

— Il vaut mieux ne pas reporter ce genre de chose, affirma M. Remington, se mettant sur la pointe des pieds pour jeter un œil à Mme Addison. Mieux vaut cela que regretter plus tard de ne pas l'avoir fait.

Jeremy regarda Remington fixer sa mère avec une étrange expression.

— Je me demande, monsieur, pourquoi vous n'avez pas demandé l'assistance de lord Ashborough pour vous-même...

M. Remington croisa le regard de Jeremy. Une lueur de surprise passa sur son visage.

— C'est une excellente idée, jeune homme. Croyez-vous que l'évêque pourrait célébrer deux mariages pour le prix d'un ? questionna-t-il avec un clin d'œil.

Jeremy ne sourit pas en retour, aussi Remington reprit-t-il un air plus sérieux. Puis il donna une tape sur l'épaule nue du capitaine.

— Si j'ai votre bénédiction, je m'en vais parler à votre mère sur-le-champ.

Sur ce, il alla rejoindre Mme Addison d'un pas nonchalant.

La stupéfaction devait se lire sur le visage de Laura, car Jeremy se tourna vers elle aussitôt l'homme parti.

— C'est mon... mon père, Laura.

Elle comprit soudain la nature de la conversation qu'il avait eue avec sa mère.

Un éclair de tristesse traversa les yeux de Jeremy.

— Est-ce important à vos yeux ? demanda-t-il.

— Pour moi ? En aucun cas. Mais est-ce important pour *vous* ?

La réponse de Jeremy vint après un temps de réflexion.

— À une époque, oui, ça l'a été. Pendant de nombreuses années, j'ai cru qu'il s'agissait d'une crapule. Mais visiblement, j'avais tort. Et à présent, ma mère a une chance d'être heureuse de nouveau, conclut-il en regardant le couple.

Laura posa sa main sur la sienne.

— Et vous aussi. Je vous aime, Jeremy Addison.

Il se penchait vers elle pour lui répondre par un baiser quand Julia apparut et posa une couverture de laine autour des épaules de Jeremy.

— Si tu l'aimes aussi, mon cher frère, tu devrais la laisser s'asseoir.

— Mon Dieu, oui, bien sûr. Je suis désolé...

Laura dut protester pour qu'il ne la porte pas.

— Je vais bien, honnêtement. Je n'ai presque plus mal.

Elle regarda autour d'elle à la recherche de sa canne, qui se trouvait encore par terre. Elle s'attendait à ce qu'elle soit tachée de sang, mais il n'en était rien.

Jeremy conduisit Laura jusqu'au fauteuil où elle était assise la veille. L'échiquier était encore sur la table. Certaines pièces s'étaient renversées. Il commença à les remettre distraitement en place, puis se baissa pour ramasser le cavalier qui lui avait échappé des mains et avait roulé au sol.

Comme il tendait la main pour replacer la pièce, il se figea. Il regarda le plateau, le cavalier, puis le plateau de nouveau.

— Est-ce que ça pourrait être... ?

— Est-ce que ça pourrait être quoi ? demanda une voix derrière lui.

Laura leva les yeux et découvrit le colonel Millrose qui se tenait là.

— Excusez-moi, je suis entré sans prévenir. La porte était ouverte, et personne ne m'a entendu frapper.

— Monsieur, dit Jeremy, sortant de sa rêverie. Nous avons Thornton.

— Oui, je sais. Un des gardes m'a averti de sa capture.

— Non, je veux dire, nous *l'avons*, insista Jeremy en montrant le cavalier noir. La clé de déchiffrage pour la lettre... c'est l'*Essai sur le jeu des échecs*.

Il commença à expliquer au colonel Millrose ce qu'il venait de découvrir. Quelque chose en lien avec le schéma, les coups alternés, le renversement du plateau.

Pour Laura, cela sonnait comme du chinois, mais Millrose eut l'air impressionné.

— Grand Dieu, je vois ce que vous voulez dire, approuva-t-il. C'est une excellente déduction, Addison. Mais vous venez de nous donner une sacrée quantité de travail supplémentaire. Il va falloir qu'on retourne entièrement la bibliothèque de Thornton et...

— Excusez-moi, colonel Millrose, le coupa Laura. Mais je crains que lord Sterling ne soit un peu occupé. Voyez-vous, nous nous marions ce matin même.

— Ce matin ? Eh bien, fit le colonel en tendant la main, mes félicitations à tous les deux. Est-ce que ça signifie que vous allez abandonner votre charge ?

— Je... je ne sais pas, dit Jeremy en lançant un regard perplexe à Laura. Nous n'en avons pas vraiment discuté.

— Nous avons un peu de temps devant nous avant de prendre ce genre de décision, mon cher, répliqua-t-elle. L'urgence à présent est de nous rendre à Bath.

— À Bath ? répéta Jeremy.

— Oui, pour rendre visite à ma tante. Je pense qu'elle mérite que je lui annonce la nouvelle moi-même. Au retour, nous pourrons nous arrêter à Everham.

Jeremy ouvrit la bouche, mais aucun mot n'en sortit.

— Bon sang, n'est-ce pas Arthur Remington que je vois là ? s'exclama Millrose. Je ne lui ai pas parlé depuis des années...

Le colonel s'éclipsa. Jeremy s'effondra sur le fauteuil en face de celui où se trouvait Laura.

— Pourquoi aller à Everham ? demanda-t-il à voix basse.

Elle attrapa nerveusement l'une des pièces de l'échiquier, s'aperçut qu'elle avait peut-être dérangé la disposition qui avait conduit Jeremy à sa révélation, et la reposa tout aussi nerveusement.

— Eh bien, j'ai eu une idée. Cela fait quelque temps que j'aimerais trouver un endroit où envoyer les jeunes filles et les femmes à qui lady Sterling vient en aide. Un endroit sûr où elles pourraient se remettre, se reposer si nécessaire et même, pourquoi pas, être formées pour trouver de meilleurs emplois. D'après ce que vous m'avez dit, Everham semble l'endroit idéal. Au milieu de nulle part, et parfaitement désert...

Tout en l'écoutant parler, Jeremy attrapa la main de Laura entre ses doigts. Il avait les phalanges aussi rouges que sa mâchoire. Caressant la peau délicate de sa fiancée avec son pouce, il écouta patiemment tout ce qu'elle avait à dire. De plus en plus étonné à mesure qu'elle parlait.

— Une question pratique : est-ce que toute la maisonnée sera tenue par des femmes ? l'interrogea-t-il lorsqu'elle eut fini.

— Oh, je n'ai pas vraiment réfléchi à cela…

— Parce que, continua-t-il, si des hommes vous paraissent acceptables, je crois savoir que M. Remington connaît d'anciens soldats qui pourraient avoir besoin de ce genre d'endroit pour se remettre de leurs blessures, et acquérir eux aussi de nouvelles compétences par la même occasion.

Des larmes jaillirent des yeux de Laura. Rien de ce qu'elle avait lu, vu ou entendu sur l'amour ne l'avait préparée à toute cette joie.

— Cela me semble parfait, mon chéri, dit-elle. À chaque fois que j'ai un plan, vous faites en sorte de l'améliorer.

Il passa son pouce sur la joue de Laura, essuyant une larme au passage.

— Mais cette nouvelle entreprise signifie-t-elle la fin de votre carrière de chasseuse de bandits ?

Elle sourit. C'était une question, pas un ordre, ni même une requête. Lui laissait-il réellement le choix ? Bien sûr que oui. Elle n'aurait pas pu tomber amoureuse d'un homme qui voudrait la changer.

— Je n'en suis pas sûre, répondit-elle avec honnêteté. J'ai encore une ou deux promesses à tenir. Mais ma promesse la plus importante est celle que je vous ai faite hier soir : devenir votre seule et unique lady Sterling.

Il se pencha et déposa un doux baiser sur ses lèvres.

— C'est le rôle que vous êtes née pour jouer, mon amour.

# Épilogue

*Quelques semaines plus tard*

Jeremy se pencha à la fenêtre afin de mieux voir ce qui se profilait à l'horizon tandis que la route bifurquait. Il commençait à apercevoir Everham derrière la cime des arbres. Sans mot dire, Laura lui attrapa la main et la serra.

— Il ne faut pas que vous vous attendiez à grand-chose.

Cela faisait au moins la dixième fois qu'il le lui rappelait depuis qu'il s'était levé à contrecœur de la table du petit déjeuner de Mme Hayes – la tante Mildred –, dans sa maison de Bath, pour rejoindre la voiture qui les attendait.

— C'est ce qu'on m'a dit, répliqua Laura.

Il n'eut pas besoin de la regarder pour savoir qu'elle souriait malicieusement.

— Mais je ne peux pas m'en empêcher, vous savez. Je m'attends à être très heureuse ici. Tout simplement parce que je serai à vos côtés.

*Le bonheur*. Il y avait encore un mois, le bonheur paraissait totalement hors de portée pour Jeremy, ou en tout cas, bien caché derrière ce qui semblait un mur infranchissable de secrets et de dettes. Laura avait pris la mesure de ce mur, s'était préparée à l'escalader si nécessaire. Et puis elle avait poussé un grand rire, avait soufflé sur ses fondations et l'avait réduit en poussière. Le mur s'était effondré tout seul.

— La toiture m'a l'air solide, vue d'ici, dit-il en se tordant le cou jusqu'à ce que sa tête cogne contre la vitre. Mais, bien entendu, il ne faut pas vous attendre à gr…

Elle posa une main sur sa joue, l'incita à se tourner vers elle et l'embrassa, l'empêchant ainsi de se répéter une nouvelle fois. Quand elle se recula, ses yeux étaient faussement sévères, et sincèrement amusés.

— Je connais par cœur le dernier rapport de M. Remington. Aucun dégât structurel, commença-t-elle avant de réciter la liste des réparations, qu'elle ponctua à chaque fois par un rapide baiser. Quelques ardoises cassées – remplacées. Quelques vitres cassées – remplacées.

Le père de Jeremy possédait quantité de talents. À une vitesse inimaginable, et juste après son propre mariage, Remington avait rassemblé une équipe d'anciens soldats – des hommes forts, désireux d'apprendre un nouveau métier, et d'autres que leurs blessures rendaient inaptes au travail manuel mais qui étaient encore capables d'enseigner ce qu'ils savaient – et était parti avec eux dans le Wiltshire. Il avait envoyé des nouvelles régulières et rassurantes, expliquant que les travaux de la maison principale avaient progressé si rapidement que la plupart des hommes étaient à présent assignés à la réparation des maisons des métayers, où ils vivraient bientôt. Dans sa dernière lettre, il racontait même qu'il avait entrepris de former deux soldats qui avaient exprimé le désir de travailler au service d'un gentleman.

— Plâtre et enduit – en cours. Suite de lord et lady Sterling – prête à être occupée, continua Laura, avant de faire une pause et de donner un baiser à

Jeremy, plus long cette fois-ci, qui eut le don de chasser les inquiétudes du capitaine.

— Hmm, oui, dit-il en posant à son tour la main sur la joue de Laura. À présent que vous le dites, je me souviens de quelque chose comme ça. Mais très peu de mobilier. Je crois me rappeler qu'il n'y a qu'un lit.

Il sentit les lèvres de sa femme s'incurver dans un sourire contre les siennes.

— Et si M. Remington est aussi intelligent que je le pense, il n'en cherchera pas d'autre.

Soudain, ce voyage interminable lui parut trop court. Pas assez de temps pour se remémorer les innombrables plaisirs auxquels on pouvait s'adonner sans avoir besoin d'un lit.

Lorsque le cocher cogna sur le toit de la voiture pour annoncer leur arrivée imminente, Jeremy caressa la cuisse de Laura et lui promit, avec un clin d'œil coquin, qu'ils reprendraient bientôt là où ils s'étaient arrêtés.

Enfin, les roues crissant sur l'allée de gravier firent battre son cœur pour des raisons totalement différentes. Il regarda son épouse, plutôt que de regarder par la fenêtre.

Laura, elle, se concentrait sur l'extérieur.

— Oh, Jeremy, c'est... Nous sommes à la maison, dit-elle, les yeux embués.

Il hésita longuement entre l'envie de voir ce que Laura voyait et celle de continuer à la regarder, elle. Puis finalement, il se tourna lentement alors que la porte de la voiture s'ouvrait, la maison d'Everham se dressant devant eux.

Des murs de pierre grise. Des colonnes blanches. Des fenêtres qui couraient tout le long de la façade. La maison. Leur maison. Et la maison de tous ceux qui cherchaient la paix, un abri.

Comme il aidait Laura à descendre de voiture, un jeune homme vint jusqu'à eux, claudiquant. La moitié gauche de son visage était couverte de cicatrices. Il s'arrêta devant Laura et Jeremy, s'inclina avec une certaine rigidité.

— Bienvenue, monsieur, madame. Je suis désolé, M. Remington n'est pas ici. Il ne vous attendait pas avant une heure.

— Ce n'est rien, monsieur..., assura Laura, marquant une pause pour inviter l'homme à dire son nom.

— Babcock, madame.

— Oh, oui, monsieur Babcock, répéta-t-elle en souriant. Il a parlé de vous dans ses lettres.

Le jeune homme était un ancien sergent.

— Souhaitez-vous que je vous fasse visiter ? demanda-t-il.

— Merci, monsieur Babcock, dit Jeremy en prenant la main de Laura, mais je vais lui faire les honneurs moi-même.

Ses souvenirs d'Everham étaient plutôt vagues : il n'avait visité la maison qu'une fois. Et tandis qu'il conduisait son épouse à l'intérieur, l'inquiétude disparut, laissant la place à un curieux mélange de gratitude et de fierté. Sans la dot de Laura, Everham aurait encore été une ruine. Mais à présent, la maison était en train de devenir...

— Magnifique, souffla la jeune femme en levant les yeux pour admirer la fresque représentant un ciel d'été qui décorait le plafond du hall d'entrée.

Tout ce qui pouvait être recouvert dans la maison l'était par un rugueux tissu de Hollande, sur lequel s'était déposée une épaisse couche de poussière. Mais il n'était pas difficile d'imaginer ce que tout cela allait bientôt devenir.

— Nous utiliserons cet espace pour nos célébrations, affirma Laura quand ils pénétrèrent dans ce qui avait dû être une élégante salle de bal.

— Oui, nous ferons un dîner pour fêter les moissons, proposa-t-il.

Un mur de fenêtres ouvrait sur une terrasse et les restes de ce qui avait dû être un splendide jardin et était à présent dévoré par les mauvaises herbes.

— Lorsqu'il y aura une moisson à célébrer, ajouta-t-il.

— L'année prochaine, alors. Imaginez les jardiniers que nous allons pouvoir mettre au travail.

À mesure qu'ils montaient les escaliers, déambulaient dans les couloirs, jetant un œil aux chambres ici et là, la vision de Laura se mit à prendre vie. Les lieux fourmilleraient de gens au travail, au repos, se remettant de leurs traumatismes, apprenant de nouvelles compétences, reconstruisant une maison, et une vie. Des gens qui avaient été abusés et pratiquement abandonnés.

— Je voudrais embaucher Mlle Godfrey, dit Laura sur le seuil de la salle de classe.

Certaines des domestiques maltraitées arriveraient sans doute enceintes, comme Betty, Jeremy le savait bien.

— Mais il va probablement se passer plusieurs années avant que nous ayons besoin d'une gouvernante pour les enfants, fit-il remarquer.

— Je souhaite que *toute personne* qui vienne nous aider reparte d'ici en sachant au moins lire, écrire et compter, répondit-elle sur un ton ferme, comme si elle s'attendait à ce qu'il la contredise. Je sais qu'éduquer les domestiques n'est pas très bien vu, mais...

— Je pense que c'est la bonne chose à faire. Et nous demanderons à Betty de prendre en charge la nursery, d'accord, mon amour ? suggéra-t-il en désignant de la tête une pièce de l'autre côté du couloir.

— Le plus grand rêve de Betty est plutôt d'apprendre la coiffure, rétorqua Laura, les yeux brillants, passant la main dans ses boucles brun doré. Mais je me demandais ce que vous penseriez de proposer cela aux sœurs Pratt ?

— Dinah et Dora ? Je vois encore cette dernière faisant tomber le café sur le bureau de Thornton.

— Je ne pense pas que Dora soit naturellement maladroite. Je lui fais confiance. Je crois que je lui confierais... mon propre bébé les yeux fermés.

— Votre... propre..., bégaya Jeremy, les yeux brillants et la poitrine gonflée d'espoir. Je ne savais pas si vous vouliez vraiment...

— Je ne peux pas vous promettre que je serai la mère la plus conventionnelle qui soit, le prévint-elle, mais je... j'aime les enfants. Et je vous aime, vous. Et si je..., continua-t-elle en rougissant légèrement, si *nous* continuons à nous aimer comme nous nous aimons aujourd'hui, je pense qu'il ne faudra pas attendre bien longtemps avant que nous recevions cette bénédiction.

L'espoir qui gonflait la poitrine de lord Sterling vint se loger dans sa gorge. Il allait être père ? Vraiment ? Encore une chose qu'il n'avait pas imaginée possible. Un enfant... des enfants, courant dans les escaliers, cueillant des fleurs dans le jardin et jouant à cache-cache derrière les statues de la galerie.

Tout en parlant, ils descendirent le large escalier et entrèrent dans la bibliothèque. Les étagères étaient pratiquement vides, mais il n'eut pas de mal à les imaginer remplies des livres de Richard Addison, tous ces livres qu'il avait récupérés du presbytère, le véritable héritage de son père adoptif – un héritage de savoir, de compassion et d'amour.

— Ce serait la dernière d'une longue série de bénédictions, dit-il lorsqu'il parvint de nouveau à parler.

Des bénédictions qui, ironiquement, avaient démarré avec des paroles que Jeremy avait interprétées comme une malédiction.

« Je veux que vous l'épousiez. »

*Merci, général Scott.*

— Et j'imagine que c'est ici que vous travaillerez ? hasarda Laura, passant le doigt sur le coin d'un large bureau caché sous une toile couverte de poussière.

— Oui. Les affaires du domaine. Les comptes.

Ces tâches sans intérêt lui semblaient pouvoir devenir un plaisir, à présent.

— Et le décryptage ? demanda Laura.

— Je…

Le monde du Souterrain lui paraissait si loin. Il regarda sa femme.

— Vous ne souhaitez pas que j'arrête ?

— Ce n'est pas à moi de prendre cette décision. Est-ce que vous souhaitez arrêter ?

Il pesa un instant la réponse qu'il s'apprêtait à donner.

— Non, je ne le souhaite pas. C'est devenu une part de moi-même. Mais je pensais que vous ne voudriez peut-être pas…, dit-il en s'approchant d'elle et en lui prenant la main.

Elle leva le regard vers lui.

— Auriez-vous oublié que je suis tombée amoureuse d'un officier de renseignement ?

— Millrose va être soulagé, répondit-il en souriant pour lui-même.

— Je m'en doute. Et seriez-vous… disons, gêné, commença-t-elle en baissant les yeux sur leurs mains jointes, si de temps à autre nous recevions une lettre du Souterrain qui serait adressée, non pas à vous mais à moi ?

— À… vous ? répéta-t-il. Vous voulez dire que vous avez l'intention de vous conformer au plan de Scott ?

Dans le silence de la bibliothèque, il l'entendit avaler sa salive.

— Lady Sterling sait… deux ou trois choses qui pourraient s'avérer utiles pour la nation.

— Vous avez toujours envie de jouer des rôles, je vois, la taquina-t-il en la prenant dans ses bras. Mais êtes-vous prête, ma chérie, à jongler avec toutes ces choses ? La maison, la famille, votre travail ici et... faire l'agent secret à vos heures perdues ?

— Cela ressemble à l'intrigue d'une de ces pièces de théâtre ridicules que Julia et tante Mildred adorent.

— Cela ressemble surtout, compléta-t-il en déposant un baiser sur son front, à une fin heureuse.

Le général Zebadiah Scott ferma les yeux et murmura quelques mots inaudibles. Mais lorsqu'il les rouvrit, la pile de correspondance sur son bureau n'avait pas disparu. Elle paraissait même plus grande – disons qu'une partie de la montagne s'était effondrée et couvrait une portion encore plus vaste de sa table de travail. Il se serait cru dans son bureau de la caserne des Horse-Guards plutôt qu'à la maison.

Il payait le prix de presque un mois d'oisiveté au bord de la mer avec son épouse.

Poussant un profond soupir, il se lança dans la fastidieuse tâche de tri. Le glissement de terrain, ou plutôt le glissement de lettres, avait totalement annihilé le classement que Highsmith avait essayé de faire. Alors qu'il cherchait ses lunettes pour commencer le travail, une carte de visite coincée entre deux épais courriers attira son attention. Du bout des doigts, Scott la tira de l'endroit où elle était nichée.

*Lady Sterling*
*Chasseuse de bandits*

Il s'était produit beaucoup de choses pendant son absence. Cependant, on lui apportait régulièrement les rapports du colonel Millrose. Y compris celui qui racontait la venue pour le moins inattendue au Souterrain de la sœur du lieutenant Hopkins, et la non moins inattendue révélation : c'était elle, la fameuse lady Sterling. Plus récemment, Scott avait eu beaucoup de plaisir à lire dans les journaux l'annonce du mariage du capitaine Addison, lord Sterling, avec Mlle Laura Hopkins.

Mais il ne s'était pas attendu à cela.

Les mots *Chasseuse de bandits* avaient été minutieusement barrés, et remplacés par un seul et unique terme : *Espionne*.

Il donna à la carte une chiquenaude avec l'ongle du pouce, un demi-sourire aux lèvres, ravi. Puis il rangea le rectangle de papier dans sa poche et se mit à la tâche. Il attrapa la première lettre venue : un message d'un vieil ami qui lui parlait de la santé déclinante du duc de Hartwell. Scott réfléchissait à la réponse qu'il allait donner lorsque son épouse Helen entra dans la pièce, un courrier à la main. Apparemment, elle était occupée à la même chose que lui.

— Cette lettre vient de lady Chesleigh. Elle me remercie pour le temps passé ensemble durant notre séjour à Brighton, expliqua-t-elle en s'asseyant à demi sur le coin du bureau. La pauvre petite. Elle doit se sentir terriblement seule, à présent que je ne suis plus là pour lui servir de partenaire au whist. Elle m'a dit que son mari est parti depuis presque six ans, ajouta-t-elle sur le ton de la confidence.

— Il sera rentré bientôt, répondit Scott, tournant légèrement la lettre qu'il avait dans la main pour que son épouse puisse la lire. Son grand-père est en train de mourir.

— Lord Chesleigh est l'un des vôtres ? demanda-t-elle en plissant les yeux.

— Je ne peux pas vous répondre. Non pas parce que je suis assez idiot pour vous cacher mes secrets, ma chère, mais parce que je ne sais plus de quel côté est lord Chesleigh, aujourd'hui. À une époque, j'ai pensé qu'une jolie petite épouse était ce dont il avait besoin pour s'apaiser un peu, et peut-être même pour rester en Angleterre. Mais il est retourné en France et...

Il haussa les épaules, sans terminer sa phrase.

— C'est vous qui avez arrangé ce mariage ? demanda son épouse, l'air sévère.

— J'ai peut-être donné un petit coup de pouce, en effet, confessa-t-il en regardant la lettre de lady Chesleigh, posée à présent sur la pile de sa correspondance à lui. Mais c'était sans doute une erreur.

— Alors il vous faut la réparer, déclara Helen en sautant du bureau. J'avais prévu de lui écrire que je pourrais peut-être lui trouver une compagnie pour qu'elle n'ait pas à passer un nouvel hiver toute seule. Mais vu la façon dont vous parlez de lord Chesleigh, je crains qu'elle n'ait besoin de compagnie même après son retour.

Scott hocha la tête, d'abord distraitement, puis de façon énergique.

— C'est une excellente suggestion, ma chère. Allez donc chercher votre bonnet.

Elle leva un sourcil encore noir, alors que quelques mèches blanches parsemaient ses cheveux.

— Mais nous venons tout juste de rentrer à la maison, mon cher. Où donc m'emmenez-vous ?

— Oh, pas très loin. J'ai la personne parfaite pour lady Chesleigh, dit-il en enlevant ses lunettes. Mais je vais avoir besoin de votre aide pour convaincre Mme Drummond d'accepter la mission.

# Note de l'autrice

Parfois, les recherches que l'on fait pour un livre recèlent de vrais coups de chance. Lorsque le livre de codes est apparu pour la première fois, dans *La mission du major Stanhope*, je l'ai décrit comme un livre de cuisine française, j'ai fait mention de recettes « sophistiquées » et pensé que c'en était fini. Mais quand j'ai compris que des détails de ce livre joueraient un rôle significatif dans *Signé lady Sterling*, j'ai croisé les doigts et suis partie à la recherche d'un livre qui correspondrait à celui que j'avais décrit. *Le Cuisinier françois* (1651) de François Pierre de La Varenne est le premier livre de cuisine à avoir été publié en anglais. Il introduisait des termes de cuisine française aujourd'hui essentiels en anglais, et est resté très en vogue jusqu'au début du XIXᵉ siècle – tellement en vogue que les exemplaires étaient souvent totalement dégradés à force d'usage (un fait que j'ai utilisé à mon avantage dans l'intrigue). Mais qu'en était-il de ma référence un peu désinvolte à la pâtisserie ? Pour cela, *Le Pâtissier françois* (1653), du même La Varenne, semblait un meilleur modèle. Malheureusement, sa traduction en anglais – *The Perfect Cook* (1656) – ne cadrait pas parfaitement avec ma description. Heureusement pour moi, le livre est partout appelé (à part sur la page de titre) *The French Pastry Cook* – c'est-à-dire

« Le Pâtissier français » –, et c'est ainsi que les gens le nommaient à l'époque.

Ayant appris à ne pas me précipiter sans avoir vérifié mes informations, j'ai fait des recherches sur les traités d'échecs *avant* d'ajouter cet élément à l'histoire. Le maître d'échecs Philippe Stamma fut l'un des premiers à employer la notation algébrique dans son *Essai sur le jeu des échecs* (publié en France en 1737 et traduit en anglais en 1745). Bien que (comme le dit Jeremy dans l'histoire), cette notation soit tombée en désuétude plus tard au cours du XVIII^e^ siècle, elle est très semblable à celle qui est utilisée de nos jours. Les pages de colonnes de chiffres et de lettres (que l'on peut trouver sur Google Books) m'ont semblé le parfait endroit où cacher une clé de cryptage.

Ainsi, les livres cités dans *Signé lady Sterling* sont réels. En revanche, les pièces de théâtre mentionnées par Jeremy et Laura ne le sont pas – bien que certains détails rappellent les comédies grivoises de l'époque. Les histoires de la série *Les espions qui aimaient* sont toutes inspirées, à différents degrés, par des séries télévisées des années 1980, et les pièces inventées sont mon hommage à la série *Les Enquêtes de Remington Steele*. L'escroc magnifique qu'est le héros de cette série aime les films noirs et trouve toujours un moyen de faire le lien entre le mystère qu'il cherche à élucider et l'un de ses films préférés. Ma charmante héroïne de 1808 utilise, elle, les pièces de théâtre.

# Remerciements

La concentration, l'énergie et la créativité sont des éléments indispensables pour écrire un livre, et j'en ai beaucoup manqué pendant la pandémie. Aussi, pour être parvenue à terminer celui-ci, je dois quantité de remerciements, particulièrement à mon éditrice Esi Sogah pour sa patience, à Amy qui m'a arraché cette histoire chapitre après chapitre, à ma famille, en particulier mon mari, pour son soutien infaillible et ses encouragements, et à mes lecteurs et lectrices dont l'enthousiasme pour cette série m'a donné la force de continuer.

14007

*Composition*
FACOMPO

*Achevé d'imprimer en Italie*
*par* GRAFICA VENETA
*le 7 janvier 2024*

Dépôt légal : janvier 2024
EAN 9782290386569
OTP L21EPSN002542-555446

ÉDITIONS J'AI LU
82, rue Saint-Lazare, 75009 Paris

*Diffusion France et étranger : Flammarion*